这世上的『目送』之爱

10 years

太阳鸟十年精选

王蒙 主编

辽宁人民出版社

图书在版编目（CIP）数据

这世上的"目送"之爱 / 王蒙主编. —沈阳：辽
宁人民出版社，2018.1
ISBN 978-7-205-09134-7

Ⅰ．①这… Ⅱ．①王… Ⅲ．①中国文学—当代文
学—作品综合集 Ⅳ．①I217.1

中国版本图书馆CIP数据核字（2017）第268415号

出版发行：辽宁人民出版社
　　　　　地址：沈阳市和平区十一纬路25号　邮编：110003
　　　　　电话：024-23284321（邮　购）　024-23284324（发行部）
　　　　　传真：024-23284191（发行部）　024-23284304（办公室）
　　　　　http://www.lnpph.com.cn
印　　　刷：辽宁星海彩色印刷有限公司
幅面尺寸：160mm×230mm
印　　张：14.5
字　　数：227千字
出版时间：2018年1月第1版
印刷时间：2018年1月第1次印刷
责任编辑：赵维宁　艾明秋
装帧设计：丁末末
责任校对：王绍斌
书　　号：ISBN 978-7-205-09134-7

定　　价：44.00元

总序

PREFACE

　　这套"太阳鸟十年精选"所收录的文章均选自过去十年我为辽宁人民出版社主编的太阳鸟文学年选。太阳鸟文学年选作为每年国内出版的多种文学年选中的一种，已经坚持了近二十年。它说明辽宁人民出版社的这套太阳鸟文学年选具有相当的历史性，表现了辽宁人民出版社编辑们的坚持不懈，这也是年选权威性的一个方面。

　　太阳鸟文学年选近二十年来，纳入其编选范围的文体大致六种，即中篇小说、短篇小说、诗歌、散文、随笔和杂文，这一次编辑将选文的体裁限定在了"美文"，杂文记忆中也只选了三四篇。整套书共十三种，包括《途经生命里的风景》《异乡，这么慢那么美》《故乡，是一抹淡淡的轻愁》《这世上的"目送"之爱》《历史深处有忧伤》《愿陪你在暮色里闲坐，一直到老》《你所有的时光中最温暖的一段》《那个心存梦想的纯真年代》《一生相思为此物》《掩于岁月深处的青葱记忆》《在文学里，我们都是孤独的孩子》《艺术，孤独的绝唱》《那个时代的痛与爱》，除《那个时代的痛与爱》主题相对分散，其他内容包括国内国外、故乡亲人、历史人物、童年校园、怀人状物、读书谈艺，可以说涵盖了人生的方方面面，可供阅读群体广泛。集中国十年美文创作于一书，这个书系的作者也涵盖了中国当代文学写作，尤其是散文写作的大量作家，杨绛、史铁生、袁鹰、余光中、梁衡、王巨才、王充闾、周涛、陈四益、肖复兴、李辉、王剑冰、祝勇、张晓枫、刘亮程、毛尖、李舫、宗璞、蒋子龙、陈建功、李国文、刘心武、李存葆、陈世旭、梁晓声、陈忠实、贾平凹、铁凝、张承志、张炜、余华、韩少功、王安忆、苏童、周大新、格非、迟子建、刘醒龙、刘庆邦、池莉、范小青、叶兆言、阿来、刘震云、赵玫、麦家、徐坤等。还有黄永玉、范曾、韩美林、谢冕、雷达、阎纲、孙绍振、温儒敏、南帆、陈平原、孙郁、李敬泽、闫晶明、彭程、刘琼等艺术家和评论家。他们的阵容，令人想起改革开放以来中国当代文学的版图。

为了"优中选优"，我重新翻阅了近十年的太阳鸟文学年选散文卷和随笔卷，并生出一些感慨。文学应该予人以美，包括语言之美、结构之美、韵律之美，更包括思想之美、情感之美、叙事之美，言之有思，言之有情，言之有恍若天成的启示与灵性。美好的东西总是让人念念不忘，文章也是如此。重读这些当年选过的文章，依然让人或心潮澎湃，或黯然神伤，或感同身受，或心向往之，一句话，也就是我最入迷的文学品性：令人感动。

大概十年前，为了继承和发扬赵家璧先生在良友图书公司主持"中国新文学大系"的传统，我曾为出版社主编过"中国新文学大系"第五辑，我在序言中曾说，文学是我们的最生动、最刻骨铭心的记忆，是我们的"心灵史"。我希望这套选本，也能不辜负读者与历史的期待。

王蒙

2017年9月

目录
CONTENTS

透明的生命

万　方

已经过去十多年了，1996 年 12 月的那个冬夜，电话铃声响得那么突兀，把我惊醒。四下里一团漆黑，我拿起话筒，听到小白的声音，他一直在医院里照顾我爸爸，他说：曹老情况不大好，医生让你到医院来。不知道为什么我没有多问，把电话放下。那时我看见床头的小钟指着四点十分。我走出家门，苍黄的路灯下大街空空荡荡，没有一个人影。我走到街中心，等到一辆出租车，汽车在黎明前的城市飞驰，冥冥中我的心有所期待，期待什么都没有发生，一切恢复到正常。然而在这巨大虚空的黑夜后面，我感到了正在发生的事情，我的爸爸走了。

他走得很安静。当时的情况是护士半夜查房，给他量了血压，他还在睡着。十多分钟后护士长又进来看看，发现他的呼吸不对，极慢极浅了。做了病理检查之后，也没能查出明确的在这么短的时间里致死的原因。想来他很有福气，没有经受垂死的病痛折磨和死亡的恐惧。在寂静的深夜，他衰弱的身体里产生了难以觉察的奇异的波动，也许有个声音告诉他"我们要走了"。他来不及多想，甚至没有听清楚，他想问问对方，可是又没有力气。在最后的时刻，是他对一切事物的好奇心引导他跟着那声音去了，他没有见过死神，他想见一见。

大约在20世纪80年代后期，我陪爸爸去了一趟天津。那一次的旅行使我很贴近地感受到他的童年，了解到他这个人是从哪儿来的，为什么他所以是他。我们来到意租界，他认出了旧时的街道，兴奋极了，连连说："不错，绝对不会错的，这一家姓萧，那一家姓陈，我真是像在做梦啊！"他家的"小白楼"是座两层的小楼，门前搭着一些乱七八糟的东西，里面住了好几家人，但都上班去了，只有两个老人在。我爸爸只顾往里面冲，甚至顾不得和主人打招呼，这在他是很少有的。

他回忆起许多往事，教他书的大方先生，也教过袁世凯的儿子，好玩古钱，有好几个姨太太。他记得客人在楼下的小客厅等着他父亲下来，他父亲摆着架子，等客人行三拜九叩礼，然后父亲就和客人对着抽鸦片烟。"那时候真是乌烟瘴气哟！"他说，"哥哥在楼下抽，父亲母亲在楼上大客厅里抽。每天我放学回家，他们抽了一夜的大烟还在睡觉，家里像坟墓一样。"他还记得胡同口逃难的农民，一头挑着锅，一头挑着孩子，晚上叫得很惨。听他的话使我感悟到，出生在旧中国的文人，他们大多从小就感到压抑，继而觉悟到有一股与他们格格不入的势力的存在，从此他们的生存就处于个人与一种势力对峙的状态。这成为他们无法逃脱的命运，他们也不想逃脱，他们从来无缘体味"为艺术而艺术"的闲情逸致，这才是他们的情结。我无法说出这种势力的名称。在我之前，在不同的时代，它以不同的面目存在了上千年，使个体的生命消失，变成一种适合于它的形式。无数中国人的生活被改变，而那些不甘于被改变、有独立意识的人，就要有所作为。我爸爸写剧本就是他的作为。一个人的能力有大小，才华更是上天给的。我爸爸有幸被赋予了才华，他的成名是在很年轻的时候，像几乎所有当代的中国文人一样，在二十几岁就迸射出创造的光辉。我体会他真正的才华，在于他全身心地活在自己独特的感觉之中，登上了自己的那块石头。他迎接命运，他愤愤不平，他痛苦，他要反抗，一股股激流从他身边汹涌而过，他的心被激荡，也许他也想化为激流，或者说把自己投身进一股强大的力量里，可在他的心灵中有一个小人儿，具有把握他的更大的力量。就由于有他的把握，他写出《雷雨》。

那时他在南开中学念书，他和我说过，他有一个同学叫杨善全，和他关系不错，他和杨善全说，我有一个故事想写出来。同学就说，那你讲讲吧。他说："我讲了，讲得乱七八糟，他也没听出所以然，只说，很复杂呀，你写吧。"我还听到他和来采访的人说，"你们要我讲繁漪是从哪儿来的，有什么原型？有，肯定是有，好多好多。但要我说出张家老太太，李家少奶奶，王家小姐，有什么用？讲了也是白讲，你们也不认识。《雷雨》这个名字，如果硬要我讲，雷，是轰轰隆隆的巨大声音，惊醒他们；雨，是天上而来的洪水，把大地洗刷干净。"

我和爸爸一起去过他的母校清华大学，在图书馆，他指给我看当年写《雷雨》时常坐的位子，说："当年图书馆的一个工作人员，他待我太好了，提供我许多书籍，原谅我一时想不起他的名字。他还允许我闭馆之后还待在这里写作。那些日子真叫人难忘啊！不知废了多少稿纸，都塞在床铺下边，写累了，就跑到外面，躺在草地上看悠悠白云，湛蓝的天。当时我就是想写出来，从来没有想到过发表，也没有想过演出。"

后来，抗战时期在重庆，我爸爸写出了《北京人》。当时有人对《北京人》在那个时期出来有所非议，似乎认为不合时宜。我不这样看，恰恰相反，我认为他站在自己的高度，看到那个高度所看到的世界和人。我时常想，要具有对人生多么深切的感悟力，体味埋得多么深的痛苦，才能写出《北京人》来，而我爸爸那时还是个青年。我一直觉得《北京人》里每个男人身上都有他的影子，他比他们加在一起还要丰富生动。

由此我想到自己的幸运，一个有才华有灵魂的人活在我身边，我得以看着他生命的进程，从某种意义上说，如同看着众多的中国文化人，甚至是中国的知识界。当然我不能把他们之中的任何一个等同于另外一个，但他们的命运确有共同之处。长时间以来，我爸爸和许多的人，他们都被告知他们的思想是需要改造的，这种对灵魂的改造像是脑页切除术，有时是极端的粗暴行动，还有就像输液，把一种恐惧的药液输入身体里，让他感到自身的渺小卑微，这是非常严酷的。曾经我写过一个话剧《谁在敲门》，就是出于我所处的独特的位置与切身的感受。我试图写一个充满创造力的人，创造出了不起的作品，后来创造力消失了，但奇怪的是一顶闪光的帽子始终戴在他头上。在"文化大革命"中，这顶帽子被揪下来，连同他的脑袋一起扔进了屎坑。"文化大革命"结束后，帽子和头再次被安放在他的身体上。这是一种极端反常然而曾经确实存在的现实，戴着耀眼的"桂冠"，而随时可能连脑袋一起被摘除。

"文化大革命"开始时，我爸爸被打倒，被揪斗。我家住的中央戏剧学院宿舍的大门上写着"打倒反动权威、反革命文人曹禺"的大标语。有一段时间，我爸爸被关在剧院里不能回家，让他们这些"黑帮"分子到马路上扫大街，小孩子用石头砸他们。我爸爸回忆说："那时候我羡慕街道上随意路过的人，一字不识的人，没有一点文化的人，他们真幸福，他们仍然能过着人的生活，没有被辱骂，被抄家，被夺去一切做人应有的自由和权利。"

后来我记得放他回家了，他把自己关在屋里，能不出门就不出门。人民大学那时就在我家隔壁，每天从早到晚造反派都在高音喇叭里大叫大喊。我爸爸在一篇回忆录中写道："酷热的夏天，方瑞和小欢子（就是我妈妈和我妹妹），她们沉沉地睡在另一间小屋里。白发的岳母瘫在木板床上，一夜一夜地咳嗽。半夜，不知从什么地方传来一阵阵粗野的声音，那鬼哭狼嚎使我的胸口隐隐作痛。我觉得不久这群发疯的黑狼将包围我，抓着我，用黑爪子抓伤我的脸、我的背，我感觉自己已缩成一团……这大约是梦，我惊醒了。我勉强安慰自己，用一颗安眠药只睡了两三小时。"再之后他被剧院的革命群众"解放"，在郊区的农场劳动。每个礼拜六，黄昏时分，我从窗子里看见他的身影出现在大门口，推着自行车跨过门槛，然后又骗腿儿骑上车，至今我仍然清晰地记得他的模样，脖子上系着一块白毛巾，头上戴一顶蓝布帽子，脸上的神情有点惶惶然，又有一种松了口气的感觉。我爸爸还在北京首都剧场看过传达室，被来中国访问的日本人发现了，说中国的莎士比亚在看传达室，结果就把他弄到胡同深处的北京人艺宿舍去看传达室了。他被造反派表扬，因为他在食堂里每顿都只吃四分钱的菜。我清楚地记得有一次我外婆吃白薯，把皮剥掉，他觉得是浪费，自己把白薯皮吃下去。

我了解我爸爸，他不是一个斗士，也不是思想家，恰恰相反，他是一个很容易怀疑自己否定自己的人，他是一个真正的艺术家，他的生命是一种半感官半理智的形态，始终被美好和自由的情感所吸引鼓动。但他的情感和思想又都是充满矛盾的，而且都加倍地放大了。"文化大革命"，美好的东西被彻底打碎，所有的路都被堵死，绝望和恐惧把他压垮。而这种可怕的影响再也没有离开他的生活。

我爸爸给我讲过他得知粉碎"四人帮"消息的情形。那时我妈妈已经在1974年去世，他和我妹妹住在一起，他天天吃很多安眠药，和废人一样。他说："小欢子从外面回家来，走到我床前，两眼发光，对我说，爸！咱们得救啦！我不信，不敢信。怕，怕不是真的，还怕很多。我跑到大街上，那会儿已经是夜里了，我走呀走呀，看到多少家的窗口里亮着灯光，整座楼都是亮的，我忽然感到难以支持，靠在一棵树上。我觉得自己的心脏的承受力已经到了极限。老天爷啊！没有经历过的人不可能明白，那种深重的绝望把人箍得有多么紧！我想我是从大地狱里逃出来啦！"

粉碎"四人帮"后，我爸爸的社会活动渐渐多起来，头衔也越来越多，他的时间几乎被各种各样的活动填满。每次活动回来，他一阵风似的从门外进来，脚步匆匆，进屋后把衣服一脱就倒在沙发上。他总是十分疲倦，人好像被抽空了似的，有一股说不出的沮丧。他心里很清楚这是怎么回事。有一次他和我说，我是用社会活动麻醉自己，我想写，写不出，痛苦，就用社会工作来充塞时间。他感叹道：这么下去怎么得了?!

我爸爸有严重的神经官能症，多少年来睡眠必须靠安眠药维持，吃过安眠药之后，往往是他精神上最放松的时刻，他的种种潜在的意识就会变成话语。他讲述他的生活经历，他所见过的事，反复地说他要写，要写真实的人。他说："我痛苦，我太不快乐了，我老觉得我现在被包围着，我要说心里话，说世界上任何人都不敢说的话。"——"我呀，在这个世界上白白过了一辈子，但我有一个最大的所得，我悟啊！人哪，是个丑恶的东西，可是也不，人又那么地吸引你……"他什么都讲，毫无顾虑，他总是为自己一生中所犯的各种错误，失当的行为反复思虑、后悔。有时候他拉着我的手："小方子，你逼我吧，不逼不行啊！我要写东西，非写不可！"他的嘴用力抿紧，目光闪亮，"我要做一个新人，忘掉过去的荒诞和疑虑，我要沉默，我要往生活的深处钻，放弃这个'嘴'的生活，用脚踩出我的生活，用手写真实的人生。"他的话像文章一样，思路畅通之极。

有一天夜晚我已经要睡了，听到他大声叫我：小方子！小方子！我跑过去推开他的屋门，看见他躺在床上，大睁着眼睛。他知道我来了，可是并不看我，直视着屋顶，说："我不成了，又来那个劲了，吃了安眠药也不成，你要不来我就跳下去了。我什么也不想，只想从窗子里跳下去。"他说得迷迷糊糊，他的身体也软绵绵的。我是说他根本不可能跳下去，他已经快要进入睡眠状态了。但我相信，他的灵魂刚才是站在窗台上的，感受着外面巨大的黑夜和冰冷的空气。他喘着粗气，说："我痛苦，我要写一个大东西才死，不然我不甘！"我说："那你就写呀！"大约是我的话来得太快，说得太轻巧，他大出一口气，翻过身去。一会儿，我听见他喉咙里发出鼾声，就站起身走到门口，忽然又听见他的声音："我就是惭愧呀，你不知道我有多惭愧！真的，我真想一死了事。我越读托尔斯泰越难受……"他的枕边放着托尔斯泰的评传，是他崇拜的作家，"托尔斯泰，"他说，"他一辈子要弄清为什么，他几十年痛苦，他想像农民一样生活，一天走三四个小时，然后写作，大吃，能吃极了，八十二岁还要吃一大碗生菜，他每天又快乐又痛苦，真是一个伟大的人！"第二天早上他对我说："跳楼，只是那么一想，你不要说出去啊。"

有的上午他坐在沙发上看报，看着看着睡着了。电话铃一响把他闹醒，电话总是要他开会、题字、看戏、评奖之类的事儿。他一接电话就清醒了，人也精神了，什么事都应承下来。有一段时间他几乎天天有活动，有时一天有四个日程，日历本儿上记得满满的。然而千真万确，我看到一种痛苦持续不断地困扰着他。这痛苦不像"文化大革命"时期的恐惧那样咄咄逼人，人人不可幸免。这痛苦是只属于他自己的。我曾经反复琢磨这份痛苦的含义，我猜想：痛苦大约像是一把钥匙，唯有这把钥匙能打开他的心灵之门。他知道这一点，他感到放心，甚至感到某种欣慰。然而他并不去打开那扇门，他只是经常地抚摸着这把钥匙，感受钥匙在手中的那份沉甸甸冷冰冰的分量。真正的他则永远被锁在门的里面。

在我爸爸去世后，我整理了他给我和我妹妹写的信，一大部分的信是他1981年到1983年间从上海写给我们的。那时他准备把解放前写了两幕的未完成的剧本《桥》写出来，他的信几乎都在说写作。他写道："这几年，我要追回已逝的时间，再写点东西，不然我情愿不活下去。

爸爸仅靠年轻时写了一点东西维持精神上的生活，实在不行。"他又写："爸爸最近才悟到，没有一定的工作方向，随遇而安，浪费青春和中年时光，这是最可怜的，想起来甚至觉得惨痛。只有在暮年猛追一阵，补上已逝的时间。但创作真是极艰苦的劳作，时常费日日夜夜的时间写的那一点东西，一遇到走不通想不通的关，又得返工重写。一部稿子不知要改多少遍，现在爸爸连一个草稿，不，一个真正的大纲都没有搞成。当然真有一个结实的大纲与思想，写下去只是费时间，倒不会气馁。"

那一阵子，他找人谈话，搜寻材料。他说："我现在为了自己最后的创作下了大决心，坚决搞下去，只有乘这股热气、这点灵气写下去。我多年没有这种感觉，没有这种创作的欲望了，难得能写，想写，这对我来说是一刻千金的时候。"在这段话之后他加了括号，括号里写着，"我也许搞不出来，但这个戏的大纲必须趁这段时间弄出来，因此北京人艺三十周年、全国文联开会都不能参加。这个创作不能放下，我知道一放下就完了，而完了，我最后的机会也就完了，我的生命也就等于不存在了。"1981年11月29日的信里，他写道："最近我十分认识一切事情要办好，无论是求学与写作，都需要愉快的心情。不要以为心情本来就坏，怎么就会好起来？我的经验是愉快的心情可以由自己争取得到的。大约必须钻进工作或学问中去，万不可怕苦。要苦干，干就会从中得到兴味，对学问的爱好，对工作的感情。爱因斯坦说：热爱是最好的老师。他说自己一生的成就便从这句话得益最多。我要加一句：着迷是最好的朋友。"1983年初，他在信中写："我正在写作，每日夜二时或三时四时起来不等。干上四小时，头昏眼花，只好搁笔，但总算有点进展。写作之难，大约不亚于你在医学院攻读医学。（这封信是写给我在医科大学上学的妹妹的）时常干了一个月的工夫，写好的东西，现在一看，不成样子，又把它完全划去。去年春日、暑期的计划与大纲，今日看来绝不能用，太浅，太俗，也太无意义，只好全部作为废纸。然而这一个多月的努力像是站得住！这一点看来站得住的东西，确实由于我这一两年下的功夫得来的。虽然这一两年的稿子终成了废稿，但没有这些废稿中的思想感情，经过一再筛滤，扬弃，是不可能造成现在这点比较站得住的东西。我觉得以往用的工夫与精力并不是白用的。"1983年4月5日的信："人生只此一次，若不战胜私念，决心想为人做点有益的事，则日后心感痛苦。无论学医治学、写作都是一个道理。不悟出自己活着的使命则一事无成，势必痛悔为何早不觉悟。爸爸近来异常奋发，又万分苦恼，就因早未觉悟，早未明白，在私念中浪费大半生命。"4月的又一封信里，他说："目前我确有些气馁，但我终不认输，只能向前干，向前干。"1985年2月25日的信："最近读了《贝多芬传》，这位伟大的人激励我。我不得不写作，即便写成一堆废纸，我也是得写，不然便不是活人。工作第一，知识第一，知识中有无限幸福。到了一定年龄便知这是真理。"到了1985年晚些时候，我在他的信里看到这样的话，"心事并不颓唐，还想有所作为，只是年老体衰，何日大去是不可测的。"

在我爸爸去世之后的这些年，我的脑子里不时会浮现出过去的一些美好时光。那时我家住在铁狮子胡同三号，院子里有一棵很大的海棠树，春天花影满地。我爸的书房是一排小北房里的一间，书房的窗子上挂着白布窗帘。夏天，书房的窗子大敞四开，书桌上放着一大盆冰块，我爸爸光着膀子俯身在桌前写作，大汗淋漓，但毫不觉察。有时候我看到他在屋子里走来走去，脸色阴沉沉的，我还记得他有剧烈挠头的动作，就像脑袋里憋着千头万绪，只有拼命地痛快淋漓地挠头才能把它们梳理清楚。我爸爸写作不是那类"快手"，他要翻来覆去地琢磨，常常把写出的句子读出声来，直到自己十分欣赏为止。他的朗读与众不同，打动我，使我不忘，因为他根本不知觉声音的存在，他读得有味，完全是情感的韵律。

多年来，他的手边一直有好几个本子，有活页本，有很小的笔记本，也有学生用的横格本，本子里内容纷繁，有他的断想，有日记，有一篇篇的人物对话和他自己写的诗，和他想写的戏的提纲。他去世以后我曾经仔细地翻看过他写下的东西，在字里行间，强烈地感到他对各种人怀着极大的兴趣和热情，他脑子里那部创造的机器一直在运转不停，人生的问题一个个像滚珠似的，在他的脑子里发出哒哒哒的清脆的声响；在他心灵的大厅中，他既是讲述人又是听众，思想的自由的回声在他的身体里振荡，想到此我的心里十分感动。

在我爸爸1982年6月10日给我的信里，他写道："一个作家必须有真正的思想。一个人没有思想便不称其为人，更何况一个作家。其实向往着光明的思想才能使人写出好东西来，你以为如何？希望你能真正在创作中得到平静快乐的心情。"在他1982年7月13日给我的信里，他说："天才是'牛劲'，是夜以继日的苦干精神。你要观察，体会身边的一切事物、人物，写出他们，完全无误，写出他们的神态、风趣和生动的语言。不断看见，觉察出来，那些崇高的灵魂在文字间怎样闪光的，你必须有一个高尚的灵魂！卑污的灵魂是写不出真正的人会称赞的东西的。"在他重访母校南开中学时，曾给中学生们讲话，说："我一生都有这样的感觉，人这个东西是非常复杂的，人又是非常宝贵的。人啊，还是极应当把他搞清楚的。无论做学问，做什么事情，如果把人搞不清楚，也看不明白，这终究是一个很大的遗憾。"

曾经有一天，我不记得我的情绪为什么有些不好，我爸爸看出来了，就对我说："小方子，别那么不快活。"我说："没什么不快活呀！"他想了想，说："是没什么快活事儿。我给你读两句诗，你就懂了。"他找来弘一法师的书，翻到其中一页，念给我听："水月不真，惟有虚影，人亦如是，终莫之领。"他解释道："就是不能懂这个道理。'为之驱驱'，驱驱就是忙呀，忙了一辈子。'背此真净'，真净，这么干净的一个世界，你违背了，'若能悟之，超然独醒。'"他放下书，静了一会儿，"这是另外一个世界，和马克思的世界不一样，和资本主义世界也不一样。你觉得如何?"他久久地望着我，穿过我，望着他自己的内心。

在他的一个本子上，我看到他写下这样一句话："灵魂的石头就是为人摸，为时间磨而埋下去的。"我爸爸，他是一个极丰富极复杂的人，他一生不追求享乐，他很真诚。他有很多的缺陷和弱点，但是他没有罪孽。如今，他透明的生命在一个无比自由的地方翱翔。

原载《散文》2007年第8期

勤劳的母亲

刘庆邦

_____

之一：拾麦穗儿

小时候就听人说，勤劳是一种品德，而且是美好的品德。我听了并没有往心里去，没有把勤劳和美德联系起来。我把勤劳理解成勤快，不睡懒觉，多干活儿。至于美德是什么，我还不大理解。我隐约觉得，美德好像是很高的东西，高得让人看不见，摸不着，一般人的一般行为很难跟美德沾上边。后来在母亲身上，我才把勤劳和美德统一起来了。母亲的身教告诉我，勤劳不只是生存的需要，不只是一种习惯，的确关乎人的品质和人的道德。人的美德可以落实到人的手上、腿上、脑子和日常生活中，可以通过勤奋的劳动体现出来。

我想讲几件小事，来看看母亲有多么勤劳。第一件事是拾麦穗儿。

那是1976年，我和妻子在河南新密煤矿上班，母亲从老家来矿区给我们看孩子。我们的女儿那年还不到一周岁，需要有一个人帮我们看管。母亲头年秋后到矿区，到第二年过春节都没能回家。母亲还有两个孩子在老家，我的妹妹和我的弟弟。妹妹尚未出嫁，弟弟还在学校读书。过春节时母亲对他们也很牵挂，但为了不耽误我和妻子上班，为了照看她幼小的孙女儿，母亲还是留了下来。母亲舍不得让孩子哭，我们家又没有小推车，母亲就一天到晚把孩子抱在怀里。在天气好的时候，母亲还抱着孩子下楼，跟别的抱孩子的老太太一起，到几里外的矿区市场去转悠。往往是一天抱下来，母亲的小腿都累肿了，一摁一个坑。见母亲的腿肿成那样，我心里很不是滋味。但我当时只是劝母亲注意休息，别走那么远，为什么不给孩子买一辆小推车呢？事情常常就是这样，多年之后想起，我们才会感到心痛，感到愧悔。可愧悔已经晚了，想补救都没了机会。

除了帮我们看孩子，每天中午母亲还帮我们做饭。趁孩子睡着了，母亲抓紧时间和面，擀面条。这样，我们下班一回到家，就可以往锅里下面条。

矿区内包括一些农村，农村的沟沟坡坡都种着麦子。母亲对麦子很关心，时常跟我们说一些麦子生长的消息。麦子甩齐穗儿了。麦子扬花儿了。麦子黄芒了。再过几天就该动镰割麦了。母亲的心思我知道，她想回老家参与收麦。每年收麦，生产队都把气氛造得很足，把事情搞得很隆重，像过节一样。因为麦子生长周期长，头年秋天种上，到第二年夏天才能收割，人们差不多要等一年。期盼得时间越长，割麦时人们越显得兴奋。按母亲的说法，都等了大长一年了，谁都不想错过麦季子。然而我对收麦的事情不是很热衷。我觉得自己既然当了工人，就是工人的身份，而不是农民的身份。工人阶级既然是领导阶级，就要与农民阶级拉开一点距离。所以在母亲没有明确说出回老家收麦的情况下，我也没有顺着母亲的心思，主动提出让母亲回老家收麦。我的理由在那里明摆着，我们的女儿的确离不开奶奶的照看。

收麦开始了，母亲抱着孙女儿站在我们家的阳台上，就能看见拉着麦秸子的架子车一辆一辆从楼下的路上走过。在一个星期天，母亲终于明确提出，她要下地拾麦。母亲说，去年在老家，她一个麦季子拾了三十多斤麦子呢！母亲的这个要求我们无法阻止，星期天妻子休息，可以在家看孩子。那时还凭粮票买粮食，我们全家的商品粮供应标准一个月还不到八十斤，说实话有点紧巴。母亲要是拾到麦子，多少对家里的口粮也是一点添补。在粮店里，我们所买到的都是不知道放了多少年的陈麦磨出的面。母亲若拾回麦子，肯定是新麦。新麦怎么吃都是香的。

到底让不让母亲去拾麦，我还是有些犹豫。大热天的让母亲去拾麦，我倒不是怕邻居说我不孝。孝顺孝顺，孝和顺是联在一起的。没让母亲回老家收麦，我已经违背了母亲的意志，若再不同意母亲去拾麦，我真的有些不孝了。之所以犹豫，我担心母亲人生地不熟的，没地方去拾麦。我的老家在豫东，那里是一马平川的大平原，麦地随处可见。矿区在豫西，这里是浅山地带，麦子种在山坡或山沟里，零零碎碎，连不成片。我把我的担心跟母亲说了。母亲让我放心，说看见哪里有收过麦的麦地，她就到哪里去拾。我让母亲一定戴上草帽，太阳毒，别晒着。母亲同意了。我劝母亲带上一壶水，渴了就喝一口。母亲说不会渴，喝不着水。我还跟母亲说了一句笑话："您别走那么远，别迷了路，回不来。"母亲笑了，说我把她当成小孩子了。

母亲中午不打算回家吃饭，她提上那只准备盛麦穗儿用的黄帆布提包，用手巾包了一个馒头，就出发了。虽然我没有随母亲去，有些情景是可以想象的。比如母亲一走进收割过的麦地，就会全神贯注，低头寻觅。每发现一颗麦穗儿，母亲都会很欣喜。母亲的眼睛已经花了，有些秕穗儿她会看不清，拾到麦穗儿她要捏一捏，麦穗儿发硬，她就放进提包里，若发软，她就不要了。提包容积有限，带芒的麦穗儿又比较占地方，当提包快盛满了，母亲会把麦穗儿搓一搓，把麦糠扬弃，只把麦子儿留下，再接着拾。母亲一开始干活就忘了饿，不到半下午，她不会想

这世上的
『目送』之爱

10 years
太阳鸟十年精选

王蒙　主编

辽宁人民出版社

图书在版编目（CIP）数据

这世上的"目送"之爱 / 王蒙主编 . —沈阳：辽宁人民出版社，2018.1

ISBN 978-7-205-09134-7

Ⅰ . ①这… Ⅱ . ①王… Ⅲ . ①中国文学—当代文学—作品综合集 Ⅳ . ①I217.1

中国版本图书馆CIP数据核字（2017）第268415号

出版发行：辽宁人民出版社

　　　　　地址：沈阳市和平区十一纬路25号　　邮编：110003

　　　　　电话：024-23284321（邮　购）　024-23284324（发行部）

　　　　　传真：024-23284191（发行部）　024-23284304（办公室）

　　　　　http://www.lnpph.com.cn

印　　刷：辽宁星海彩色印刷有限公司

幅面尺寸：160mm×230mm

印　　张：14.5

字　　数：227千字

出版时间：2018年1月第1版

印刷时间：2018年1月第1次印刷

责任编辑：赵维宁　艾明秋

装帧设计：丁末末

责任校对：王绍斌

书　　号：ISBN 978-7-205-09134-7

定　　价：44.00元

起吃馒头。还有一些情况是不敢想象的。我不知道当地农民许不许别人到他们的地里拾麦子，他们看见一个外地老太太拾他们没收干净的麦子，会不会呵斥我母亲？倘母亲因拾麦而受委屈，岂不是我这个当儿子的罪过！

傍晚，母亲回来了。母亲的脸都热红了，鞋上和裤腿的下半段落着一层黄土。母亲说，这里的麦子长得不好，穗子都太小，她走了好远，才拾了这么一点。母亲估计，她一整天拾的麦子，去掉麦糠，不过五六斤的样子。我接过母亲手中的提包，说不少不少，很不少。让母亲洗洗脸，快歇歇吧。母亲好像没受到什么委屈。第二天，母亲还要去拾麦，她说走得更远一点试试。妻子只好把女儿托给同在矿区居住的我的岳母暂管。

母亲一共拾了三天麦穗儿。她把拾到的麦穗儿在狭小的阳台上用擀面杖又捶又打，用洗脸盆又簸又扬，收拾干净后，大约收获了二三十斤麦子。母亲似乎感到欣慰，当年的麦季她总算没有白过。

妻子和母亲一起，到附近农村借用人家的石头碓窖，把麦子外面的一层皮舂去了，只留下麦仁儿。烧稀饭时把麦仁儿下进锅里，嚼起来筋筋道道，满口清香，真的很好吃。妻子把新麦仁儿分给岳母一些，岳母也说新麦好吃。

没回生产队参加收麦，母亲付出了代价，当年队里没分给母亲小麦。母亲没挣到工分，用工分参与分配的那一部分小麦当然没有母亲的份儿，可按人头分配的那一半人头粮，队里也给母亲取消了。母亲因此很生气，去找队长论理。队长是我的堂叔，他说，他以为母亲不回来了呢！母亲说，她还是村里的人，怎么能不回来！

后来我回家探亲，堂叔去跟我说话，当着我的面，母亲又质问堂叔，为啥不分给她小麦。堂叔支支吾吾，说不出像样的理由，显得很尴尬。我赶紧把话题岔开了。没让母亲回队里收麦，责任在我。

之二：捡布片儿

在上个世纪80年代的中后期，我们家搬到北京朝阳区的静安里居住。这是我们举家迁至北京的第三个住所。第一个住所在灵通观一座六层楼的顶层，我们家和另一家合住。我们家住的是九平方米的小屋。第二个住所，我们家从六楼搬到该楼二楼，仍是与人家合住，只不过住房面积增加至十五平方米。搬到静安里一幢新建居民楼的二楼，我们才总算有了独门独户的二居室和一个小客厅，再也不用与别人家共用一个厨房和厕所了。

住房稍宽敞些，我几乎每年都接母亲到城里住一段时间。一般是秋凉时来京，在北京住一冬天，第二年麦收前回老家。母亲有头疼病，天越冷疼得越厉害。老家的冬天屋内结冰，太冷。而北京的居室里有暖气供应，母亲的头就不怎么疼了。母亲愿意挨着暖气散热器睡觉。她甚至跟老家的人说，是北京的暖气把她的头疼病暖好了。

母亲到哪里都不闲着，仿佛她生来就是干活的，不找点活儿干，她浑身都不自在。这时我们的儿子已开始上小学，我和妻子中午都不能回家，母亲的主要任务是中午为儿子和她自己做一顿饭。为了帮我们筹备晚上的饭菜，母亲每天还要到附近的农贸市场买菜。她在市场上转来转去，货比三家，哪家的菜最便宜，她就买哪家的。妻子的意见，母亲只把菜买回来就行了，等她下班回家，菜由她下锅炒。有些话妻子不好明说，母亲的眼睛花得厉害，又舍不得多用自来水，洗菜洗得比较简单，有时菜叶上还有黄泥，母亲就把菜放到锅里去了。因话没有说明，妻子不让母亲炒菜，母亲理解成儿媳妇怕她累着。而母亲认为，她的儿子和儿媳妇在班上累了一天，回家不应再干活，应该吃点现成饭才好。母亲炒菜的积极性越发的高。往往是我们刚进家门，母亲已把几个菜炒好，并盛在盘子里，用碗扣着，摆在了餐桌上。母亲炒的大都是青菜，如绿豆芽儿、芹菜之类。因样数儿比较多，显得很丰富。母亲总是很高兴的样子，让我们赶紧趁热吃。好在我妻子从来不扫母亲的兴，吃到母亲炒的每一样菜，她都说好吃，好吃。

倒是我表现得不够好。我肚子里嫌菜太素，没有肉或者肉太少，没什么吃头儿，吃得不是很香。还有，妻子爱吃绿豆芽儿，我不爱吃绿豆芽儿，母亲为了照顾妻子的口味，经常炒绿豆芽儿，把我的口味撇到一边去了。有一次，我见母亲让我吃这吃那，自己却舍不得吃，我说："是您炒的菜，您得带头儿多吃。"话一出口，我就有些后悔，可已经晚了。定是我的话里带出了不满的情绪，母亲的情绪一下子低落下来。我不应该有那样的情绪，这件事够我忏悔一辈子的。

买菜做饭的活儿不够母亲干，母亲的目光被我们楼门口前面一个垃圾场吸引住了。我们住的地方是新建成的住宅小区，配套设施暂时还跟不上，整个小区没有封闭式垃圾站，也没有垃圾桶，垃圾都倒在一个露天垃圾场上，摊成很大的一片。市环卫局的大卡车每两三天才把垃圾清理一次。垃圾多是生活垃圾，也有生产垃圾。不远处有一家规模很大的衬衫厂，厂里的垃圾也往垃圾场上倒，生产垃圾也不少。垃圾场引来不少捡垃圾的人，有男的，有女的；有本地人，也有外地人。他们手持小铁钩子，轮番在垃圾场扒来扒去，捡来捡去。母亲对那些生产垃圾比较感兴趣。她先是站在场外看人家捡。后来一个老太太跟她搭话，她就下场帮老太太捡。她捡的纸纸片片、瓶瓶罐罐，都给了老太太。再后来，母亲或许是接受了老太太的建议，或许是自己动了心，她也开始捡一些自己认为有用的东西拿回家来。母亲从生产垃圾堆里只捡三样东西：纱线、扣子和布片儿。她把乱麻般的纱线理出头绪，再缠成团。她捡到的扣子都是那种缀在衬衣上的小白扣儿，有塑料制成的，也有贝壳做成的。扣子都很完好，一点破损都没有（计划经济时期，工人对原材料不是很爱惜）。母亲把捡到的扣子盛到一只塑料袋里，不几天就捡了小半袋，有上百枚。母亲跟我说，把这些线和扣子拿回老家去，不管送给谁，谁都会很高兴。

母亲捡得最多的是那些碎布片儿。布片儿是衬衫厂裁下来的下脚料，面积都不大，大的像杨树叶，小的像枫树叶。布片儿捡回家，母亲把每一块布片儿都剪成面积相等的三角形；而后戴上老花镜，用针线把布片儿细细地缝在一起。四块三角形的布片就可以对成一个正方形。再把许许多多正方形拼接在一起呢，就可以拼出一条大面积的床单或被单。在我们老家，这种把碎布拼接在一起的做法叫对花布。谁家的孩子娇，需要穿百家衣，孩子的母亲就走遍全村，从每家每户要来一片布，对成花布，做成百家衣。那时各家都缺布，有的人家连块给衣服的破洞打补丁的布都没有，要找够能做一件百家衣的布片儿难着呢。即使把布片儿讨够了，花色也很单一，多是黑的和白的。让母亲高兴的是，在城里被人说成垃圾的东西里，她轻易就能捡出好多花花绿绿的新布片儿。

母亲对花布对得很认真，也很用心，像是把对花布当成工艺美术作品来做。比如在花色的搭配上，一块红的，必配一块绿的；一块深色的，必配一块浅色的；一块方格的，必配一块团花的；一块素雅的，必配一块热闹的；等等。一条被单才对了一半，母亲就把花布展示给我和妻子看。花布上百花齐放，真的很漂亮。谁能说这样的花布不是一幅图画呢！这就是我的心灵手巧的母亲，是她把垃圾变成了花儿，把废品变成了布。

然而当母亲对妻子说，被单一对好她就把被单给我妻子时，我妻子说，她不要，家里放的还有新被单。妻子让母亲把被单拿回老家自己用，或者送给别人。妻子私下里对我说，布片儿对成的被单不卫生。垃圾堆里什么垃圾都有，布片儿既然扔到垃圾堆里，上面不知沾染了多少细菌呢。妻子让我找个机会跟母亲说一声，以后别去垃圾堆里捡布片儿了。妻子的意思我明白，她不想让母亲捡布片儿，不只是从卫生角度考虑问题，还牵涉到我们夫妻的面子问题。这个问题我也考虑过。那些捡垃圾的多是衣食无着的人，而我的母亲吃不愁，穿不愁，没必要再去垃圾堆捡东西。我和妻子毕竟是国家的正式职工，工作还算可以，让别人每天在垃圾场上看见母亲的身影，对我们的面子不是很有利。于是我找了个机会，委婉地劝母亲别去捡布片儿了。我说出的理由是，布片儿不干净，接触多了对身体不好。人有一个好身体是最重要的。母亲像是很快明白了我的意思，答应不去捡布片儿了。

我以为母亲真的不去捡布片儿了，也放弃了用布片儿对被单。十几年之后，母亲在老家养病，我回去陪伴母亲。有一次母亲让我猜，她在北京那段时间一共对了多少条被单。我猜了一条？两条？母亲只是笑。我承认我猜不出，母亲才告诉我，她一共对了五条被单。被单的面积是很大的，把一条被单在双人床上铺开，要比双人床长出好多，宽出近一倍。用零碎的小三角形布片儿对出五条被单来，要费多少工夫，付出多么大的耐心和辛劳啊！不难明白，自从我说了不让母亲去捡布片儿，母亲再捡布片儿，对床单，就避免让我们看见。等我和妻子上班去了，儿子上学去了，母亲才投入对被单的工作。估计我们该下班了，母亲就把布片儿和被单收起来，放好，做得不露一点痕迹。临回老家时，母亲提前就把被单压在提包下面了。

母亲把她对的被单送给我大姐、二姐和妹妹各一条。母亲去世后，她们姐妹把被单视为对母亲的一种纪念物，对被单都很珍惜。可惜，我没有那样一条母亲亲手制作的纪念品（写到这里，我泪流不止，哽咽不止）。

之三：搂树叶儿

只要在家，母亲每年秋天都要去村外的路边塘畔搂树叶儿。如同农人每年都要收获粮食，母亲还要不失时机地收获树叶儿。我们那里不是扫树叶儿，是搂树叶儿。搂树叶儿的基本工具有两件，一件是竹箅子；另一件是大号的荆条筐。用带排钩儿的竹箅子把树叶儿聚拢到一起，盛到荆条筐里就行了。

不是谁想搂树叶儿就能搂到的，这里有个时机问题。如果时机掌握得好，可以搂到大量的树叶儿。错过了时机呢，就搂不到树叶儿，或者只能搂到很少的树叶儿。树叶儿在树上长了一春，一夏，又一秋，仿佛对枝头很留恋似的，不肯轻易落下。你明明看见树叶发黄了，发红了，风一吹它们乱招手，露出再见的意思，却迟迟没有离去。直到某天夜里，寒霜降临，大风骤起，树叶儿才纷纷落下。树叶儿不落是不落，一落就像听到了统一的号令，采取了统一的行动，短时间铺满一地。这是第一个时机。第二个时机是，你必须在树叶儿集中落地的当天清晨早点起来，赶在别人前面去树下搂树叶儿，两个时机都抓住了，你才会满载而归。在我们村，母亲是一贯坚持每年搂树叶儿的人之一，也是极少数能把两个时机都牢牢抓住的搂树叶儿者之一。

母亲对气候很敏感，加上母亲睡觉轻，夜间稍有点风吹草动就醒了。一听见树叶儿哗哗落地，母亲就不睡了，马上起床去搂树叶儿。院子里落的树叶儿母亲不急着搂，自家的院落自家的树，树叶儿落下来自然归我们家所有。母亲先去搂的是公共地界上落的树叶儿。往往是村里好多人还在睡觉，母亲已大筐大筐地把树叶儿往家里运。母亲搂回的什么树叶儿都有，有大片的桐树叶儿；中片的杨树叶儿和柿树叶儿；还有小片的柳树叶儿和椿树叶儿。树叶儿有金黄的，也有玫瑰红的。母亲把树叶儿摊在院子里晾晒，乍一看还让人以为是满院子五彩杂陈的花瓣儿呢！

母亲搂树叶儿当然是为了烧锅用。在人民公社和生产队那会儿，社员都买不起煤。队里的麦草和玉米秸秆不是铡碎喂牲口了，就是沤粪用了，极少分给社员。可以说家家都缺烧的。烧的和吃的同样重要，按母亲的话说，有了这把柴火，锅就烧滚了，缺了这把柴火呢，饭就做不熟。为了弄到烧的，人们不仅把地表上的草毛缨子都收拾干净，还挖地三尺，把河坡里的茅草根都扒出来了。女儿一岁多时，我把女儿抱回老家，托给母亲照管。母亲一边看着我女儿，仍不耽误她一边搂树叶儿。母亲不光自己搂树叶儿，还用一根大针纫了一根线，教我女儿拾树叶儿。女儿拾到一片树叶儿，就穿在线上，一会儿就穿了一大串。以至我女儿回到矿区后，一见地上的落叶儿就惊喜得不得了，一再说："咋恁多树叶子呀！"挣着身子，非要去捡树叶儿给奶奶烧锅。

上了年纪，母亲的腿脚不那么灵便了，可她每年秋天搂树叶儿的习惯还保持着。按说这时候母亲不必搂树叶儿了。分田到户后，粮食打得多，庄稼秆儿也收得多，各家的柴草大垛小垛，再也不用为缺烧的发愁。有的人家甚至把多余的玉米秆在地里点燃了，弄得狼烟动地。我托人从矿上给母亲拉了煤，并让人把煤做成一个个蜂窝形状的型煤，母亲连柴火都不用烧了。可母亲为什么还要到村外去搂树叶儿呢？

树叶儿落时正是寒风起时，母亲等于顶着阵阵寒风去搂树叶儿。有时母亲刚把树叶儿搂到一起，一阵大风刮来，又把树叶儿刮散了，母亲还得重新搂。母亲低头把搂到一堆的树叶往筐里抱时，风却把母亲的头巾刮飞了，母亲花白的头发飞扬着，还得赶紧去追头巾。母亲搂着树下的树叶儿，树上的树叶还在不断落着。熟透了的树叶儿像是很厚重，落在地上啪啪作响。母亲搂完了一层树叶儿，并不马上离开，等着搂第二层第三层树叶儿。在沟塘边，一些树叶儿落在水里，一些树叶儿落在斜坡上。落进水里的树叶儿母亲就不要了，落在斜坡上的树叶儿，母亲还要小心地沿着斜坡下去，把树叶儿搂上来。刘姓是我们村的大姓，我在村里有众多的堂弟。不少堂弟都劝我母亲不要搂树叶儿了。他们叫我母亲叫大娘，说大娘要是没烧的，就到他们的柴草垛上抱去。这么大年纪了，还起早贪黑地搂树叶子，何必呢！有的堂弟还提到了我，说："大娘，俺大哥在北京工作，让我们在家里多照顾您。您这么大年纪了还自己搂树叶子烧，大哥要是知道了，叫我们的脸往哪儿搁呢！"

这话说得有些重了，母亲不作出解释不行了，母亲说，搂树叶儿累不着她，她权当出来走走，活动活动身体。

我回家看望母亲，一些堂弟和叔叔婶子出于好心好意，纷纷向我反映母亲还在搂树叶儿的事。他们的反映带有一点告状的性质，仿佛我母亲做下了什么错事。这就是说，不让母亲搂树叶儿，在我们村已形成了一种舆论，母亲搂树叶儿不仅要付出辛劳，还要顶着舆论的压力。母亲似乎有些顶不住了，有一天母亲对我说："他们都不想让我搂树叶儿了，这咋办呢？"

我知道，母亲在听我一句话，我要是也不让母亲搂树叶儿，母亲也许再也不去搂了。我选择了支持母亲，说："娘，只要您高兴，想搂树叶儿只管搂，别管别人说什么。"

朋友们，在这件事情上，我没有做错吧？

就算我没有做对，你们也要骗骗我，不要说我不对。在有关母亲的事情上，我已经脆弱得不能再脆弱了。

原载《文学界》2007年第1期

父母老去

彭　程

————————

　　父母的变老，是一个逐渐的、缓慢的过程，有如树木的颜色，自夏徂秋，在不经意间，由苍翠转为枯黄。

　　一个人在生命的不同阶段，留意的事情会很不同。某个时候，他会忽然意识到，以前忽略甚至遗漏了一些原本十分重要的东西。也就是最近这几年，随着孩子长大，随着自己渐渐感觉体力精力的衰减，才更明显地感觉出时光对生命的蚕食，也开始有意识地端详这一点在父母身上的体现。

　　好几年前，大概是在他们搬过来两三年后，有一个晚上看电视，父亲坐在沙发的另一端，侧面看上去，我不禁被强烈地触动了一下。原本棱角分明的嘴巴，平时总是抿得很紧的，这时却瘪了下去，半张着，头一点一点的，在打瞌睡。曾经多次看到过这种老年人的衰弱的神态，但从来不曾和自己的亲人联系起来。

　　那是第一次，有一种刺痛般的感觉。

　　那以后，看他们时的目光，便多了些审视的成分，便总是能够发现衰老的迹象。拎不多的几样菜，走一段路就要停下来歇口气。陪他们散步时，得注意放慢些脚步，否则他们会落在后面。母亲虽然常年坚持锻炼，做保健操，但上下楼梯时的步态，明显地迟缓，手要扶着栏杆。父亲的头更向前倾，腰背也更伛偻了。

心理上，也变得缺乏承受力。他们原本都是脾气平和开朗的人，可如今一点不顺心的小事，就能够影响他们的情绪。比如，在外面摊上买了水果，回去发现缺斤短两，就会郁闷半天。要去南方的弟弟家，动身前两天就开始嘀咕了，担心出行那天天气不好，到机场的路上会不会堵车。同时，也变得越发不爱走动了。他们住在远郊，出行不便，有时候想拉上他们进城，去某个景点走走，或者逛逛新开张的商厦，头两年还有兴致，后来就轻易劝不动了，只有逢年过节，才去看看不多的几家亲戚、同事，也仿佛是尽义务，坐一会儿就惦记着要离开。假期去外地旅游，想带他们一同去，父亲却不想动，说想起到处是人就怵头，母亲于是也走不成。

有一次父亲生病了，半边腮帮鼓起来老高，两三天不消肿，吃不下饭。接到电话，我赶过去，拉到就近的一所医院治疗。看病的过程中，我感到了父亲有一种孩子般的紧张和烦恼，大祸临头的样子。其实不过就是发炎，吃了些药，第二天就明显好多了。过后母亲笑着揶揄父亲说，那天他闹着说不行了，这次肯定躲不过去了，要写遗嘱。父亲一直是很受情绪控制的人，老了以后就更是如此。

随着时间推移，这些年，越来越感受到，他们成了需要惦记照料的对象。带他们到什么地方去，看到他们迟缓的动作，就需要不时地提醒，过马路时注意两边的车辆，或者留意商场的转门，小心脚下的电梯，就像儿时被他们不停地照料一样。不单单是身体上的，也表现在其他方面。比如，一件无关紧要的小事，他们的决定也会变得困难，像在餐馆里点菜，像外出走哪条路，常常踌躇半天拿不定主意，这时候就要替他们作决定了。不知不觉中，角色对换了，是时间促成了这种变化。寻思起来，其中有多少滋味可供品尝啊。

有时，看着他们，意识忽然会产生一瞬间的恍惚：眼前这一双年迈老人，就是为我们兄妹提供衣食、抚养长大、又挨个儿供四人读完大学的生身父母吗？记忆中，他们也曾精力旺盛，健步如飞，笑声朗朗。在家乡那个狭窄的小院里，在几间摆放着最简单家具的房间中，他们一天到晚忙忙碌碌，用他们那点微薄的工资，为维持一个多子女家庭最基本的物质生存条件，百般筹划算计，节衣缩食，但有时仍不免愁肠百结。记忆中，尚留存有一些生动的片段，但更多的内容，已经落入遗忘的深渊。

七年前，我们兄妹几人，在京南大兴区一个小镇上的一处小区，凑钱买了一套经济适用房，把父母从几百公里之外河北老家的县城里接来。那一年，父亲六十六岁，母亲六十四岁。多年的盼望实现了，终于来到子女身边了，他们精神爽朗，喜气洋洋。

对他们来讲，搬到这里来，也是一次颇为重大的人生转折。大半辈子生活在小县城，生活方式、人际关系都已经固定化，如今来到一个陌生的环境，有一个适应的过程。周边的环境和生活设施，要慢慢熟悉。城里有几家远房亲戚，还有若干当年的同学，要去看望，以及接待对方回访。不知不觉，大半年的时间在新鲜的体验中过去了。

体验到变化的不仅是他们。因为距离缩短，去的次数增多，亲情的分量感觉陡然增加了许多。感情是要在不断的来往中加强的，即便父母子女之间也是如此。面对面交谈，甚至是默默相对，那些动作表情，声音气息，都会转化为一份情意。我开始自责，为在过去的许多年中，回家次数太少，有时一年都没有一次，虽然离故乡只有几百公里。因为疏懒，因为曾沉湎于若干不切实际的梦想，也因为那些年里孩子还小，需要照顾，走不开，还有，是基于那个年龄段特有的错觉，觉得未来的日子会很长，一切都来得及。这可能很让他们失望，一定还有一些不满，但他们没有公开表达过。他们在街坊邻居面前都是好面子的人，又是千方百计为儿女考虑的人，所以会想出种种的借口来，说给邻居听，也让自己相信。

回头想来，那些年头，许多事情做得不妥，生活中会有多少不易觉察的盲区啊。只有时间的流逝，才会让我们慢慢意识到。因为这种迟来的觉悟，那一年里有很长时间，我心中感到十分愧疚，然后又感到庆幸：好在尚有机会弥补。他们搬来了，就在身边，我过去的疏忽还可以补偿，不必像许多人那样，一旦天人相隔暌违，才猛然发觉昨日之非，后悔不迭，但现实无情，"子欲养而亲不待"，即便捶胸顿足又有何用？

记得那年十一，是建国五十周年的国庆节，因为是大庆，北京城内外，到处都布置得十分热闹。我带父母和从外地赶来的小姨，去天安门广场看花坛和音乐喷泉，以及各省、直辖市、自治区及各部委设计制作的数十辆国庆游行彩车展览。父亲那天十分兴奋，情绪少见的激昂，坐在车里，一路上追述自己在建国那年来北京找工作的情形，如何从天安门旁的中山公园，一直步行到现在首钢所在地的石景山。听他描述当年的情形，恍如隔世。声声叹息中，半个世纪的岁月如云烟过眼。

父母多次说到，他们有一个幸福的晚年。这话他们说给老家来的亲戚、客人，说给小区的邻居，也说给我们几个儿女，语气中流露着满足和感激。当年的同事，如今的邻居，都有人家孩子不孝、晚景凄凉，他们庆幸自己的儿女孝敬体贴。本来是子女应该尽到的义务，在他们那里却常常视为一种额外的馈赠一样。父母的心理，那样一种谦卑、容易满足的感情，随着自己也当了父亲，体验得越来越深了。

大半辈子过着贫寒的生活，所以如今在别人看来是很一般的条件，他们却觉得非常满足了。离子女近了，不再像过去那样，一年见不到一两次面。条件比在县城时强得多，做饭有煤气，取暖有暖气，冬天不用拉蜂窝煤，掏炉渣。有卫生间，不用走老远上公厕。更不必冒着危险爬上房顶扫雪，因为担心融化后会渗漏。房子装修时，没有经验，又想让他们赶在春节前搬过来，很着急，因此弄得很简单，有些地方不大方便。也住了好几年了，很想重新装修一次，这期间让他们来家里住上几个月，但说了多次，都不肯，说他们觉得已经不错了。当然，以他们在老家的微薄的工资，看这边的物价，什么都贵。虽然已经不需要再为经济操心，但节省的习惯改不了了，买一份青菜，也要比较好几个摊位。

像大多数父母都会有的错觉一样，他们也觉得孩子们有出息，没有任何背景，凭着个人的奋斗，从小地方考取了名牌大学，分配在大城市，拥有一份不错的工作。虽然他们也知道，孩子们也无非都是普通的白领，既没有当官的也没有发财的，按社会上的成功标准来看，都算不上什么。但父母评价孩子的标准大多数是难以客观的，总是对优点夸大，缺点缩小。

他们搬来这里，空间距离大大压缩了。其实，另一种变化更有意义，那就是心理距离的缩短乃至消失。但这点却是慢慢意识到的。固然是因为住得近了，很容易就可以坐在一起，但关键还是，在父母子女双方，都已经到了那个辈分年龄的界限被打破的阶段了。人生际遇、感受随着岁月流逝而增添、调整，相互重合的区域越来越多，共同的话题自然也多起来了。"多年父子成兄弟"，我对这样的话有了更具体的认识。

在那里，除了充当儿子特别是长子的角色——这让我更多地参与家庭中一些重要的和临时性的事情的"决策"——还经常临时担任裁判。老两口儿有时会为一些鸡毛蒜皮的事情争执，起因通常是母亲唠叨一件什么事，父亲不爱听，双方争辩，然后谁的一句话就跨越了临界点，引起争吵。听起来很可笑，实在不值得，但想下去，倒也很正常，在他们退休生活的狭小圈子里，还能有什么大不了的跟"原则性"挂钩的事情？如果我去的时候离发生争吵的日子还不算远，两人都还没有忘记，就可能会旧事重提，请我评判。这种时候，每个人都很较真，抢着介绍争吵的前后原委，数说对方的不是，详细到了琐碎的地步，让我想到了那个"老小孩"的说法。好在，我从来不担心，这种冲突会发展到真正需要忧虑的地步。我能想象出，父亲当时可能神情更激动，声调更急，但最后总是他率先作出示好的表示，母亲便有了台阶下，虽然神情似乎很委屈。这种时候，我总是含糊其辞，不偏不倚，典型的骑墙派，而他们也没有人提出异议。这时我会有一种感觉，这其实正是他们相互之间表达感情的方式。

在很多细节上，母亲更多表现了母性的细致、慈祥和宽厚。这些年来，她多次说起，小时候因为我偷吃糕点，用笤帚把打过我，如今每次想起来，都后悔得要狠狠地掐自己右胳膊几下，怨自己当年怎么那么大的火气。有好几次，看到我因为什么缘故训斥女儿时，都及时制止，并把我叫到一边，很严肃地提醒我，对孩子一定要心平气和，否则将来会后悔的。

七年下来，他们已经是这里的老住户了。

刚搬来的时候，小区里还没有几家入住，入夜只有不多的房间亮着灯，在一片漆黑的楼群中显得孤零零的，看上去有些发憷。周边也是一片荒凉，要走出老远才能找到商店和饭馆。如今，小区里早已经人满为患，孩子们到处跑来跑去，有不少是这几年新生出来的。出小区大门，通往公路的几百米长的道路边，各种店铺鳞次栉比，热闹非凡。更远处，还有规模不小的超市和农贸市场。周边，也新建起了档次更高的居住小区。

每天晨昏时分，在楼前那片十分开阔的中心花园里，都有一大群人打拳、做操和聊天，轻松悠闲。去那里走走，你会感受到，平民生活自有一种浓郁的乐趣。住久了，邻居们之间也早都熟悉了。住户中有不少是从城里搬来的拆迁户，把老北京人住胡同大杂院的那种人情味也一块儿移过来了。有几家的子女，在附近的一个蔬菜批发市场做生意，时常会送一些菜来。父母也把老家来人捎来的一些特产，作为回报。有时候，我和妹妹把他们接到城里住，但住不几天，就惦记着回去。只有在自己家里，才感到放松和自在。

虽然已经彻底融入了这里的生活，但他们大半辈子是在家乡小县城中度过的，难以割断那种牵挂。他们单调生活中的一项内容，是和家乡的亲戚朋友们联系。好在电话方便了，拨几个号码就能听到熟悉的声音。当年的同事故旧，街坊邻居，谁得了病，谁去世了，谁的境况不济，都会让他们唏嘘半天。母亲每年都要搭便车或乘长途车，回去一趟，住上十天半月。然后，对这些日子的回忆和谈论，就会成为回来后很长时间内的重要内容。

尤其是刚搬来的头几个月里，一下子置身于全然陌生的环境中，连个说话的人也没有，母亲实在感到寂寞，坐长途车回家住了一个月。第二年的国庆节长假，母亲还把几个当教师的同事约来，住了好几天，聊天，搓麻将，一块儿包饺子，那几天真是热闹。她们都是我小学时的老师，因为是母亲同事的缘故，叫老师的时候少，更多时候是按家乡的称呼，叫大姨。听她们用家乡话大呼小叫，感到特别的亲切温暖。当年一个个都是精干利落、脚下生风，如今全变成花白头发的小老太太了。我带她们进城逛了王府井步行街、新华书店，坐在车上看了街景，算是尽了一点学生和晚辈的心意。

每隔两周左右，有时候还要长一些，我带妻子女儿过去一次，陪他们吃一顿饭，聊一会儿天，拢共也就几个小时的样子。平时工作缠身，周末两天，要做一周累积下来的家务，还要接送读初中的女儿上课外强化班。人到中年，深切而无奈地感受到时间的短缺。

那天，从早晨起，他们就开始慢慢准备了，变换着花样做我们爱吃的东西，焖饼，煎茄夹，烙北瓜丝的糊塌子，用自己采摘、晾干、切碎后的马齿苋馅蒸包子，等等。每次都吃得超出平常饭量很多，过后颇为后悔。临走时，还要带回来不少，够吃好几顿的。

这么短暂的时间，多数情况下，实际上根本谈不了什么。仿佛一种仪式，定期释放一下亲情和挂念。三四个小时的相聚后，后面便是十几二十几天的分离。这样，也便无暇深入到他们的内心，不知道每天他们都在想些什么？退休养老的生活，有足够的时间和静谧，他们会把一生的经历遭际，反复地回想和咀嚼吗？

应该会的。有些时候，待的时间稍长一些，他们就不知不觉中谈到了某个话题。当年生活的捉襟见肘，兄妹几个或痴傻或调皮的故事，某个邻居或同事的趣闻，等等，都很生动详细。虽然有些是自己经历过的，但因为当时年幼懵懂或者漫不经心，了解得并不多，感受也不深，故而此时听起来十分新鲜。他们并非忘记，只是没有机会倾诉而已。

聚少别多，这实在是无可奈何的事。

有一些话，可谓是老生常谈，平时人们经常都会说到，但很少会认真思索其中的深意。只有在某些时刻，某种情境中，它们才会于瞬间变得尖锐，显露出咄咄逼人的意蕴。有一次告别后，车已经开出很远，转过弯儿就要出小区了，回头一看，他们还站在楼前朝这边张望着，因为隔着很远，只是两个模糊的身影。这时心里忽然升起了一个想法：以这样的节奏频度，还能够见他们多少次？我尚且有这种念头，他们就更会这样考虑了吧？这样一想，就强烈地意识到了生命的短促，一些忧伤也迅即在胸间弥漫开来。

见一面就少一面了。单位有位领导，每年的几个七天长假，都要赶回远在一千多公里外的故乡，只为探望八十多岁的老父亲。当有人问起何以如此频繁时，他这样回答。其实谁又不是如此，当父母已经踏上暮年之路，渐行渐远？寿龄的长短也只具有相对的意义，不变的是相伴的暂时性。初次意识到这点时，我记得心中掠过一缕寒意。他们搬来已满七年，按说不算很短了，但在记忆中那些日子却仿佛可以数点出来。今后，还会有几个这样的七年？

度量生命可以用不同的标尺。在人们习惯的童年、少年、中年、老年之外，还可以有更开放的、多样化的尺度，譬如，哪几年从事的是什么职业，哪几年在什么地方居住等等，都可以拿来绘制具体的人生坐标图。有一次翻《诗经》，读到这样的句子："哀哀父母，生我劬劳……父兮生我，母兮鞠我，拊我畜我，长我育我，顾我复我，出入复我，欲报之德，昊天罔极！"我忽然产生了一个想法，其实，人生也可以这样划分：在父母身边的日子，不在父母身边的日子；同样是分离，有短暂分离的时候，也有阴阳阻隔、生死睽违的时候。

父母好多次对我们表示，他们眼前最大的心愿，就是把身体照料好，生活能够自理，免得得上个半身不遂之类腻歪人的病，自己遭罪受不说，还累赘别人，给你们增添负担。这时候，我们总要笑着打断他们的话头：说什么呢，你们还要制订至少二十年的目标，多想想怎么活得健康、活得乐呵吧！

看他们今天的身体状态，这样的话也并非只是为了讨个吉利。何况，根据世界卫生组织的新的定义，这个年龄还只是属于老年的早期，未来尚有堪称长久的日子。报纸上电视里，不是也经常刊播一些百岁老人的消息？我时常将这一类的信息带给他们，既是为他们鼓劲，也是安慰自己。还不断地捎过去一些健康保健类的杂志，他们也仔细地读，按照上面所说去安排自己的饮食起居。差不多每隔两年，为他们做一次全面的体检，各项指标大都比较正常，有一些小毛病，也都是这个年龄的人常见的，并无大碍。

父亲总是说，知足了，就是现在就蹬腿的话，也算活够本了。父亲从年轻时身体就不好，县委的同事们开玩笑，说老彭熬过的中药够装几车了，药渣能够把自己埋几次了。他多次谈到，当年在沧州干休所疗养院的几十名病友，如今还在人世的，只有他和另外两三个人了。最后，又总是千篇一律地转到儿女孝敬，让他们生活好，心情舒坦，才有今天的样子。

但自然规律无法对抗。即便如此，有一点是不会改变的：他们在慢慢地走向一个归宿，一处一切生命都将在此聚会的所在。

那时，窗外这条被脚步丈量了无数次的小路，将不再留下他们的足迹。小区花园的那片健身区中，依然热闹喧哗，但不再有他们的身影。眼前的一切，都将成为记忆中的内容，而也会有连记忆都消失了的时候。生命的延长，无非是持续不断地增加、积累记忆，然后在某一天突然变得空白。那些伟大的人物，还会被记入史册，而一个普通人，便只会在家人、亲戚、友人的回忆中，继续存留一些时日，然后就慢慢地淡出了。等到若干年后，这些人们也渐次故去，就没有证实他们曾经存在过的消息了。就像这个世界上曾经存在过的亿兆生命，如今再没有一点的痕迹。

向更远一些的地方张望，他们的今天也就是我们的明天。

生命重复着相似的道路，尽管年代、地域各异，但实质是相同的。就像那句西方谚语所说的，太阳底下无新事。一样的人间戏剧，时时刻刻在扮演着同一个脚本，不同的演员。将来有一天，我们也会和他们一样，一样的牵挂，一样的思虑，一样的这个年龄所固有的心情。从心里盼望儿女来，但又体谅他们的忙碌，言不由衷。我们也会畏惧出门，畏惧热闹，顶多在房前的花园里晒晒太阳。朋友们见面越来越少，想念的时候，通个电话问候一下。然后在某一天，听到某个老友辞世了，内心不由得震颤了一下。

不过，依然还是时间，能够让一切归于平淡。此后，随着这样的讣告越来越多，渐渐地，我们心底波澜不惊，感慨也变得寡淡。再后来，我们会坦然地等待着，在不可知晓的某一天，这个结局也降临到自己的头上。

想象这些，也就是演练生命。将那个时段的生命感受预先体验一番，咀嚼一番，但愿等真正到了那个时候，我们会更成熟，更从容，更有尊严地面对必须面对的一切。

注视着，端详着，在时光无声的脚步中，父母越来越老了。

衰老是一个缓慢的过程，每年，都在一点点地累积，这儿或者那儿。我和大妹因都在北京，去得多，对这种变化还不是特别敏感，但我有一次翻出这几年里给他们拍的照片，前后比较，还是能够分辨出来。弟弟在南方，一年多见他们一次，小妹在国外，两三年回国一次，感受就更鲜明一些。

仔细凝视时，会意识到，那些言谈举止中，其实都是熟悉和陌生的东西的混合。那些熟悉的动作、声音、神态，让我们的记忆连接起了所有的过往的日子，那里面有苦涩，也有温暖。而那些被时光添加的东西，那些蹒跚、迟缓、软弱，让我们意识到天命、大限，生命的无限的脆弱，认识到人生的悲剧性本质。

一旦父母离去，对我们而言，也就是撤去了一种生命的支撑，割断了一条连接这个世界的牢固的纽带。我们内心深处会有一处被抽空的感觉，存在的根据也会变得恍惚可疑。对于一颗敏感的心灵，即便生活成功美满，一切都很如意，这种亏缺感也是无法被填补的。说到底，那是一种孤儿般的、被抛弃的感觉。他们给予了我们生命，抚养我们长大，看着我们成家立业，同时，他们一步步走远，终有一天会彻底地离去，阴阳暌违。仔细想来，这实在是一件荒谬的事情，是心理上难以接受的。有时候，忽然会有一种童稚的、虚妄的想法：如果能够和他们长期相随，还有什么是不能交换的呢？

然而这是不可能的。

我们就只好等待着，那必将到来的日子，别无选择。只愿当这天到来的时候，我们不会懊悔，不会内疚。我们能够说，作为儿女，我们尽到了自己的一份责任，在他们老迈衰弱时，我们曾经尽力照料呵护过。面对着一个铁一样的定局，我们作出过最好的抵抗。

原载《十月》2007 年第 1 期

母　亲

刘醒龙

过年回家，有一种东西总是在堵着我的喉咙。

我们是在黄昏时刻到家的，从车窗里望见系着旧抹腰的母亲，孤单地等候在院门外的那一刻，我第一次发觉，一生中最先学会、叫得最多、最了不起的称谓，竟然无法叫出声来。是女儿趴在怀里，冲着奶奶，响亮而又深情地替我叫了一声生命中最爱的母亲。母亲灿烂的笑容，分明是冬日苍茫中最美丽的景致。我的心却紧得很，阵阵酸楚直往眼底涌：国庆节放长假我们曾经回来过，才3个月时间，母亲又老了，并且老得格外厉害，许多次，我在电话中一边同母亲说话，一边想象母亲苍老的模样，眼见为实的母亲让我惊讶不已。在一段时间里，我一直不去看女儿绕在奶奶膝前撒娇并撒欢的模样，只用耳朵去听她们一声声"好奶奶——好孙女"地相互叫着，并相互说着：我好想你呀！在听来的这些动静中，让我略感宽慰的是母亲的笑声，在女儿亲昵下，甚至还透露出一丝逝去多年的娇媚。

这么多年，记忆中唯一没变的是系在母亲身上的抹腰。母亲四十几岁时就病退在家，此后的30年中，一件又一件的抹腰，也就是别处称之为的围裙，就成了她日常生活中最主要的时装。回家之前，妻子拉着我特意去商场为母亲买了一件枣红色绣花中长棉外套，我们非常满意，拿给母亲试穿，母亲也非常满意。初一早上，母亲走出睡房后的模样，竟然没有一个人及时看到。临近中午，大家在院子里晒太阳，我问母亲为何不穿那件新衣服。话刚说完，我就发现，那件新衣服其实早已穿在母亲身上。母亲在穿上新衣服的同时，亦随手系上那条沾着油腻、补有补丁的抹腰。

母亲过分的苍老，主要原因在于父亲。腊月底，二叔带着二婶来武汉医治青光眼，见面后聊起家事，二叔二婶毫不客气地表示，81岁的父亲在所有事情上越来越任性而为，完全是母亲宠坏的。父亲将自己可以有些作为的岁月，全部献给了他曾百般信任的乡村政治。如今回过头去看，父亲这辈子从未弄懂过什么是政治。离休后第一个10年，父亲结交了一批钓鱼的朋友。第二个10年，父亲不能钓鱼，只能打些小麻将，于是就有了一批老赢他钱的牌友。第三个10年开始后，父亲的体能只够在院子里养养花，仅仅剩下两位爱花的老朋友就成了必然的事。于是，已到了"现在的事记不得、过去的事记得清"阶段的父亲，就用那貌似清醒明白的糊涂，开始了对母亲仿佛不近情理的导演。越来越靠意识生活的父亲，迫切需要有人来出演往日工作与生活中相伴过的那些角色。譬如他不让母亲洗被子，母亲没有听信，父亲便夺过被子，放到砧板上，用菜刀剁得稀烂。譬如，锅里的饺子煮好后，两位孙子像请示工作一样去问他，可以吃几个。几经反复，他才哼一声：8个。那样子十分像小时候看战斗故事片，日本人伸着手指比画：八路的有？

母亲是天下最常见的那种任劳但不一定任怨的妻子，心里有委屈，就会在儿女的面前一一数落。吃着母亲亲手做的饺子，心中塞满了母亲这辈子太多的辛苦、辛劳和辛酸。不由得，我们也会跟着母亲抱怨父亲几句。然而，母亲往往不给我们哪怕一丁点的过渡，只要父亲那里有任何动静，她便即刻赶过去，那种敏捷与由衷，让满屋子的晚辈每每自叹弗如。

到家的第二天，我抢先起床，打算做一顿早饭给母亲吃。正在忙碌，母亲出现了。她笑我这么多年没烧煤了，还能记得如何生煤炉子。我也笑，却没有说，因为怕生不着煤炉子，而比她多用了两倍以上的引火木炭。母亲说她整个冬天都不敢烧煤，她那手像豆腐渣，不晓得为什么，只要一沾煤，就会裂得大口子连着小口子。

我想起前年母亲在武汉过年。母亲当时之所以同意在外面过年，是因为那一身折磨她多年的疾病实在不能再拖下去，答应我们年后上同济医院彻底治一治。为了陪伴母亲，我们要了一间温馨病房。手术之后的母亲从麻醉中醒来，顾不上疼痛就开始后悔，治病哪能像住宾馆。无论我的稿费来得容易和不容易，在母亲看来都不应该如此为她花费。母亲住院的那半个月，是迄今为止，我对她最为孝顺的日子。印象最深的一件事是坐长途客车来看望的大姐，捧着母亲的手说，真像是姑娘的手。那一刻，母亲笑得十分满足。

母亲的手是那乡村沃土，只要一场雪，就会变得丰姿绰约光洁照人，然而沃土之意义不是妩媚其表，而在于内里中长久的奉献。此时此刻，不烧煤的母亲双手上那些隐约带血的裂口子，只是稍细了些，会不会少一些都说不准。

大清早，母亲一边和我说着话，一边随手将我正在做的各种事顺手接了过去。而我也像以往每次回家那样，不自主地就顺从了母亲。直到这顿早饭做好后端上桌子，我才重复着从前，在心里责备自己，怎么连这么小的一点事情也替不了母亲哩！守岁的那夜，过了零点，我一再吩咐母亲初一早上好好睡一觉，那些该做的事，由我起床做。一夜好觉被邻居家的鞭炮惊醒，匆匆起来也放了一大串迎新年的开门吉响。我真的不晓得，做儿子怎么会如此滥用母亲的慈爱，无论我如何告诫自己，到头来一切如故，母亲轻轻地走进来，不用费力争夺，只需稍一抬手，我就放弃了为母亲分担点什么的诺言。

就这样，我伤心地发现一个可能属于天下所有男人的秘密：不要相信儿子对母亲的承诺，不是儿子们不孝顺，只因为母爱太伟大了，做儿子的到老也离不开。

在家的那几天，母亲曾问她的孙女："我到你家去住好吗？"女儿想了想才回答："我家住7楼，奶奶你上得去吗？"女儿没有笑，我也没有笑，唯有母亲在那里开心地笑着，一切答案仿佛都与己无关，就像母亲这辈子所走过的，70岁、80岁和100岁都不是目的，真正属于她的只有这些日复一日，让我这做儿子的想得心疼的实在小事。那一天，我将女儿叫到身边，故作神秘地问，将你的奶奶借给我当母亲好不好。女儿明白我在逗乐，一边说奶奶本来就是你的母亲，一边像小猫小狗一样快乐地跑开了。所有的青春少女都是在快乐中渐行渐远，直到无影无踪，留下来陪伴终生的都是不再将爱字说出口来的老母，那才是每一个人的至亲。

原载《人民日报》2008年1月18日

那边多美呀！

刘心武

————————

一

我妻吕晓歌2009年4月22日晚仙去。

我不能承认这个事实。我不能适应没有晓歌的世界。

一些亲友在劝我节哀的时候，也嘱我写出悼念晓歌的文字。最近一个时期，我写了：不少祭奠性文章，忆丁玲，悼雷加，怀念孙轶青，颂扬林斤澜……敲击电脑键盘，文字自动下泄，丝丝缕缕感触，很快结茧，而胸臆中的升华，也很容易就破茧而出，仿佛飞蛾展翅……但是，提笔想写写晓歌，却无论如何无法理清心中乱麻，只觉得有无数往事纷至沓来、丛聚重叠，欲冲出心口，却形不成片言只语。

晓歌一生不曾有过任何功名，对于我和我的儿子儿媳，她是一个伟大的存在，但对于社会来说，她实在过于平凡。人们对悼念文字的兴趣，多半与被悼念者的公众性程度所牵引。晓歌的公众性几乎等于零。这也是她的福分。

王蒙从济南书市回到北京，从电子邮件中获得消息，立刻赶到我家，我扑到他肩上恸哭，他给予我兄长般的紧紧拥抱。维熙和紫兰伉俪来了，维熙兄递我一份手书慰问信，字字真切，句句浸心。燕祥兄来电话慈音暖魂。李黎从美国斯坦福发来诗一般的电子邮件。再复兄从美国科罗拉多来电赐予形而上的哲思。湛秋从悉尼送来长叹。我五本著作的法译本译者，也是挚友的戴鹤白君，说他们全家会去巴黎教堂为晓歌祈祷……他们都是公众人物，他们都接触过平凡的晓歌，他们都告诉我对晓歌的印象是纯洁、善良、正直、文雅。老友小孔小为及其儿子明明更撰来挽联："荣辱不惊，风雨不悔，红尘修得三生幸；音容长在，世谊长存，青鸟衔来廿载情。"但是唯有我知道得太多太多，可我该如何诉说？

忘年交们，颐武、华栋、祝勇、小波和小何、李辉和应红……我让他们过些时再来，他们都以电子邮件表示会随叫随到。我知道我们大家都处在一个世态越见诡谲、歧见越发丛滋、人际难以始终的历史篇页中，但我坚信仍有某些最古朴最本真的因素把我们心灵中最柔软的部分黏合在一起。这个世界每天有多少人在死亡，但他们仍真诚地为一个平凡到极点的师母晓歌的仙去而吃惊，为夕阳西下的我的生理心理状态担忧，这该是我对这世界仍应感到不舍的牵系吧？

温榆斋那边的村友三儿从老远的村子赶到城里的绿叶居，一贯不善于以肢体语言交流的他，这次见到我就拉过我的双手，用他那粗大的手掌握了拍，拍了揉，揉了再握，憨憨地连连说："这是怎么说的？"

和三儿对坐下来以后，我跟他说："三儿，我想写写你婶，可就是没法下笔。"没想到他说："就别写呗。"三儿告诉我："我爹我妈特好。就跟你跟婶那么好。特好，就不用说什么话。"三儿爹妈相继去世十来年了，他说他还记得有一天的事情。那一年他大概十来岁，他妈给他爹刚做得一双新鞋。鞋底是用麻线在厚厚的布壳帛上纳成的，鞋面又黑又亮。那天晌午暴热，他爹光着膀子，穿条连裆裤，系条青布腰带，穿着那双新鞋出门去了。忽然变了天，下起瓢泼大雨。他妈就叹气，那新鞋真没福气！过了一阵儿，他爹回家来了。浑身淋得落汤鸡一般。他爹光着脚，满脚趾渍着烂泥。新鞋呢？三儿妈和三儿都望着三儿爹。三儿爹身姿很奇怪。他两只胳膊紧紧压着胳肢窝，胳膊上的肌肉和胸脯子肉都鼓起老高，绷得发硬。

他没说什么，三儿看出名堂来了，就过去从爹胳肢窝里先一边再一边，取出紧紧夹在那里面没有打湿的新布鞋来。三儿妈从三儿手里接过那双鞋，往炕底下一放，就跑过去捶了三儿爹脊背一下，接着就找毛巾给他擦满身雨水……

是呀，三儿爹和三儿妈，包括三儿，在那个场面里，甚至并没有一句语言，但是，那是多么真切的家庭之爱！

我听到此，强忍许久的泪水忽然泉涌。晓歌仙去后，我多次背诵唐朝元稹悼亡妻的《遣悲怀》，"昔日戏言身后意，今朝都到眼前来。""诚知此恨人人有，贫贱夫妻百事哀。""独坐悲君亦自悲，百年都是几多时！""唯将终夜长开眼，报答平生未展眉。"越过千年，穿过三儿爹妈暴雨时的场景，直达我失去晓歌的心底深处，始信有些情愫确属永恒。

我要将关于我和晓歌共同生活岁月里的那些宝贵的东西，像三儿爹把三儿妈新鞋紧夹在腋下不让暴雨侵蚀一样珍藏。"就别写呗"，我心如矿。

二

晓歌仙去后，多日无法安眠。蒙兄郑重地劝我用药，终于还是没用。十天后，渐渐可以断续入睡。总盼梦中能与晓歌重逢，但连日梦里来了一些平日忘掉的人，却并无晓歌身影。

直到晓歌仙去后的第二十三天，应该已经是5月15日早上了，我睡在床上，忽然听到窸窸窣窣的声音，那正是晓歌以往在卧室走动的衣衫摩擦声，多么熟悉，多么亲切！我睁开眼，呀，分明是晓歌回来了！我就从被窝里伸出一只手，招呼她，"晓歌，你回来了吗？"晓歌就走过来，蹲下，握住我的手！呀！那是多么幸福的一瞬……然后，晓歌就站在梳妆台前，梳她的头发。她什么也没说，她又何必说什么！

　　……忽然又是在我们新婚后居住的柳荫街小院里，耳边似有当年邻居高大妈李大婶说话的声音。晓歌继续梳头，我看不到她面容，只觉得她垂下的头发又长又密又黑，她就站在那边默默地用梳子梳理着……我就发现晓歌买来了新菜，一种是带着一点黄花的微微发紫的芥蓝菜，一种似乎是芹菜，量不大，根根清晰，体现出她一贯少而精的原则，我自觉地把菜放到水盆里去清洗……

　　……忽然我又躺在床上，仍有窸窸窣窣至为亲切的声音……多好啊！但……忽然想到那天我亲吻她遗体的额头，以及跟她遗体告别……那才是梦吧？我挣扎着从床铺上坐起来，仔细地想：究竟哪一种才是梦？

　　……不知道为什么从床上下来后，竟面对一条长长的走廊，我顺那走廊跑，开始绝望——原来晓歌回家是梦！

　　……

　　于是醒过来。晓歌真的没有了。再不会有她走动时衣衫发出窸窸窣窣的声响了。想痛哭。哭不出来。才顿悟，原来，她于我，最珍贵的，莫过于日常生活里那窸窸窣窣的声响，包括衣衫摩擦声，也包括鞋底移动声，还有梳头声……

　　自从三儿给予"就别写呗"的至理箴言，我就决定将那许多许多的珍贵回忆深藏为矿。儿子远远试图引我回忆我和他妈妈的那些酸甜苦辣，我也只跟他讲到一个镜头——

　　那是1974年，他三岁，我和晓歌带他回四川探望爷爷奶奶，爷爷奶奶那时候被遣返到祖籍安岳县，需先坐火车到成都再转长途汽车方能到达。在成都挤公共汽车的时候，我把他们母子推塞进了车门，自己却怎么也挤不上去了，被甩在了车下。那时成都的公共汽车秩序一片混乱，一辆来过，下一辆什么时候来，或者干脆再不来了，谁也说不清。我心急如灌沸汤，弱妻幼子，他们在成都完全找不到方向。那时候哪有手机，他们和我失去了联系，天已放黑，如何是好？总算又来了一辆摇摇晃晃的公共汽车，总算在站前停下，但我们等车的挤作一团，谁也挤不上去！那汽车竟又开走了。我绝望了！我想不如徒步去往要到达的那一站。但需要多长时间？他们母子就算平安地到站下了车，该在那里等我多久？天完全暗了下来，那时街灯多被打碎，一片漆黑！忽然，又来了一辆公共汽车，有人喊："末班末班！"为了妻儿，我拼足全部生命力往上挤，我挤上去了！

我在目的地那站挤下了车，一眼看见我的妻儿站在那里等候我，妻拉着儿一只手，表情看不清，但儿子却使用鲜明的肢体语言——他一只手没有脱离妈妈，另一只手使劲挥舞，而且，他抬起一只脚，再重重地落到地上……我迎上去，儿子另一只小手立即伸过来让我紧紧地握住……我们，大时代里三个卑微的生命，经过一段椎心的离别，终于又会合到了一起，并为这样的重聚而感到深深的欣慰……我对已经快到不惑之年的儿子说："远远，我们就是这样，穿越岁月的风雨，作为三粒尘埃，依偎着生存过来的。而现在，一粒尘已经仙去，我们两粒还在人间，尽管对人生的意义有许多宏大的理论、严厉的训诫、深奥的探讨，但我以为，记住那次我们短暂而漫长的离别与卑微而深沉的重逢之乐，也许就理解了亲情在人生中的全部意义……"

远儿说他完全不记得三岁时的那次失散与重聚，但听了以后他热泪盈眶。我把他妈妈第一次梦回的情形讲述给他，找出宋朝苏轼的《江城子》词读给他听："……夜来幽梦忽还乡，小轩窗，正梳妆……"

亲爱的晓歌，愿你常回家，在你的梳妆台前窸窸窣窣地梳理你的长发……

三

"针线犹存未忍开。"晓歌的遗物，应该清理，却不忍清理。

我和晓歌是新式夫妻。我们互相尊重对方的隐私。晓歌嫁给我以后没带过来什么隐私物品，但她后来有自己的一些笔记本，她会从报纸上剪贴下一些自己觉得喜欢或可资参考的文章图片夹在里面，也会写下一些给自己看的话语。她应该断断续续地记过一些日记，还有我们一起旅游归来后的一些追忆性文字，我猜想也会有一些我跟她争吵后（有几次非常激烈，很伤感情）她对我的怨言甚至意欲分手的气话。我们的争吵究竟缘于什么？追忆起来似乎真是"风起于青萍之末"，都属于"蝴蝶效应"，比如一件东西究竟是放在卧室衣橱里好还是搁到阳台杂物柜里好，可能就是一场大风暴的起始点。我或是正碰到文章写不顺发不畅之类的情况，自以为烦躁有理，她或是生理上恰失平衡正在难受，于是话赶话，抬硬杠，越吵越离奇，直到她气得噎哭，我才会幡然悔悟。到最后，总是我真诚地去抱着她双肩频频认罪忏悔，过一阵她似乎也确实原谅了我。但在她仙去后，这些令我痛苦的回忆越发地凸显出我性格中的劣质成分，使我意识到，从某种角度看，我实在是一个社会畸零人和家庭怪人，难为晓歌几十年竟终于还是宽厚地容纳了我。

我惹过多少事啊！光"舌苔事件"，试想一下，你家的电视机里播放着《新闻联播》，忽然新闻主播表情严肃到极点地告知全世界："现在播出一条刚刚收到的消息……"这条消息点了你家男主人的名，他惹了泼天大祸，被停职检查，那女主人会怎么样？那一天，我作为被点名的男主人，尽管还算镇定，心里也还是有些发慌，而作为女主人的晓歌呢？我已经记不得她的具体表现，总之，她让我非常舒服，完全没有在外面压力上再增添哪怕一丁点儿家里的压力或抑郁……凡遇大事她总如此，她会为一样东西不该让我鲁莽地扔进阳台储物柜跟我动气，却绝没有为我在社会上惹出的祸事上给予我一句的埋怨和一丝反常的脸色——其实往往明明株连到她。

晓歌也曾偶一为之地将她隐私笔记本里的一段文字抄录给我——尽管那时我已经使用电脑处理文字，她却始终还使用纸笔——表示愿意公开，我读了后一字未动地代她投给了《羊城晚报》，而他们也就原封未动地在《花地》副刊上刊出。那是晓歌在1997年和我一起应日本基金会邀请访问日本后，在1998年写成的。我将其录入了电脑，现在引用如下：

宫岛的鹿

吕晓歌

去秋，我随先生前往日本访问。去濑户内海的游览胜地——宫岛。那天，太阳躲在灰暗的云层里，散落着细细的雨丝。我们乘游轮抵达宫岛，进入游览区宽敞的售票大厅。鹿！几只小鹿！我一时惊喜万分！这之前，陪同的翻译山根小姐虽已向我们介绍过宫岛上有许多鹿，但如此地开门见山是不曾预料到的。几只鹿正徘徊在过往的游人间，那温和的目光像是在期待着什么，还有几只鸽子在鹿的脚边觅食。我感到很惊讶，原来人与动物能这般地互不干扰，这般地和谐吗？这时我发现有一只鹿正从果皮箱口处拽出一张纸片在咀嚼着，它们一定是饿了。我自幼喜爱动物，那鹿饥饿的样子，令我心中不忍，于是赶忙走到大厅一角的小卖部用了三百日元购得一包饼干，走过去给那几只鹿喂食，一片片递到它们口中。开始我有些紧张，虽然知道鹿是以植物为食且性格温驯的反刍类动物，但如此没有阻隔地与它们接触，却是有生以来第一次。但我很快就发现它们灵巧得很，在接受食物时，叼食准确却又对人秋毫无犯。我坦然喂食，倏地不知从哪里一下子冒出来十几只大大小小的鹿，它们闻风而来，将我紧紧围住，争着获取我手中的食物。我这才有些惶恐，担心招架不住它们，但更多占据心灵的仍是快乐，那无与伦比的快乐！我将手中最后一块饼干投给了一只只及人膝盖高的小鹿，然后向它们挥挥手，对不起，山根小姐在等待我们上路了。

进入宫岛内，展现在我们面前的是一幅十分壮观秀美的"浮世绘"：蔚蓝色的大海环抱着郁郁葱葱高达五百三十米的弥山，山上分布着多个天然公园，那里有浓荫蔽目的原始森林，有四季盛开的鲜花、碧青的草、翠绿的松和多彩的秋叶，其间掩映着大大小小体现着日本独特风格的宗教建筑——神社、寺院和茶室，真是如诗如画的人间仙境。我与先生都已到了知天命的年龄，自然放弃了登山，由山根小姐指引，漫步在山脚下一条蜿蜒的小路上。这时你会发现所经之处与目光所及的地方，路旁、树下、溪边、山坡上、草丛中……时时可见到那俏丽多姿的鹿影。它们是这岛上放养的小型鹿，体态轻盈玲珑，最大的不超过人的胸，通体浅棕色，背上带有白色的斑点。天公奇妙地赋予了这些生灵们华美的盛装，雄鹿头上都伸展着一对丰硕的权角，它们都有一双温静如水的眼睛，一副安安然然的体态，它们以生命的美丽点缀着大自然的山山水水，也给游人带来无尽的欢趣。

原来这岛上出售一种专为游人提供喂鹿的食物，只要五十日元一包，打开看里面是一些面包干，我买了几包一路上投喂它们，当时心想：假如身边有一群孩子，我定会让他们人手一份，使他们从小懂得要关爱这些大自然的生灵。

不觉中，我们步入了一条热闹的商业小街，街两旁充满了出售琳琅满目的旅游纪念品的摊档小店，及具有地方风味的餐厅、茶室，就在这条人来客往、熙熙攘攘的小街上，鹿仍然可以畅通无阻，不见有人驱赶它们，而它们也十分守规矩，尽管那些店铺的大门都是敞开的，它们并不贸然入内。有的鹿像嘴馋的小孩，一路上跟着我们要吃的，久久不肯离去，个别顽皮的还将头碰碰你。先生是个谨慎从事的人，他一边挥动着雨伞企图阻止前来"冒犯"的小鹿，一边说："当心啊！它们毕竟是兽，是缺乏理性的！"他的忠告也许是对的，但我却不以为然，狼食小孩的故事虽由来已久，但那却是久远的事了，现代人将地球上的动物都快杀光吃尽了，却还大言不惭地声言人是理性的，细想起来，人生在世所受的种种伤害，有多少是来自缺乏理性的动物呢？

一阵急促的雨点落下，我们顺势进入一家茶店坐下来休息品茶。山根小姐说："前些时，曾有人嫌宫岛上的鹿日益增多，提出要予以裁减，但遭到热爱动物人士的坚决抵制。"她边说边巡视着窗外，"不过今天显然比以往看到的鹿少多了。"啊?！我感到浑身一阵发紧，继而，山根小姐转过身与正在忙碌的女老板对话，然后对我们说："问过了，鹿一只都不少，今天因为是雨天，它们大都在山里没有出来。"听了她的解释，我一颗悬起的心才慢慢地平复下来。我手捧着碧绿、清香的日本煎茶，心中默念着："宫岛的鹿，祝你们永远平安！"

在离开宫岛前，我精心选购了一对木制的、上面有着精美鹿影的壁挂带回北京，将这段记忆永存。

和我一起重读这篇文章后，儿子说：其实妈妈写得比你好，这才真是文如其人啊！

是的，直到她仙去的前一天，晚饭后她还提着小纸袋去给楼区里的流浪猫送猫粮和干净的饮水。这个蔚蓝色的纸袋以及里面剩余的猫饼干和水瓶，我们现在搁在她遗像下。

但我和儿子都还不忍去触动她床头柜抽屉里的那些包括大小不一的笔记本等遗物。我们也许会永远保留，却并不翻阅。

四

我自己一直保留着一些从十三岁以来的大小不一的笔记本。从婚前一直保留到婚后。其间由于种种原因丢失损毁了一些，加上旧书信旧照片，现在也还足可填满书柜的一格。除旧照片不算隐私早已公开外，其余的东西晓歌从不曾过问，我也一直没有拿给她看过。

2008年，我曾想把一个1955年的读书笔记本拿给她看，跟她预告过，她也表示有兴趣，但因为种种原因，未能实现这项交流。

那是我现存最早的一个笔记本。是十三岁时候的东西。

笔记本很小，长十五厘米，宽十点五厘米大小，厚约一厘米，并没有写满。里面粘贴了一些从报纸上剪下的作家像，有鲁迅、普希金、海涅、雨果、塞万提斯、惠特曼、聂鲁达……

那时候我读到些什么？喜欢什么？

自然，第一页上我就恭楷抄录了苏联作家尼·奥斯特洛夫斯基的名言"人最宝贵的就是生命……人的一生应该这样来度过……献给世界上最壮丽的事业——为人类的解放而斗争。"

接下去是俄罗斯作家安·契诃夫的话："人的一切都应该是美丽的：面貌，衣裳，心灵，思想。"

我抄录了不少诗，其中有雨果的《啊，太阳》，"呵，太阳，神明的面孔／山沟里的野花／听得见音波的山涧／细草丛中飘荡着芬芳／呵，树林里四处逼人的荆棘……"也有中国那时候儿童文学作家田地的《家乡》，"一条小路沿着山脚与河岸／弯弯曲曲又细又长／就是天天走这条小路也不厌烦／因为没有比家乡更好的夏天／可以在大枫树下乘风凉／再没有比家乡更好的月亮／可以在打谷场上捉迷藏……"

我为苏联一位并不怎么著名的作家奥·哈夫金写的，反映后贝加尔湖地区中学生参军，在卫国战争中英勇牺牲的长篇小说《永远在一起》

感动得不行，写下颇长的读后感，还抄录了书中的片段。我喜欢安徒生童话，对许多篇都写了读后感，但对王尔德的《快乐王子集》（巴金译）我这样写道："前面有的故事说明不要自私，更不要虚荣，反映出那个时候社会的不公平，还有'哲学其实是一团肮脏无人道的东西'……但倒数第二个故事我还不大明白，总的来说这本书不大使我满意……"

我前后提到的书计有（不按时代地区分类，只按出现顺序）：《杨柳树和人行道》（苏联华希列夫斯卡娅）、《鼓手的命运》（苏联盖达尔）、《古丽亚的道路》《卓娅和舒拉的故事》（均为苏联英雄传记）、《猪的歌》（日本左翼作家高仓辉的小说）、《铁门中》（周立波）、《真正的人》（苏联波列伏依）、《绿野仙踪》（美国法兰克·鲍姆的长篇童话）、《斯巴达克》（未记下究竟是哪个版本）、《太阳照在桑干河上》（丁玲）、《李有才板话》（赵树理）、《腐蚀》（茅盾）、《红色保险箱》（苏联反特小说）、《草叶集》（美国惠特曼诗集，楚图南译）、《儒林外史》（清朝吴敬梓）、《洋葱头历险记》（意大利儿童文学作家罗大里的长篇童话）……

我想给晓歌翻看这个笔记本，除了打算引发出我们也许有过的相同或不同的阅读记忆，找到我们之所以能走到一起并持续相伴的心灵密码。也是因为在这个小小的笔记本里，还夹着几张压平的糖果包装纸——我们少年时代都攒过糖纸，还有我从杂志上剪下来的彩色的小白兔扶着猎枪叉着腰的画像——那时候根据苏联作家米哈尔科夫创作的童话《骄傲的小白兔》拍摄的电影《小白兔》热映颇久，那"提倡集体主义反对个人主义"的主题在课堂上老师反复向我们讲述过，也让我们写过相应的作文……见到这些东西晓歌一定会莞尔……

但是，我有绝对独家的东西让她观看，那体现出我在十三岁时确实已经有着鲜明的个性，而这个阶段具有优美的成分，就凭这个，晓歌后来跟我的结合应是无悔的……

那是夹在这个笔记本里的一幅钢笔画，不是临摹别人的作品，是我自己想象出来独立完成的。它画在一张薄薄的片艳纸上，那个时代我们做数学作业都使用那样的纸张。一张十六开的片艳纸，对裁再对裁，成为六十四开的一小张，就在那上面，我画了两个姑娘，站到一个有矮矮的栅栏的悬崖上，朝前面开阔的田野和河流眺望。高一点的姑娘梳着两条长辫子，似乎在指着前方说："那边多美呀！"矮一点的小姑娘短辫上扎着蝴蝶结，提着个小篮子，朝美好的那边望去……

我想让晓歌看这幅我十三岁时候画出来的钢笔画。画出这幅画十五年后，我们相遇并且结婚，过了一年我们有了宁馨儿远远……

我们经历过那么多风雨坎坷，我们也有过那么多甜蜜欢乐。"那边多美呀！""那边"原来只意味着生活中尚未来临的时日，现在，晓歌仙去了，也就意味着一定有着某种生命的彼岸，晓歌先一步，我也会终于抵达……我们会在神秘的"那边"重逢，那边肯定是美好的！

我已经把这幅画复制放大，挂在我们的卧室里。晓歌，你再回来时，我又会感觉到窸窸窣窣的声响，那一定是你在一边梳头一边欣赏这幅图画。

原载《上海文学》2009 年第 7 期

怀念亲爱的于晓阳弟弟

梁晓声

在曾经的北影，是很有几位无话不谈、推心置腹的忘年交的，也很有几位情谊深厚的好朋友。而于晓阳，是好朋友中和我关系最亲密的人。我落笔写出"最"字时，犹豫了片刻，寻思了一会儿——觉得朋友而好，关系已非一般；在好朋友中还要分出"最"来，似乎是对其他好朋友的不敬。但我还是写出了上面那个"最"字，认为倘不那么写，不足以表明我和晓阳之间的亲近。因为忘年交也罢，好朋友也罢，他们都是一向称我"晓声"的，只晓阳例外——在我记忆中，他几乎从没称过我"晓声"。似乎从我们见面的那天起，他一直是叫我"哥"的。有时，我们会在北影后门小路上碰到，不管我与谁在一起，或他与谁在一起，他都会亲亲热热地叫我"哥"。那时的他，一脸快意，仿佛我就是他的一个手足亲哥，而他就是我一个永远脱不尽少年顽气的小老弟。往往，他走后，别人会诧异地问我："你还有一个弟弟也在北京？"或我转身后，听到别人诧异地问他："你除了姐还有一个哥？你哥是干什么的？"

在他永远离开他的父母也就是我敬爱的于洋老师和杨静老师之前，我们曾接连数日讨论过我写的电影剧本。那是我依据自己的小说《红晕》专为他改编的剧本，也是他生前很想执导的剧本。讨论中他时常显得激动乃至亢奋，倘与我的看法相左，便会站起，困兽般走来走去，大声打断我的话："哎哥哎哥，你先听我说，你先听我说！……"

我们经常在一起讨论某些中国现象——政治的、经济的、文化的、电影的……

晓阳是极其爱国的。

正如于洋老师和杨静老师是极其爱国的。

他的父母是凭经历爱国，而晓阳还用思想爱国。

我一向觉得，这两种爱国，前一种是较普遍的，而后一种每每不怎么容易被理解，所以特别需要被理解。

我的意思是，若言于洋老师和杨静老师是爱国的，当不存疑。但是倘言于晓阳是爱国的，那么某些人也许就会诧乎其异了。

然而我所认识或曰我所理解的于晓阳，他确实是爱国的。又然而，我认为，能像我这样理解他的人恐怕不是太多。

他不但用思想爱国，还用诗人的思想方式爱国。这是他的爱国情怀生前只被极少人所理解的原因。这是他的悲哀。而我是那极少人中的一个，是我的荣幸。

记得某年某月某日，在我家里，我和他讨论到了个人崇拜问题。我是个多少还有一些个人崇拜的人，比如，对思想史、艺术史和文学史中的某些人物。

我问："也有你崇拜的人物吗？"

他说："有。"

这很出乎我的意料。

因为我觉得，像他那么气质狷傲的人，亲历了"文革"之后，大抵是不会再崇拜什么人了。

追问："那么你崇拜谁呢?"

答曰："马丁·路德·金。"

于是他站起,在我家小小的客厅走来走去,挥舞着手臂,朗读马丁·路德·金那一篇著名的演讲《我有一个梦想》的片段:

我的祖国,

可爱的自由之邦,

我为您歌唱。

这是我祖先终老的地方,

这是早期移民自豪的地方,

让自由之声,响彻每一座山岗!

当我们让自由之声轰响,当我们让自由之声响彻每一个大村小庄,每一个州府城镇……

斯时的晓阳泪盈满眶……

我呆呆地看着他,顿时明白——像他这种用思想而且还是诗人那种思想方式爱国的人,他的思想深处便注定是痛苦的了……

我一时不知说什么好。

他则站在我面前,凝视着我说:"哥啊,我这儿,这儿,是爱国的啊!我也有一个中国梦……"

说时,手指点着自己胸口,点着自己太阳穴。

我低声回答两个字是:"相信。"

分明的,对晓阳而言,马丁·路德·金不仅是美国著名的黑人人权运动领袖,当然也是美利坚合众国的伟大的爱国者;《我有一个梦想》,也不仅仅是著名演讲,还是不朽诗篇……

我和晓阳之间的友谊，始于我和于洋老师、杨静老师的忘年之交。他们在北影的家，是我从复旦毕业分配到北影后的温暖去处。当时他们的家只不过七十几平方米，分为三间，一间做客厅，一间是他们的卧室，还有一间，晓阳的奶奶住。那时晓阳在部队上还没转业，晓阳在八一厂任副导演的姐姐在厂里有宿舍可住，不常回家。我已经回忆不起来我怎么就成了他家的常客——因为我是哈尔滨人，而于洋老师的童年和少年是在长春度过的，那么我们是广义的东北老乡？因为从我身上看到了和他相同的耿直性格？因为我在编导室（当年北影的编辑、编剧、导演曾归于一个部门）的学习讨论会上，每每毫无顾忌地对"文革"、对极左的文艺桎梏表达深恶痛绝？因为我是贫家子而他也出身寒门？因为我行为俭束喜欢看书躲避热闹？……总而言之，他们对我满怀真诚的好感而我也格外珍惜那一种好感。于是，在我和晓阳见面之前，便已渐成于家友人。在于家那小小的客厅里，情形经常是这样——杨静老师摆出烟，沏上茶，我和于洋老师长久交谈，而她坐在一旁倾听，偶尔插言道出自己的看法和感想。一个小时又一个小时在不知不觉中过去。当年我们谈得最多的，是个人崇拜给中国带来的危害，"四人帮"在"文革"中的种种罪恶以及我们对"文革"的反思，中国电影从前的历程和现实困扰，我们对中国电影、中国文艺未来发展的期望、企盼，还有我们对人生的感悟……

　　于洋老师和杨静老师都是极其热爱中国电影事业的人，也都是极其崇尚艺术的人。对于我来说，于家那小小的客厅，是一处艺术沙龙。在晓阳转业之前，那沙龙通常仅有三人，甚或仅有二人，如果杨静老师不在家的话。对于他们，那样的时光是愉快的。对于我，更是。

　　尽管我还没见过晓阳，但却觉得已经很熟悉他了。因为杨静老师曾捧着影集——指给我看，晓阳从出生到入伍前后的照片。

　　那时她说："你要多了解一下你晓阳弟弟，将来他转业了，你就是他哥哥了。"

而于洋老师从旁说:"对。你们兄弟俩一定会相处得很好。"

那时我因为又将有一个弟弟,而且是他们两位我所敬爱的长者的儿子,感到格外幸运。

有一天,杨静老师拿着一封晓阳的家信到北影厂分配给我的一小间单人宿舍找我,高兴地告诉我:"你晓阳弟弟快复员了,你们就要见面了!"

晓阳复员的当天晚上或第二天晚上,我终于在他的家里见到了他。那似乎是夏季,那一年似乎是1979年或1980年,晓阳似乎仍穿着一身绿军装——那一年的晓阳22岁吧?因为杨静老师是蒙古族,晓阳身上自然便有一半的蒙古族血统。那是于家为晓阳洗尘的家宴。晓阳的姐姐江江从八一厂赶回来了。于是一家三代聚齐在饭桌周围了,我是唯一的客人。晓阳坐在他奶奶身旁,他身旁是江江,而我坐在晓阳对面,于洋老师和杨静老师之间……

晓阳脸型瘦削,眉清目秀,有一头浓密、乌黑、天生卷曲的好发,像极了苏联电影《保尔·柯察金》中的保尔。只不过晓阳的脸型更瘦削,目光中流露着几分大家闺秀般的矜持和羞涩,气质也显然是浪漫的。那一种气质我特熟悉,20余岁而又爱诗的青年,他们的气质大抵是那样的。爱诗意味着他们的初恋。在他们的诗尚未公开发表之前,爱诗也是他们的隐私。他们因有那样一种隐私而本能的羞涩,因企图掩饰其种种浪漫之思而矜持……

那一晚上的晓阳矜持得沉默寡言。

于洋老师显然希望他话多一些,便一再谈自己对儿子写诗这件事的看法。晓阳该算是中国最早的一批喜欢"朦胧诗"的青年之一。而于洋老师也是喜欢诗的表演艺术家,他喜欢那种激情澎湃,朗朗上口,歌颂理想、爱国主义精神和传达乐观向上精神的诗。他甚至自己也写过那样的诗，并且登台朗诵。而晓阳喜欢的，则是那类词句隐晦的，象征意味十足的，体现着青年人的迷惘和质疑态度的诗。那样的诗征服他那样的青年。

父子二人对于好诗的标准是大相径庭的。

所以于洋老师那晚一再强调——虽然我们父子对于诗，对于好的文艺作品的看法是不同的，但是晓阳我尊重你个人理解，只不过希望你以后也能虚心听听我的，互相取长补短嘛！……

晓阳说——爸爸，我很敬爱你啊。在电影方面，您当然是我的老师。

而那话，似乎包含着这么一种意思——关于诗，请允许我走自己的路吧！

杨静老师那天晚上话最多，只不过是夸一通晓阳，再夸一通我，夸得我和晓阳一阵阵不好意思。

她给我印象最深的一句话是——"今后晓声就是咱们家的一个成员了。"晓阳的目光中便流露出几分讶然来。

关于我，他当然也是有几分了解的——复旦大学中文系毕业，工农兵学员，北影编导室最年轻的编辑，为人正直，喜欢写小说，他父母的忘年交；于洋老师和杨静老师在电话里或信中告诉他的。想必，也就如此而已，仅此而已。

显然，他一点儿也不怀疑我的为人品质——你父母的忘年交怎么可能是为人品质成问题的人呢？但我对于文学的感觉究竟怎么样，他还要进一步考察。

他的目光告诉了我这一点。

我望着他，却联想到了马克·吐温在他的小说《汤姆·索亚历险记》中的两句打油诗：蓬松卷发好头颅，未因失恋则痛苦……

是的，刚刚复员到北影的晓阳，正值青涩的、多少有些叛逆的年龄。在艺术气息浓郁的家庭环境中成长起来的他，其实也叛逆不到哪儿去。如果不谈诗和文艺观，晓阳在父母面前十足是一个乖乖仔。

他的姐姐江江听了他们妈妈的话，直言快语地说："既然都是咱们家的一个成员了，那我们还莫如今天晚上就认了干儿子算了！"

晓阳的目光便又讶然地转向姐姐。

刚刚复员回到家中的他，对于一个比他大十来岁的，叫梁晓声的编导室编辑，如此这般地被"定性"为他们"家的一个成员"，说话工夫又快速成为他父母的干儿子，显然还没有足够充分的思想准备。

其实我也没有。

杨静老师却已在问我："晓声愿意吗？"

我心里很温暖，却说："得先问于洋老师啊。"

于洋老师说："得看晓声的父亲多大年纪。"

那一年我30出头，于洋老师50余岁，我的父亲六十几岁。两位长者算了算这个那个的年龄，都说年龄上不成太大的问题。

于是江江说："喝酒，喝酒，这么定了。"

大家便碰杯，喝酒。

于是杨静老师对晓阳说："晓声都是你爸妈干儿子了，今后就是你哥了啊。"

事实上，我至今一次也没对于洋老师和杨静老师叫过"干爸""干妈"；于洋老师也一向叫我"晓声"。但某几次去他们家，赶上他们一家人在吃饭，杨静老师确乎是亲切地这么叫过的："儿子，吃了没有？没吃坐下吃。"

那一年，我还没发表过一篇像点儿样子的小说呢……

隔了几日，大约是一个中午，晓阳出现在我的单身宿舍。

他一本正经地说："我是奉命来的啊，你杨静老师叫你今天晚上务必到家里去吃饭，她要亲自下厨为你做炒肝。"

我问："为什么？"

他说："他们喜欢你呗。"

我想了想，不以为然地说："炒肝不就是把猪肝炒一炒吗？我吃过。你回去告诉阿姨，晚上我去，亲自为我炒上一盘猪肝就大可不必了。"

他反问："你没吃过炒肝吧？炒肝可不是把猪肝炒一炒那么简单，工序较复杂，而且用的是羊肝。"

我笑了，承认自己没吃过工序较复杂的那一种炒肝。

晓阳说很好吃的，他们全家人都爱吃，也是他妈妈的拿手菜之一。

接着又说："你杨静老师的任务我已经完成了，现在开始谈咱俩的事儿吧。"

我说："咱俩有什么事儿？"

他说："以后我免不了经常向你请教写作方面的经验，咱俩得先把相互称呼明确一下是不？"我说："有什么好明确的呢？"

他狡黠地眨一下眼睛说："你叫我爸妈老师，我总不能也叫你老师吧？"

我说："那就像你爸妈一样，叫我晓声。"

他说："那也不太好吧，显得太不尊敬你了吧？"

我问："依你呢？"

他郑重地说："你都是我家一成员了，我该叫你哥吧？"

我看出他那郑重是假装的。他是在以假装出来的郑重，试探我对他日后的揶揄、调侃能接受几分，底线是哪儿？

我说："这么叫我是最好的叫法啊，不是你复员之前早确定的吗？"

他连连点头道："那是，那是。但那主要是他们的意思，咱俩再当面认可一下，也是对的吧？"

我也成心戏弄他，一本正经地说："其实按称呼的关系逻辑，你叫我老师也是对的，因为我是你父母的同事。单就这一点而论，你叫我叔叔我都担得起。"

他赶紧说："别别别，咱们还是不那么论，按既定方针办，按既定方针办。"

现在回忆起来，晓阳当年以那么一种半认真不认真的态度和我明确称呼问题，有他挺在乎的一面。叫我"老师"，显然是他不情愿的。"老师"这种称呼在北影大院及宿舍区，别提有多流行。其人如果叫别人"老师"，一般而言，差不多就等于自我限制了和对方随便开玩笑的权利。而叫"哥"，对于他来说，那又需当面从我这儿获得愉快的反应。否则，虽父母下了"指示"，他也是断不会执行的。

他分明是一个极重视自我感受的人。

而我，可以说立刻就喜欢上了他这个弟弟。也许是部队里那种格外严肃的上下级关系使他无拘无束的天性压抑久矣吧，我觉得他急需的哥是一个特别经得起调侃，自身也不乏幽默的人；我极愿当他所希望的那么一个哥。

不料他随即说："哥，你于洋老师和杨静老师夸你是一个严肃的青年，你不会因此越来越严肃吧?"

我说："日久天长呢，结论留给你自己以后下。"

他又说："他们还以为你是一个模范青年，完全可以作我的榜样。你这儿没外人，就咱俩，教教我，你怎么蒙蔽他们的?"

我便笑出了声。

他装出一副很苦恼的样子接着说："于洋同志和杨静同志要求我向你好好学习，他们对我总是不太满意，可是我认为我也是一个模范青年啊，你看呢?"

我说："少来这套！哥面前你正经点儿。"

晓阳是一个极富幽默感的人。所谓冷幽默那一种。当他正话反说，或反话正说的时候，那就表明他开始喜欢对方了。而假如对方是一个他不喜欢的人，他是懒得和对方说话的。

　　以后，他一直叫我"哥"，一叫就叫了二十几年。我们在一起时，不管说着什么话题，如果他不同意我的观念，往往迫不及待地打断我。打断的方式那就是叫道："哎哥，哎哥，我说两句行不行？"

　　他若因什么事儿苦闷了，往往会给我打电话，在电话里，"哥"字说在前边了，"哎"变成"啊"了。

　　"哥啊，你在哪儿呢？想你了，来看看你弟吧……"

　　接着这样的电话，我当然要去看他。

　　在我面前，说到他爸爸妈妈，他通常的说法是"于洋同志"或"杨静同志"——那意味着他对父母的另类的亲爱之称。

　　有时也从我这方面称他的父母为"你的于洋老师"或"你的杨静老师"。

　　不消说，那时候，他可能刚刚因为什么事和父母发生了分歧。

　　如果他将分歧告诉了我，我的观点或态度是站在他父母一边的，他的话就这么说了："您和您的于洋老师的观点真一致，难怪他总是要求我向您学习嘛！"或者："您的杨静老师让我来听听您的意见，可我早料到了您是站在她那一头儿的！"

　　而如果我表示赞同他的一种立场，他会感动地："哥啊，不愧是我哥啊，有你这哥真好……"并且，无须我来补充我的话，他自己就又会说："当然，我理解你们是为我好，他们的主张也不无道理……"

　　在于洋夫妇家里，争论时有发生，有时矛盾冲突还表现得较为激烈。但是，举凡我也在场的争论，或我所知道的矛盾冲突的原因，没有一次是因为居家过日子的事情，皆由文艺观点，具体说是电影艺术观之不同引发的。起码，"暴露"在我面前的是那样一些矛盾。而矛盾的双方，当然是晓阳和父亲于洋。杨静老师往往采取调和主义的立场。我也是。有时我的观点倾向于哪一方，比杨静老师的观点倾向于哪一方令双方更为重视。我便也只有扮演调和主义者的角色，别无他法。

事实上，他们的家是极为民主的家庭。居家过日子方面的事，于洋老师虽也表达意见，估计一般不会固执己见的。晓阳也不怎么热衷于参与，他对居家过日子方面的事一向淡漠。

在他们的家里，于洋老师代表着相当传统的电影文艺观。甚至也可以说，有时是正统的。从形式到内容都较为正统。他所持的电影文艺观，正如他对诗的理解那样。无论他对诗还是电影的理解，如果由我来替他概括，一言以蔽之，似乎可以这样说——好的电影应当具有感人的力量。

于洋老师绝不是一个电影文艺观僵化、呆板、极左的人。如果他竟是那样的一个人，我们也不可能成为忘年交。如果他竟是那样一个人，则根本不可能在演《戴手铐的旅客》时，满怀饱满的激情。

于洋老师所喜欢的电影，也是我喜欢的电影，甚至也是晓阳喜欢的电影。

事实上，在这一方面父子二人并无分歧。

但问题在于——好的电影不只于洋老师所喜欢的那一类，也就是说，不只是"应当具有感人的力量"的电影。

除了以上那一类好的电影，世界上还有另外许多好的经典的电影。另外许多好的电影究竟能好到什么程度，取决于世界上不同国家电影审查的尺度，也取决于普通电影观众的观赏习惯。概言之，取决于国情。

但是晓阳，他是比他的父亲更多地看过那世界上另外许多的电影的。他渴望自己也拍出那么好的电影。

于洋老师关于好的电影的标准，是中国特色的一种标准，是较为现实的一种标准。而晓阳关于好的电影的标准，则确实意味着一种国际化的好的电影的标准，一种具有鲜明的个性的标准，一种体现出形式探索和新锐思想深度的电影。

故他们父子之间的争论，也是极具中国特色的。因为只有在中国，才更成为一个问题。而在国外，只要说服了投资商，拍去就是。好与不好，由事实来评判。但在中国，首先要说服的并不是投资方，这是常识。

与其说于洋老师不理解儿子想拍的那一类电影，毋宁说他一再试图说服儿子，干脆不要向往去拍那一类电影，干脆不要走那样一条导演事业发展的死路。

但是晓阳，他的诗人气质和他那一半蒙古族血统，决定了他在某些事情上超现实的思维方式——逆现实而做方叫探索，而敢于探索即荣誉，虽败犹荣。唯探索才最有个性可言，唯有个性的艺术才值得艺术家不懈追求……

他不止一次向我苦闷而悲壮地阐明他的电影艺术观。我却只有理解又同情地倾听而已。作为一种艺术观，他是没错的，因而我不能反对。作为一条艺术发展的道路，他是不明智的，因而我不能支持。

他曾这么问我："哥，那你的意思是，我的想法只能是一种梦想？"

而我客观回答他："如果你是画家、雕塑家，我支持你。因为你尽可以用自己的画纸、油彩、泥石或铜铁进行创作。但电影导演就像建筑师，他的设计图纸若不被采纳，那么他的追求便永远是纸上谈兵。"

以至于他竟对我说出这种话来："哥，那我不当导演了吧。"

我问："那你还能干什么呢？"

他想了想，黯然地回答："拍点儿广告，挣点儿钱，混日子吧。"

……

晓阳他到底想拍什么样的电影呢？

到底想怎么拍电影呢？

到底想成为什么样的导演呢?

估计于洋老师、杨静老师至今并不十分清楚。

很长一个时期里,我也不是十分清楚。

我是在开始关注香港导演王家卫的电影,才恍然大悟——可能晓阳一直想成为的是王家卫那样的导演;一直想像王家卫那么极为个性地去拍电影;一直想拍出《花样年华》和《2046》那类电影……那才是他一直在做着的电影之梦。

至于为什么非那么拍电影才觉得更有意义?——如果王家卫曾回答过别人,那么也等于替晓阳回答了。

可是,王家卫的导演发展道路,比之于香港其他导演的发展道路,是多么难的一条道路啊!

于晓阳是中国改革开放30年来一位自我放逐式的导演,所以他一直不是大陆主流导演队列中的一员。某一时期,他自我放逐得久了,过于寂寞了,便靠拢主流电影一下,以获慰藉。而此时,他的导演才能和激情便得以发挥。但那自然不能满足他的渴望,便又苦闷又彷徨,又自我放逐。回顾他的导演之路,每令我感慨多多。

他复员到北影后,最初做照明工作,不久入电影学院,毕业后任副导演,很快便独立执导了一部电影《翡翠麻将》,那一年他二十五六岁,即使不是大陆最年轻的电影导演,也肯定是寥寥几个30岁以下的电影导演之一。

《翡翠麻将》是一部对"文革"进行批判和反思的电影。时隔久矣,其内容我已经记得不是太清楚——该影片中的年代背景似乎是刚刚粉碎"四人帮"的时候,故事主线是一桩案件。负责破案的老公安人员在调查过程中,逐渐发现案件与一个单身的姑娘有某种牵连。随着调查的深入,姑娘被锁定为主要嫌疑人,于是又引出一桩"文革"期间的迫害事件，被迫害致死的正是那姑娘的父亲……影片的结尾是悲剧性的，双腿残疾的姑娘摇动轮椅坠桥自杀……

此片无论故事叙述、摄影、剪辑、美工、制景、灯光方面都几近完美。作为一部情节性较强的电影，其电影语言行云流水，情绪内敛而冷静。晓阳并未一味着眼于情节，他将揭示人物的内心活动作为执导的首要任务，因而使那一部电影具有显然的心理现实主义特征。

厂内厂外，对《翡翠麻将》好评如潮。

才二十五六岁的于晓阳起点甚佳，成熟得令人钦佩。

紧接着，在好评未息之时，他又开始紧锣密鼓地筹拍《女贼》——该电影剧本起先分页张贴在曾经的西单"民主墙"上，后来由北影的厂刊《电影创作》转载。应该说，在当年，将其拍成电影是北影编导室同志们尤其中青年同志们拭目以待之事，然而却非是谁都有足够的勇气担纲的事。因为它西单"民主墙"的出身，也因为围绕着它的种种争论之声。

它的故事是这样的："文革"时期，某军队高干受到迫害，其独生女儿流落街头，沦为贼窝女首领，绰号"黄毛"。粉碎"四人帮"后，首都打击流氓团伙，"黄毛"成阶下囚。她对改造充满抗拒心理，而且给人的印象不可救药。是什么原因使出身于军队高干家庭的如花少女成为女贼首领，而且对现实的敌意不泯于心，坚如块垒？——这是原剧本的一种叩问，意在唤起人们对"文革"的深省……

在当年，以小说、戏剧、电影的形式对"文革"进行批判，在理论上是不被禁止的，也是政治现实和社会现实所需要的。但，看待这一类题材之文艺审查的目光，又是特别敏感的、谨慎的，有时甚至是反弹猛烈的。可以说，《女贼》是"鸡肋"题材。这是某些电影厂、电影导演既觊觎又顾虑重重的原因。

我已经记不太清楚晓阳执导《女贼》，究竟是他主动请缨的结果，还是厂里寄予厚望地交给他的任务。

总之，他很兴奋，很自信。

从题材方面和思想性方面来看，《翡翠麻将》与《女贼》有相同之处。晓阳他既然能将前者驾驭得很好，在具有了一次执导实践之后，似乎成功完成后者亦不应太难。也许还会给人们以超过前者的惊喜，导出另一种新意来吧？

这是包括他的父母和我这样的朋友在内的许多人的期许。

然而《女贼》毕竟与《翡翠麻将》有些不同。它涉及的理论争执太多，太大；如典型与非典型；一个少女变成贼首领的主观原因与客观原因究竟哪一种原因才是主要原因；人物心理转变好还是不转变好；表达积极的思想性好还是表达尖锐深刻的思想性好；越尖锐越深刻是否也越容易助长人们的社会怀疑思潮；唤醒人们的怀疑更有益于对"文革"进行批判和反思还是巩固人们以往的信仰才能将对"文革"的批判和反思，进行得更顺利，更彻底……如此等等，不一而足。

我知道，晓阳当时既是自信满满的，同时也不可能不倍感压力。

最后他决定将《女贼》拍成一部形式主义的电影，一部所谓意识流的电影。试图以令人耳目一新的画面感觉和接近梦幻的人物心理片断回避以上那些争执不休的问题对他的困扰。

应该说，他是进行了严肃认真的思考的，拍摄方案原则上也是可行的。

北影厂许多人其实都没有来得及看到那一部影片。

我也只看到过部分样片。

他这个"弟"迫不及待专为我这个"哥"单独放了一次。

当时他坐在我旁边，悄悄问我："哥，我这些画面美不美？"

我说："美，但是……"

他说："我知道你想说什么，我正是要形式感大于实际内容。哥我只能这样，否则你弟我就交不了差了！"

我无言以答。

对于《女贼》，我无法妄加评说，因为我至今并没看过全片。我只能根据我所了解的情况这样说——晓阳他认认真真，仔仔细细，身心投入地撞了"南墙"。

不但由于晓阳来驾驭《女贼》，结果会是那样，恐怕由另外任何一位导演来拍《女贼》，结果还会是那样。

在当年，它委实太敏感了。谁拍谁都必"死"无疑……

受朋友们重托，为晓阳编这部怀念文集的过程中，我翻阅晓阳的遗稿，见有这样的记录：与晓声讨论《女贼》，他说"文革"乃极荒唐罪过事件，故以荒诞风格拍摄为好。唯此风格，可于争论不休的舆论夹缝中求成功，可化解种种质疑。考虑再三，决定听哥的建议……

我却忘了当年竟是这样！

唉，唉，晓阳，纵使我没忘，又能如何呢？

《女贼》之后的晓阳，消沉了一个时期，重新振作起来，继而执导《武则天初恋》，结果又一次遭遇了"滑铁卢"。

《武则天初恋》我连一部分样片都没看过，更是没有发言权了。

这一次他消沉的时间更长。似乎，正是在那一阶段，他度过了他30岁的生日。

后来他拍了《大海风》，反映的是造船厂面临体制改革的内容，此片获了华表奖。

又后来，我看了他的《开着火车上北京》，也是只给我和另外三人单独放的一场。

《大海风》《开着火车上北京》都属于主旋律题材的电影。拍此类电影，晓阳同样是激情饱满的。但是我知道，他的电影梦确实另有寄托……

2000 年后，又长了 10 岁的晓阳，远赴新疆拍了电视剧《阿凡提》，并且认识了后来成为他妻子的维吾尔族歌唱家迪里拜尔，于是高高兴兴地结婚……

婚后的晓阳过了一段幸福的日子，渐渐发福了。

于洋老师和杨静老师也为他倍感欣慰。

在他们的家中，杨静老师有次满面春风地对我说："我们的家，有台湾女婿、维吾尔族媳妇，还有我这个蒙古族妈妈，于洋这个汉族爸爸，是一个两岸关系和睦，民族团结的大家庭。"

接着我和于洋老师、杨静老师又谈起了晓阳，我们都认为作为导演，他该再拍电影了。

此时的北影已归于中国电影集团。

而此时的中国电影，已经市场化、商业化。这意味着娱乐电影将成为主流电影。

过后我把晓阳请到我家，严肃地问他："晓阳，还想不想拍电影？"

他说："想啊哥。"

我又问："能面对现实了吗？"

他说："慢慢学着接受现实吧。"

再问："那现在想拍什么样的电影呢？"

答："在主旋律电影和娱乐电影之间的那一类电影。"

我一愣。

他说："哥，这话可是你在一篇关于电影的文章中写着的。你认为中国电影应该把两者之间接近空白的地带填补上。"

我说："让别人去补上。你拍既能顺顺利利地通过，还具有一定娱乐性的那一类电影。"

他凝视我片刻，低声说："哥，你什么时候变得这么世故了？"

后来，他请我向他推荐剧本或可以改编为电影的小说，包括我自己的。

几天后，我又请他到我家，接连向他讲了几种题材的几个故事，他皆以沉默表示不感兴趣。

我说："那讲最后一个故事。"

便概括地讲了我的小说《红晕》的内容：

2000年后的某年某月某日，中国登山训练队在某雪域山顶，发现了三具当年进行"长征"的红卫兵冻尸。冻尸在某市的生命科学研究所被解冻后居然活转来。以当年偏僻落后的小县城红卫兵的眼来看今日中国之大都市，其发展变化令他们目瞪口呆，恍如做梦……

他立刻大叫："哥，咱拍这个，咱拍这个！……"

但这样的电影，尽管立意是良好的，毕竟题材与"文革"沾边，于是共同商议，将三名红卫兵改成一名女赤脚医生……

电影局很快批准了选题。于是晓阳像一台能量充分的马达般运转起来——改剧本、分镜头、定摄影、组建摄制组……

他激动、自信、亢奋。

忽而听说，集团公司又给了他新的任务：拍一部中韩男女青年之间的都市爱情片。

他只得暂且放置《红晕》，在电话里和我告别了几句，第二天便前往外地选景去了……

回来的，却是长眠不醒的晓阳。

他在电话里跟我说的那几句告别的话，成为与我的诀言……

今年是晓阳离开他的父母、亲人和朋友们的第四个年头。

杨静老师告诉我——她打算将晓阳遗留下来的字稿整理成集，出版为一本书，以了却他们夫妇对儿子的一桩心愿。

我当即说："那么我这个哥，为晓阳写一篇回忆文章吧。"

她说："我们正是这么想的。"

是以，在春节期间，我断断续续地，为我的晓阳弟弟写下如上一些文字。

我想说，作为电影导演的于晓阳，他一生最大的最多时候的苦闷，不是别的苦闷，而是他与中国电影那种剪不断、理还乱的苦闷。

然而我又觉得，晓阳所经历的那一种苦闷，有许许多多的电影导演，都是或多或少经历了的。所以，那一种苦闷不仅仅是他个人的，它具有一定的文化性……

但愿天堂也有电影这一回事，那么我的晓阳弟弟，可以继续在天堂里去逐他的梦想了……

原载《海燕》2010年第7期

父与子的战争

王十月

———————

　　我一直觉得，我和父亲前世肯定是仇人。上一世的恩仇未了，这一世来结。

　　父亲生于旧社会，长在战乱中，听他说起小时候的事，记忆最深的便是"跑老东"——躲避日本兵的追杀；其次便是对我爷爷的控诉。我父亲和我爷爷是一对冤家。父亲九岁时，我奶奶去世，据说爷爷扔下了父亲不管，自己去湖南华容县讨生活了。在我小的时候，每每不听话时，父亲就会板着脸吼我们，"老子九岁就自立了。"然后数落我们如何无用。父亲每数落一次，我在心里对他的不满就加深一层，以至于后来听到"九岁就自立"这句话就反感，无论他是以何种语气说起，也无论父亲是对谁说起。

　　父亲也曾说过，他一定是前世欠了我的，这一世还债来了。因此，在父亲和别人的交谈中，我被塑造成了"讨债鬼"。每次和父亲争吵之后，父亲总是痛心疾首地对我说："养儿方知父母恩。"又说，"天下无不是之父母，只有不孝的儿女。"我像反感父亲说他九岁就自立一样反感这两句话。我觉得父亲这句话太霸道，不能因为你是父亲，你就永远是对的；我是儿子，就永远是错的。其实现在想来，我当时不单单反感父亲说这样的话，我对父亲的反感是全方位的，觉得父亲一无是处。

我和父亲曾经度过了短暂几年亲密时光，待我稍大一点，便开始了长达数十年的父子之战。我很愿意回味和父亲有过的短暂的亲密时光，但那些记忆大多发生在我六岁之前，因此还留有模糊记忆的便很少了。我记得冬天的晚上，父亲教我唱"我是一个兵，癞子老百姓，革命战争考验了我，打倒解放军"。我一直不能理解这歌词，"癞子老百姓"倒好理解，那时农村的卫生条件极差，长癞子的人很多，我的妹妹就长了一头的癞子，但为什么要"打倒解放军"呢？多年以后我才知道，原来歌词是"我是一个兵，来自老百姓，革命战争考验了我，打倒蒋匪军"。和父亲在一起的时光，还有一个亲密的记忆，是我五岁时，跟随父亲一起去镇上的剧院看了一场舞台剧《刘三姐》，结尾时，穆老爷被一块从天而降的石头砸死了。我不能理解，每演一次戏，就要死一个人，那谁还愿意演穆老爷？父亲没有回答我，只是摸着我的头笑笑。父亲的这个动作，让我多少有点受宠若惊，也许是父亲极少用这样亲昵的动作表达他对孩子们的爱吧。这个摸头的动作，在我童年、少年的记忆中，就显得弥足珍贵，以至于多年以后，我依然记忆犹新。除此之外，我搜肠刮肚，实在找不出还有什么深切的，能体现父子间曾经有过亲密时光的佐证。而对于挨打的记忆，却是随手可以举出一箩筐。

父亲说：不打不成材。

父亲说：棍棒底下出孝子。

父亲说：三天不打，上房揭瓦。

父亲甚至有些绝望了：你狗日是属鼓的。

我不知道，少年的我有多么调皮，有多么讨人嫌。俗语云：七八九，嫌死狗。我就属于那种能嫌得死狗的孩子，而且不只局限在七八九岁。我把堂兄的头打破了，堂兄扬言："么子亲戚亲戚，把亲戚拆破算了。"为此，我被父亲猛抽一顿，罚跪半天，不许吃饭；我不上学，偷偷去游泳，又被父亲狂扁一顿，外加罚跪到深夜；我在外面和同学打架，被打得头破血流，天黑了才敢回家，天没亮就溜去学校，直到头上的伤口长好，最终被父亲知道，还是补了一顿打；我和同学打架，以为神不知鬼不觉，结果同学的父亲打上门来，我再挨一顿揍；在我们兄妹中，我大抵是挨打最多的孩子。父亲打我时，我站着不动，任父亲打。任父亲打也罢了，我偏偏还嘴硬，说，"你打呀，反正我的命是你给的，打死我算了。"父亲说，"你以为老子不敢？打死儿子不犯法。"父亲举出了一堆父亲打死儿子大义灭亲的典故，那些不知哪朝哪代的传说，对我没有威慑力。我还记得，大年三十，孩子们都在撒欢玩耍，而我却被罚去野外拾满一筐粪才能回家吃团年饭，原因是我期末考试的成绩不理想。为了完成任务，我从别人家的粪坑里偷了一筐粪，没想到英明的父亲一眼就看穿了我的把戏，说，老子晓得你不会老老实实去拾粪。自然，我受到了更为严厉的惩罚……我不知道自己为何记住了这么多挨打的往事，而且记忆如此的深刻。如今我回忆起这些往事时，心里涌起的，全是幸福与温暖，这是我与父亲几十年父子情最为生动的细节。而在当时，每一次挨打，都在我的心里积累着反叛的力量。还没有能力反抗父亲，我所能做的，就是摆出一副不服气的架势，任凭父亲将竹条抽打在我的身上。跪在地上几个小时，我也不会服软认输。这让父亲更加恼火，对我的惩罚也更加严厉。父亲打骂我时，母亲是不能劝解的，若是劝解，父亲会连母亲也一起骂。父亲说，老子不信收拾不了这个油盐不进的枯豌豆。母亲能做的，就是偷偷拿一个枕头垫在我的膝下，让我跪着舒服一点。父与子的战争，从一开始，就是不对称打击。我只有挨打的份儿，而没有丝毫反击的能力。但是我在积蓄着力量，我梦想着早一天长大，长大了，就可以和父亲分庭抗礼了。

　　我还没有长大，庇护着我们兄妹的母亲就去世了。那一年，母亲三十八岁。我读小学五年级，小妹才八岁，哥哥和二姐都在读初中，因此，喂猪做家务，都压在了大姐的身上。父亲拉扯着我们五个孩子，那几年，家里显得清冷而凄惶。父亲变得温和了一些，一家人在一起时，有了点相依为命的感觉。母亲的去世，也让我们兄妹五个仿佛一夜间长大了。大姐是没有上学读过书的，自然成了家里的顶梁柱。很快，二姐初中毕业后，也回家务农了。接着哥哥也不上学了。那时，我经常能听到一些我认识或不认识的人，在经过我们家门口时发出的赞叹——

　　说：这就是昔文的几个伢们，没有姆妈，伢们一个个还穿得干干净净；

　　说：你看他们家门前收拾得那个干净；

　　说：看那菜园子，菜长得极喜人，没妈的孩子早当家；

　　说：唉，又当爹又当妈，不容易！

　　每当听到这样的话，我的心里就会发酸，会有一种莫名的屈辱感。读初中后，我渐渐能体会到父亲的艰辛，觉得父亲是真的了不起，我也在心底里发下誓愿：要带着我这个贫穷的家庭走向富裕。但这并不代表我和父亲的关系开始走向和解。比如，邻居们当着父亲的面夸奖我们姐弟。

　　说：你的这几个伢们个个懂事。

　　父亲说：懂屁事，没一个成器的。

　　说：我看世孝将来能上大学。

　　父亲说：上农业大学，摸牛屁股的命。

　　说：世孝长得好，将来不愁说媳妇子。

　　父亲说：鬼才看得中他，打光棍的命。

　　说：你不愁啊，再过几年，伢们大了，你就退休享福了。

父亲说：老了不像《墙头记》里的那样对我就阿弥陀佛了。

那时正在放电影《墙头记》，讲两个不孝儿子的故事。

父亲把他对儿女的贬损看成是谦虚，但我听了很是不满。我觉得父亲把我们和《墙头记》里的不孝儿子相比，是对我的侮辱。我觉得父亲一点也不了解他的孩子，为此我甚是讨厌父亲那所谓的谦虚。有一次，当父亲再次在别人面前谦虚时，我终于忍受不了，大声地吼叫了起来。父亲那次倒没生气，只是说，"你要真有出息，那就是我们老王家祖坟冒青烟了。"我说，"你等着瞧。"父亲说，"我还看不到？你能出息到哪里去？"现在我知道了，父亲当时心里其实并不这样想，父亲也认为他的孩子们是懂事的，也认为他的孩子们将来会有出息，但嘴上偏偏不这样说。多年以后，我和父亲小心地谈到这个问题，父亲说，请将不如激将。原来父亲是在以他的方式激励我们。从记事起，到现在，我快四十岁了，还从没有听父亲夸奖过我，鼓励过我一次。父亲不知道，在欣赏中长大的孩子和在贬损中成长的孩子，内心深处有着多么大的不同。

父亲本来话就不多，母亲去世后，父亲更加沉默寡言。他的心里装着五个孩子的未来。他有操不完的心，为了我们这个家。但父亲从来不与我们沟通，不会告诉我们他的想法。我和父亲总是说不到一块儿，我们兄妹几个，都和父亲说不到一块儿。吃饭时，父亲坐在桌子前，我们兄妹就端着饭碗蹲在门外吃，父亲吃完下桌子了，我们呼啦一下都围坐在桌前。有时我们兄妹有说有笑，父亲一来，大家就都不说话了，我们兄妹无意中结成了一个同盟，用这种方式孤立着父亲，对抗着父亲。时至今日，我也无法想象，当父亲被自己含辛茹苦拉扯大的孩子们孤立时，心里是什么感受。后来我出门打工，也为人父了。真的如父亲所说，"养儿方知父母恩"，我开始忏悔了。回到家里，吃饭时，我会和父亲坐在一起，我吃完了，也会继续坐着等父亲吃完饭。虽说有那么一点别扭，有那么一点不习惯。但我开始懂得了反思，也试图去理解父亲，父亲是爱他的孩子们的，只是父亲不懂得怎样去表达对孩子们的爱。

父亲是希望能在他的儿女中出一个大学生的。这希望首先寄托在我哥哥身上。我哥哥读书很用功，学习成绩也很好，但不知为何，平时成绩很好的哥哥，中考却考得一塌糊涂，以至于老师都深感惋惜。父亲希望哥哥复读，老师也希望哥哥复读，但我哥哥死活不肯读书了。那时我妹妹读完小学四年级，也不肯读了，于是父亲的希望便寄托在了我的身上。小学升初中，全乡五所小学，我考总分第一。父亲知道了这个消息，没有夸我，但我知道，父亲对我寄予了厚望，希望我将来能上大学跳出农门。

然而我终于让父亲失望了，上了初中，我的代数、几何、英语出奇地差。这几门功课考试从来没有超过50分。初中毕业，我回家务农。父亲劝我去复读，父亲说，"万般皆下品，唯有读书高。"我实在对上学没了兴趣，也做好了被父亲狠揍一顿的准备。出乎我意料的是，这次父亲没有打我，也没有骂我，劝我无果之后，也尊重了我的选择。相反，较长的一段时间，父亲对我说话都有一些小心翼翼，甚至低声下气。父亲以为我一定为没有考上高中而伤心欲绝，父亲不忍在我的伤口上撒盐。我度过了一段难得的幸福时光。

这年，收完秋庄稼，农村就闲了。其时打工潮还没有兴起，乡村里许多像我一样辍学的孩子，一到冬天就成了游手好闲的混混。第二年春天，父亲相信我心灵的伤口已经痊愈，说，"从今年开始，要给你上紧箍了，这么好的条件供你读书你不争气，也怪不得我这做老的了。从今年起，你老老实实在家里跟我学种田。"于是这一年，我像个实习生一样，跟着父亲学习农事。清明泡种，谷雨下秧，耕田耙地，栽秧除草，治虫斫谷，夏种秋收……从春到秋，几乎没有一天闲。忙完水田忙旱地，收完水稻摘棉花。好不容易忙完这些，又要挑粪侍弄菜园。冬天到了还要积肥。沉重的体力活，压在了我的肩头，那年，我十六岁。父亲对我说，"要你读书你不读，受不了这份苦吧，受不了明年去复读。"而我想到读书要学英语，还有那让人脑袋发麻的代数、几何，就说自己不是读书的料。父亲于是开始叹息，说他那时是如何的会读书。我反驳，说那时只读"三百千"，我要搁过去，也能考个秀才举人，说不定还能中个进士呢。因为整个初中时期，唯一能引以为豪的是我的语文成绩，作文总是被当做范文贴在墙上。父亲说，那我还会打算盘，你可会？我哑口无言。

遵祖宗二家格言，曰勤曰俭；教子孙两行正路，唯读唯耕。父亲恪守着这样的古训，认为既然他的儿子成不了读书人，那就当个好农民吧。父亲常说，你连耕田都学不会，将来我死了，你的田怎么种哟？我不满意父亲的唠叨，说车到山前必有路。那时我十六岁，个子比父亲还高了。和父亲说话，像吃了枪药，常常是父亲一句话还没说完，便被我呛了回去。父亲就不再说话，发一会儿呆，然后长叹一声。我和父亲的战争态势，随着我的成长，渐渐发生了变化。由过去的力量悬殊的不对等打击，变得渐渐有点旗鼓相当。父亲还是骂我，但我总是还以颜色，表现出我的反感与不满。那时我迷上了武侠小说，只要有一点空闲，就捧起小说看。这也是父亲无法忍受的。父亲说，让你读书你不读，现在回家种田了你又读得这么起劲，根本就是想偷懒。父亲在多次教训我无果后，也只好长太息而听之任之了。

在几个孩子的婚事上，父亲再一次显示出了他的专制。大姐的婚事是父母之命，媒妁之言，自然是较让父亲省心的。我二姐和小妹，年轻时都是村里数得着的美女，追求者众。父亲说，男怕入错行，女怕嫁错郎。父亲觉得他有责任帮女儿把好这一关。

二姐的婚事，一开始就遭到父亲的强烈反对。父亲并不是反对后来成为我二姐夫的那位青年木匠，青年木匠手艺不错，人也还本分。父亲不满意的是青年木匠的家庭，自然也不是嫌贫爱富，青年木匠的家庭还算富裕，比我家强得多。父亲不满意的是青年木匠家的家风，觉得那一家人有点虚浮，做事不踏实。没想到一贯文静内向的二姐，用激烈的方式表达着她对父亲的不满。二姐把自己关在家里哭了半天之后，选择了自杀。幸亏当时家里没有农药，二姐喝下了大量的煤油。二姐的自杀，对父亲的打击和震惊是巨大的。之后，父亲不再反对二姐的婚事，也不敢再用过重的言语苛责我的二姐了。父女的关系，也陷入了一种紧张的、小心翼翼的状态。

二姐出嫁那天，临出门时，给父亲下了一个长跪。二姐哭了，父亲也哭了。我跑到山顶，看着接我二姐的车远去，泪如雨下。我以为二姐是怀着对父亲的恨离开这个家的，我以为二姐用一跪斩断了父女二十多年的感情。但是我错了，二姐出嫁之后，父亲对二姐的态度发生了180度的转变，二姐对父亲的态度也同样发生了极大转变。我想，二姐出嫁之后，父亲和二姐一定都在许多的夜晚思念过对方，二姐会想起父亲的养育之恩，想起母亲去世后父亲的艰辛。二姐有了自己的孩子，正如父亲常说的那样，养儿方知父母恩。父亲呢，我只知道，许多的夜晚，他和衣躺在床上，很久，很久，然后用一声沉重的叹息结束一天。父亲一定是后悔了，后悔没有给这个早熟、懂事、坚韧、勤劳的女儿多一些理解，少一些言语上的伤害。现在，二姐出嫁二十多年了，她的孩子都已成人外出打工。我也目睹了这二十年二姐所过的日子。我不知道我的二姐是否幸福，最起码，从我的角度看，我觉得二姐不幸福。那个青年木匠，我的二姐夫，没能好好呵护疼爱我的二姐。这一切，父亲都看在眼里，但父亲再没有对二姐和二姐夫的生活多说一句什么。父亲说，那是她自己的选择。

命运总是惊人地相似，同样的事情，在小妹的身上居然重演了一次。当年一头癞子的小妹出落成一个漂亮的大姑娘时，一位青年教师走进了小妹的生活。青年教师聪明，帅气，读过我们县最好的高中，能言善辩，才华出众。从某些方面来说，他和小妹是很般配的一对。但他们的爱情，同样遭到了我父亲的强烈反对。父亲甚至不许那个青年教师到我家里来。父亲反对的理由很简单，他觉得青年教师的父亲不成器。父亲深信那句"有其父必有其子"的老话，并反复用这句话提醒我妹妹。然而小妹深爱着那位青年教师。小妹的性格和二姐相反，二姐外柔内刚，小妹却是个烈性子。她不会像二姐那样选择用死来对抗，而是坚定地和青年教师交往，非他不嫁。我坚定地站在小妹这一边。青年教师来我家，父亲不理他，而我却热情地接待他。二比一，我和小妹终于战胜了父亲。父亲说，你们都大了，你这当哥哥的做了主，我也不说什么了，只是你们将来别后悔。

小妹出嫁时，我在南海打工，没能回家。那天，故乡下大雪。南海也很冷。我想到那天我的妹妹出嫁，从此她的生命中，将有另一个男人用心爱她，照顾她，感到很欣慰。也有一些伤心，一个人躲在宿舍里默默流泪。妹妹出嫁后，父亲接受了这一现实，他对小女婿一样地疼爱，把他当成自己的孩子，仿佛过去的对立统统不曾存在过。妹妹和二姐一样，出嫁后仿佛变了个人，和父亲开始有说有笑，回到家，吃饭自然是坐在一桌。后来小妹也有了自己的孩子，她和青年教师一起在外面打工，东莞，中山，深圳。青年教师迷上了赌博，还在澳门的赌场赌过，欠了"大耳窿"的高利贷，弄得我妹妹也被"大耳窿"追杀，连夜仓皇从中山逃到深圳，投奔我这不成器的哥哥。青年教师说他没办法改掉这些毛病，自认没救了。妹妹的婚姻走到了尽头。离婚时，妹妹坚持要孩子。我说，不管你选择什么，我都支持你。那一刻，我想到了父亲。我想，也许当年我错了，父亲是对的。父亲以他几十年的人生阅历，能透过人的表象看到本质。也许，我们谁都没有对，谁都没有错。但我知道，此时此刻，还有一个人心里和我一样难受，甚至比我要难受得多，那就是我已年迈的父亲。

多年的父子成仇人。如果不是我出门打工，和父亲有了空间上的距离，我和父亲的战争，也许还会升级，更不会像现在这样得到化解。我和父亲关系最为紧张的是1987年到1992年，那段时间，我们对于任何事情的看法都有分歧。记得有一次，荆州地委行署要来我们村检查计划生育，村里下了通知，谁也不许乱说话，如果乱说，家里有学生的要开除，种地的，要把地没收，总之是下达了封口令。这个封口令让血气方刚的我和我的几位同党深感不满。我们叫嚣着，说每个孩子都有上学的权利，谁也无权开除，并扬言要去告状，要揭发我们村的黑幕。地委检查组的人来的那天，我们一行人守在村部，作好了"告御状"的准备。也是不凑巧，地委的人在来我们村的路上，接到通知，说是邻村因计生工作不当，出了人命，于是他们直奔邻村而去。事后，村里的领导开始秋后算账，几位干部来到我家质问我，我当然是跳起来和他们对着干，并扬言，他们要是敢整我，我就把村里的事曝光到报社。干部说，好，你狠！将来总有一天你会落到我们手上。我说你放心吧，不到法定年龄我不结婚。干部说，你敢保证你头胎就生儿子。我说生儿生女都一样，我只生一个。干部认为我说大话，虽说不至于没收我家的土地，但对我甚为不满，本打算来教训我一下，出一口气以儆效尤，谁知碰上我这样的"二百五"。父亲深为我感到担心，怕我将来在村里没法混，被干部穿小鞋，便呵斥，教训我，让我认错。我的叫声比父亲的声音还要大，我觉得我是正确的。父亲气极，随手抓起一把椅子砸向我，我还是和小时候一样，站在那里不动，说，砸啊，你砸死我，我也没有错。村干部并没有去夺我父亲手中的椅子，父亲手中举起的椅子终于是向我砸下，正砸中我的肩膀。肩上的痛是次要的，我觉得这一椅子，砸碎了本来就脆弱不堪的父子之情。我离家出走了，而且一走就是一个多月，我跑到县城一位开餐馆的同学家，同学家做鱼糕鱼丸卖，我给他们当帮工，杀鱼，打鱼糕。眼看要过年了，父亲让小妹来县城找我，我才回家过年。

那时我觉得我们家庭的贫穷，是因为父亲不会持家造成的。父亲只会死种地，而我却总是想着搞一些新的实验。并在深思熟虑之后，向父亲的权威提出了直接的挑战，说，从明年开始，我来当这个家。父亲冷笑，告诉了我家庭的财政赤字是多少，我吓得打了退堂鼓。

出门打工后，我和我出嫁的姐姐们一样，开始觉出了父亲的好，觉出了父亲的不容易。我给在家里的妹妹写信，总是要问父亲好不好。妹妹给我回信，也会报上家里的平安。我们的信，都是报喜不报忧，而报喜时，也是把喜夸大了许多。父亲觉得儿子终于是出息了，我回到家里时，父子间，有了难得的亲密。记得有一次，打工多年的我回到家中，家里已没有了我的床铺。晚上，我和父亲睡在一张床上。我觉得很陌生，很别扭，也很温暖。我想父亲也多少觉出了一些不自在。父子俩都不说话，我不敢动一下，父亲也不敢动。我佯装睡着，很晚，很晚。父亲粗糙的手，小心翼翼地放在了我的脚上，见我没有反应，父亲轻轻地抚摸着我的脚。温暖在那一瞬间把我淹没，我觉得我还是个没长大的孩子，是那个童年时和父亲睡在一张床上，跟着父亲学唱"我是一个兵，癞子老百姓"的孩子。我不敢动一下，享受着来自父亲的关爱与温暖。我的泪水，打湿了枕头。我的脚终于动了一下，父亲的手像触电一样，弹了回去。我渴望着父亲再次抚摸我的脚，但父亲没有。良久，父亲发出了一声长长的叹息。我突然发觉，我不再讨厌父亲的叹息声，在外面流浪多年，历经冷暖后，我终于读懂了父亲沉重叹息里的爱与无奈。

我以为，我和父亲，再也不会发生冲突了。我以为我长大了，再也不会惹父亲心烦。但儿子终究是儿子，在外面受人冷眼，受人打击时，我也学会了隐忍。可是在父亲面前，我永远也学不会，我还是我，我不想压抑自己的情感。而父子之间微妙关系的真正转折点，是在我结婚之后。婚后，打工多年的我回到了家，做起了养殖发家的梦。我养了许多猪，为了这些猪，我再次和父亲发生了冲突。自从我结婚后，父亲心甘情愿地退居二线，什么事都不再做主，由着我来。两次争执，和从前也有了很大的转变。一次是我想把菜园全部种上猪菜，父亲却一定要在大片猪菜中辟出一小片来种辣椒。父亲把我种好的猪菜锄掉，说他要种辣椒。在我们那里，没有辣椒，简直是没办法吃饭的。但我反对父亲在那块地里种辣椒，我说可以去另一块菜地种。父亲坚持，说他就要在这里种，似乎没有什么理由。父亲买来了辣椒苗，自顾自地栽他的辣椒苗。我生气了，说，你栽了也是白栽，今天栽，我明天就给你挖掉。父亲挥动着锄头，说，你要是敢挖掉，老子就一锄头挖死你。我突然觉得，父亲还是从前的父亲，儿子也还是从前的儿子。不过父亲在说完这句话后，突然变得很伤感，不再言语，默默地栽完了他的辣椒苗，回到家中，发呆。我也并没有挖掉父亲的辣椒苗，但这件事，还是伤了父亲的心。还有一次，栏里的猪开始转入育肥期，这时要让猪多睡，由过去的一日三顿改为一日两顿，猪们开始不习惯，在栏里叫得凶。父亲看着猪们可怜，自作主张拿了青菜去喂，我觉得父亲不该干涉我科学养猪，于是把父亲数落了一顿。父亲很委屈，一言不发，回到房间就睡了，也不吃饭。父亲用绝食对抗着来自儿子的暴力。我投降了，彻底服输，第一次自动地给父亲跪下，我说，你不吃饭，我就不起来。

父亲老了。老小老小，父亲变得像个孩子。

父亲再不骂人了，再不打人了。父亲变得平和了，慈祥了。

但我们兄妹一个都不在他身边。我们常年在外，也难得顾上父亲，除了给父亲寄生活费，实在没尽过什么孝道。父亲说他其实不需要钱，父亲需要的，我们却不能给他。父亲需要我们在身边，哪怕烦他，让他生气，也比看不到我们，听不到我们的声音强。好在，那些年，大姐一直在家，每月回家帮父亲洗一次被子。父亲的生日，端午，中秋，她都会回家看看。这是父亲唯一能享的亲情。2004年，我的大姐突发心肌梗塞去世了。父亲一下子老了许多。父亲说，人生最大的不幸，少年丧母，中年丧妻，老年丧女，都被他遇上了。

次年春节，我把父亲接到深圳过年。父亲第一次来深圳，我的女儿子零天天陪着爷爷到处转。父亲像个孩子一样，陪孙女去公园钓金鱼，花了几十块钱钓到三条金鱼，又花钱买了一个鱼缸，和孙女兴冲冲地回到家里。那时我失去了工作，在家自由撰稿，文学刊物还没有开始接纳我的小说，发表极困难，差不多是在吃老本，经济状况极差，父亲却花了近百元，只是为了逗孩子开心。我再次数落了父亲。不过这次父亲没有生气，只是像个做错了事的孩子，也不辩解。我一走，他就和孙女一起喂金鱼吃食，爷孙俩笑得很开心。

过年时，一家人围在电脑前看中央电视台为我录制的纪录片。看着看着，父亲突然痛哭失声，说，没想到，这些年你在外，吃了这么多的苦。不过很快又笑了起来。父亲说起了我小时候的一些事，说起我与别的孩子不同的淘气，没想到父亲记得那么多我儿时生活中的细节。有好多，我都没有一点儿印象了。在父亲的讲述中，我过去那些嫌死狗的往事，都成了今天能成为一个作家的异秉。父亲说，你从小就与别的孩子不一样，我知道你会有出息的。

三十七年来，我第一次听见父亲夸我。

过完年，父亲说，我要回了。父亲不习惯住在这里，瘦了好几斤，三天两头打针吃药，父亲说他怕死在我家里，以后我女儿会害怕。送父亲上车时，我说明年过年再来吧。父亲很伤感，哭了。然而父亲一回到家，身体就好了，人又精神了。故土难离，父亲与那片生活了一辈子的土地，已经是一个整体。而我，却成为故乡的逆子，再也回不去故乡。父亲回去后，我想，从今年起，没事多给父亲打打电话。但一忙起来，就把打电话的事忘了。父亲就把电话打过来，问我好不好，父亲说，没有什么比看到孩子都好更能让他开心的事了。父亲说，你活一百岁，在我眼里，也是个伢。

写这篇文章期间，我连襟打来电话，诉说他的儿子不懂事，快把他气死了，希望我能劝劝。我笑笑。没两天，又接到我姐夫打来的电话，劈头一句就是，"他舅舅，你帮我说说云云，这孩子，真是要气死我了。"云云是我二姐的儿子。接下来，我姐夫就历数了他儿子的种种异端。我笑笑，劝姐夫，孩子大了，要放手，让他们去按自己的方式成长。父与子的战争，在天下众多的父子间上演着，这是人生的悲剧还是喜剧？但现在，今天，当我回忆起与父亲在一起的往事时，所有的战争，所有的冲突，都成为我成长中最动人的细节，成为我与父亲今生为父子的最朴素的见证。这就是人生，许多的未知，要到多年之后回首往事时，才能觉出其中的奇妙。

多年的父子成仇人，多年的仇人成兄弟。诚哉，斯言。写下这些，献给天下的父与子。

原载《北京文学》2011年第1期

给流浪的母亲

李 娟

归 来

（母亲走近家门的脚步声，每一下都踩在深深的时间里面……）

妈妈，你夜深了才回来，我们仍醒着等你。我们趴在窗户上，一张张小脸紧紧地贴在窗玻璃上看着你的情景，让你一生都忘不了。你还没跨进家门，就急忙从衣袋里掏出糖果。我们欢乐地围上去，你便仔细地把糖果给我们一一匀分，我们高兴得又跳又叫，令你欢喜又骄傲。我们七手八脚给你端来烫烫的洗脸水，给你热饭，围着你，七嘴八舌抢着问你城里的事情。很晚很晚了，但是因为兴奋，我们谁也不能入睡。后来你终于拧熄了马灯，房间一片黑暗。你深深地躺在黑暗里的角落中，想起当自己还走在更为黑暗的归途中时，因远远看见了家的那粒豆焰之光，忍不住加快了脚步……你入睡了。但是睡了不久又惊醒。你梦见自己又一次走进院子，一眼看到我们紧贴在玻璃后面的——那一张张令人落泪的——无望而决意永远不会改变的——狂盼的——面孔……

妈妈，你十天后回来，看到家里的小鸡明显地长大了许多。原先每天拌半盆麸皮和草料喂它们的，现在非得拌两盆不可了。你趴在鸡圈栅栏上，吃惊地看它们哄抢饲料。你衣服上的扣子掉了一个，衣襟和袖口很脏很脏，你的裤子也磨破了，你的鞋尖上给脚指头顶了个洞出来，露出的袜子上也有洞。你的头发那么乱，你的脸那么黑，你的双手伤痕累累……妈妈，你去了十天，这十天你都遇到了什么样的事情呢？这十天里，你似乎在那边过了好多年……家让你亲切又感激，你摸摸这里，看看那儿，庆幸自己不曾永远离开过。于是你在外面受的苦就这样被轻易抵消了。你拖把小凳坐下来，满意地叹息。

妈妈，你十年后回来，看到一切都还没有改变。同你十年前临走时回头看到的最后一幕情景一模一样——我仍在院子里喂鸡，手提拌鸡食的木桶。你心绪万千，徘徊在门外不能进来。你又趴在门缝上继续往里看，我不经意回过头来，我旧时的容貌令你一阵狂喜，又暗自心惊。我依稀听见有人低声喊我，便起身张望，又走到门边，拨开别门的栓子，探头朝外看。你不知为什么，连忙躲了起来。妈妈，这十年来发生的所有事情，好像全都集中发生在昨天。你回来了，像从来不曾离开过似的。傍晚的时候，你挑着水回家，我从窗子里一下子看见了，连忙跑出去给你开门。恍然间就像多年前一样熟练地迎接你。然后我呆呆地看你挑着水熟悉地走向水缸，把水一桶一桶倾倒进去。这时，一直躲在我身后的孩子突然叫我"妈妈"，你立刻替我答应，回过头来，看到我泪水长流。

妈妈，你五十年后回来，我已经死了，你终于没能见上我最后一面。我的亲人们围着我痛哭，但是你一个也不认识。而他们中也没有人认识你。但是他们可怜你这无依无靠的流浪老人，就给你端来饭食，然后再回到我的尸体边哭。后来他们把我安葬。你远远地看着，感到所有这一切似乎都是你自己一个人想象出来的情景。你把一场永别进行了五十年。你看，你本来有那么多的时间的，可是你却不愿意拿出一分钟来和我呆在一起。你宁愿把它们全部用来进行衰老。妈妈，你很快也要死了。你用你的一生报复了谁？

妈妈，你一百年后回来，那时我又成为一个小孩子了。我远远地一看到你就扔了手中的东西，向你飞跑过来，扑进你怀里大哭。妈妈！我一世的悲伤，非一个孩子撕心裂肺的哭喊而不能表达……妈妈，请带我走吧……请和我一起后悔：当你还年轻，当我还年幼，我们为何要放弃有可能会更好一些的那种生活？……妈妈，更多地，我只记得你的每一次离去，因此更多地，我终生都在诉说你的归来。

呼　唤

（……母亲默默无语，扭头就走……）

妈妈，你把我深深埋进大地。等了几十年，仍不见我发芽。你对着大地呼唤，又掘开大地，却怎么也找不到我了。你四面搜寻、挖掘，开垦出一片片湿沃的土地。这时春天来了，你便在这片土地上播撒下种子。

妈妈，你是一个丰收的母亲，你是一个富裕的母亲。你的粮食，喂养着经过这片大地的所有流浪者，使他们永远停留下来。他们中有很多人深深地爱慕你，夜夜梦见你健康的身子和你微笑的嘴唇。到了白天，他们就远远地看你。当你走近，又远远离你而去。

妈妈，你是母亲，所以有着母亲才有的纯洁眼睛。你以这样的眼睛打量世界，以母亲才有的想法揣测这世界，以母亲的心伤害每一颗深爱你的心。你是母亲，你的灵魂有着母亲才有的天真。

妈妈，被你埋进大地的，只是我死去的骨骸，而我活着的部分，被你埋进了记忆——我并不是消失了，只是被你忘记了啊……每当你偶尔想起了些什么，也只是想起了过去岁月里隐隐约约有过的一些欢乐。你反复对人诉说关于我的事情，说着说着停了下来，渐渐不知自己在说些什么——你说着我过去的事情，却不知道我是谁……你努力回想，落下泪来，使你周围那些爱着你的人，纷纷不知所措。

妈妈，你的家园，在大地上，而不是在天上。但你常常站在浩荡无际的金黄麦地中央，长久地仰望蓝天。妈妈，因为你是母亲，你总是心怀希望。你是母亲，你总是更为欢乐。

你如迎接一般，欢乐地奔跑过大地。跑着跑着，就跑到了天上。所有人在下面喊你，你一边答应一边跳下来，可落地的只有衣服。他们四处找寻你，你也跟在他们中间四处奔跑。

你们一起跑过大地——

一起看到日出——

一起欢呼——

……

妈妈，你就是在那时怀孕的。你悄悄离开所有人，一个人走进深深的麦地分娩，一直到秋天还没有出来。秋天，这片麦地获得了前所未有的大丰收，所有人兴高采烈地从四面八方进行收割，收割下来的麦穗垛成了高山。收割完了的麦茬地也仍以丰收才有的壮观，空空荡荡地浩荡到天边。

那时候，所有人才发现你真的不见了。他们想到，你可能是去找我去了，你可能已经找到我了。你可能正在那个找到我的地方，和我一起重新生活。他们就悲伤地过冬，悲伤地进入以后的岁月。那堆山一样高的粮食，让他们吃了很多年，一直吃到老为止。他们老了以后，有的人死了，有的人走了。大地恢复了最初的寂静和空荡。

这时，我才回来。

我回来了，妈妈。我一遍一遍地敲门，又走进荒芜的土地四面呼喊。夕阳横扫大地，一棵孤独的树遥遥眺望着另一棵孤独的树。妈妈，你到底在这里种下了什么？使这片土地长满了悄寂与空旷……一株一株的粮食，只作为一个一个的梦，凌驾在一粒一粒的种子之上。这是一片梦境茂密的地方！妈妈……我回来了，我坐在家门口等待。夏天有片刻的雷阵雨呼啸而过，秋天会有人字形的雁群飞过蓝天。

我坐在家门口，慢慢地记起过去那些无数个相同的日子里，曾有人在每个清晨满怀植物，向我走来……那些过去的日子，每一天都如此漫长，每一天都远远长于我的一生……妈妈，我还是回来了。

我曾走进森林，差点在里面永远迷失。森林里每一片叶子都在以绿色沦陷我，它们要让我消失。它们在夜里，在近处，对我说：成为一棵树吧，你成为一棵树吧？……清晨我便发现脚下生出了根……妈妈，我曾在那片森林里生长多年，春夏秋冬地枯荣发谢，我以为一切已到此为止。但是听到你喊我。

我曾走过冰封的湖泊，听到鱼在冰层下深处的水里静静地转身。我长久地站在那里，也想要转身……但一转身就迷路了……已辨不清天空悬挂着的那枚圆形发光体究竟是月亮还是太阳。我又走了很久，患了雪盲，什么也看不见了，于是湖便在我脚下悄悄裂开冰隙。我欲要往前再走一步……但是听到你喊我。

我曾有过自己的孩子，我守着他们一日日长大。黄昏呼喊他们的名字，唤他们回家吃饭。我喊呀喊呀，后来眼睁睁看着他们循另外的呼唤跑去了，我喊错了吗？我是在喊谁呢？脱口而出的每一个字，都冰冷如铁……这时妈妈，你喊我的声音清晰地响起。

在我弥留之际，还是你的声音，让我最后一次睁开眼睛，看清前来的人是谁……看到他终于第一次为我落泪……妈妈，沿着你的声音，我最后一次闭上眼睛。

我的一生！都在你的呼唤声中挣扎！妈妈，我奔跑在大地上，浑身湿透，气喘吁吁。我双脚磨破，面貌明亮。我侧耳倾听，环顾四望……妈妈，最终，我却被你的呼唤带到另外一个人身旁，去见他最后一面……然后孤独地回家，回去的路程，耗尽我的一生。

妈妈，其实，你呼唤我的声音，我从不曾真正听到过……只是"感觉"到了而已——我感觉到我之外的整个世界都听到了！并且都正在长久地倾听。我俯在大地上，贴上耳朵，听到万物应那呼唤而去的足音——蓬勃、稠密，它们长出地面，头也不回。一直长到秋天，又应那呼唤而凋零、枯亡。

整面大地，都倾向你呼唤传来的方向。所有的河流，都朝那边奔淌。

鸟群顺着去向那里和离开那里的路，往返一生，什么都知道了……

四季也沿此循环，永无结果。

星座朝那里的地平线一日日沉落。我们孩子的眼睛，年复一年，往那边看。

风往那边吹。我们开垦的土地，一年一年往那边蔓延。

我们日晒雨淋一生。我们的房子，全盖在了那里。我们终生爱慕的人，在那里一直年轻。

戈壁滩在那里森林遍布，河流纵横，群山起伏。

所有的道路，为了抵达那里，从不曾停止过延伸。

所有的日子，过着过着，全向着那边一天天消失。

老人们为此衰老，孩子为此悄悄成长。

我和他走在大地上，为此约定爱情的事……后来，又为此，绝望反悔。

曾有人，为此不止一次地死去。如今他在离我不远的地方沉默着生活，什么也不肯说。

……

——而我，妈妈，我听了又听，泪流了又流，无论我听到什么，我同样，也不会说。

……可是妈妈，人们所知道的仅仅是：你终生沉默。

却不知，在距离你的沉默无比遥远的地方，你呼唤的声音，正怎样兀自行进在寂寞漫长的途中，至今什么也没能找到。

你曾对着一株植物一声声呼唤，它毫无办法，最后只好开出花来。你继续对着那花呼唤，那花也毫无办法，最后只好凋零。

你曾在河边呼唤，你每喊一声，河便拐出一道弯来回头看你。于是每一个经过这片大地的人，都会惊讶这条河为什么流淌得如此曲折，反复迂回在这片大地上，徘徊着不肯离去。

你曾在夜里，在枕畔，以喃喃低语呼唤，却把他唤醒。他伸出手激动地拥抱你。他几次想摇醒你，想对你说出一件事情。但又想：再等一等吧，等到天亮再说……天亮了，你死了……

妈妈，即使你死了，你呼唤的声音，仍然还在通向我的途中继续流浪着……你呼唤我的声音，去到过多少遥远坎坷的地方啊！这些年来，它都喊住了什么呢？它的路比你的路更为艰难吧？前程莫测……等终于有一天赶到我面前时，会不会已认不出我来了？那时我面目沧桑，白发皤然，令它犹豫不决，怎么也不肯相信我来自童年……当它停在我面前，会不会突然发现了什么……

妈妈，其实这些年来，你所呼唤的，只是我的名字，而不是我啊……妈妈，其实我加于你的孤独，远不及这片大地加于你的孤独。

其实在这片大地上，你是最贫穷的母亲，其实你连孩子都不曾有过……你离开所有人，独自走在深蓝高远的天空下，你连去处都不曾有过。你走进金色的麦地，走了不远，扒开茂密的麦丛，看到我蜷卧在麦田中央，刚刚从一个长梦中醒来。于是你像一个真正的母亲那样亲吻我，抚摸我的头发，哭泣着劝慰我不要哭泣。

井

（……母亲突然记起一件往事，并为之不知所措，惊慌不已……）

1

妈妈，在我们这里，在这地底深处，有井。星罗密布的井。一口一口埋藏在平静的大地深处，黑暗中涌动清洁冰凉的甘泉。妈妈，最后我们死于饥渴。

最后我离开了你，孤独地走向大海，高高站在海边峭壁上，放声痛哭！妈妈，我终于找到了水，却不能给你带回一滴……

——不能让这大海倾覆，一泻千里涌入荒莽的内陆腹地；也不能令这大海分开，让出道路，好让我离开得远一些，更远一些……不能使这海去得知一口井的事情……那是遥远地方的一口井，空空如也，陷没在荒野深处某个角落。后来渐渐填满沙石。井口野草丛生，上方飞鸟盘旋。

2

妈妈,再也没有井了,我们各自守着自来水龙头寂静地生活。一拧开,陌生的水喷涌而出,再一拧,水立刻停止。我们终于控制了水。

我们筑起大坝,我们使河流改道,我们开凿运河,我们人工降雨。妈妈,水到了我们这里,变得多么的平凡啊!水从龙头流出,从下水道消失——水龙头和下水道之间的距离就是水经过我们的全部历程……水在我们这里,是多么匆忙啊!

连河流都没有了。城市建立在下水道的迷宫之上,原本流淌着水的通道只涌动着阴暗的废弃物。我们一切的肮脏全交给水。我们在水上奔走,在盖着水泥板和沥青的街道上,清洁矜持地奔走,在透支和浪费之间奔走。日日夜夜,口干舌燥。我们四处奔波,终日劳作,没有时间休息片刻,没有时间停下喝一杯水。我们说:这是为了生存。可是,到了最后,生存所需要的,也许只是一杯水而已。

其实,妈妈,就在我们的身体中,遍布着河流。妈妈,每当我在这城市的某个角落深深地、疲惫地躺倒——夜色降临,又是一天结束了。我静听身体中淙淙汩汩,细流汇聚,一注一注地翻涌着,吞纳着,渐渐掀起惊涛骇浪……我泪水汹涌!妈妈,水在呼唤我,它仍然记着过去的事情,它字字句句提醒我:

要我同它一起流走

要我进入它的一滴走遍这片大地

要我沿着植物的根系去往春天的每

一朵花,再历经秋天的每一只苹果

要我在云端无边无际地飘,在江河里

没日没夜地流浪

　　然后要我进入大海，要我完全消失

　　最后要我去向大地深处黑暗地跋涉，

　　直到重回井中，如重新来到世间一般在井

　　底抬头仰望天空……平静地微漾……

　　但是妈妈，再也没有井了。

　　妈妈，所有的井都被泥沙封填，掘井的人也被深埋井底，连同井水中寂静游弋的那条鲜红金鱼。妈妈，这片大地平坦坚硬，即将承受更为沉重的堆积。

　　水被汹涌引向更大容量的容器，夜以继日被密封在迷宫之中，缄默着接受我们随时随地的需求。

　　妈妈，水曾经是我们所知的最最威严的事物啊！但是妈妈，我知道，事到如今，它仍然还是。

3

　　妈妈，水容忍过那么多的事物，甜的糖，毒的砒霜，衣物的污渍，溺死的身躯。水又消解过那么多的事物，让沉浸其中的一切慢慢沉淀、溶化、消失……水到了最终仍然是透明洁净的。

　　而我们越来越衰老了，不能消化最柔软的一块食物，不能化解一点点伤心和恨意。我们满腹心事、步履蹒跚。妈妈，水只是经过了我们的身体，却从来不曾经过我们……而我们需要水却远甚于我们的身体需要水！

　　尤其是，妈妈，我需要水远甚于你需要水……

　　在很久很久以前，妈妈，你倒在辽阔的大地上，奄奄一息。我四处去为你找水，后来终于找到了。我以双手掬水，徒步千里，去给你喝。

但你看到的却是我已双手空空，便叹息着闭上眼睛。后来我用这空空的双手在你旁边为你挖掘坟墓，却掘出一眼清泉。

再后来，我一个人继续去寻找我的父亲。他已经离去多年，临行前只带走了一瓶水。我去找他，找遍了大地，却只找到那个空瓶子。他此刻正在世上受着什么样的苦呢？

我从大地上拾起那只瓶子，翻过来，已倒不出一滴。

妈妈，更多的时间里我挥霍着水。有人曾许我以万千承诺，用江河，用海洋，用倾盆大雨。使我浑身湿透……我也曾答应过他，当他归来时，我一定要使这片大地重新纵横河流，汇聚湖泊，让冬天下雪，让夏天下雨……可我但愿他永不归来！当他归来，只会看到，我已老去……

只会看到，这片大地仍旧干涸无边。

我曾以年轻的身体承受着这一切。那时我浑身充满了液体，我笑的时候，笑声也在湿答答地渗水，我哭起来更是汪洋一片。看到我的人，只能看到无边无际的、明晃晃的水域。我跑过原野，大声地说：你来，你来，你来啊！

可到了最后，我一个人流着泪远远走开了。一路上遇到的人都想把我喊回来。但他们只是张了张嘴，却不知我叫什么名字。他们目送我远去，看到我的脚印湿漉漉的，过去了很多天都没有干掉，过去了很多年仍没有干掉。后来他们中有一个人循这脚印去找我。但在回去的路上，这些湿脚印突然干涸，全部消失，令他永远迷路。

4

妈妈，这些年来，我追逐着水，走了那么远的路，鞋底磨穿，一无所有。却从没想到就在身边的地方挖一口井，向下抵达一处深度，坐等水来。

妈妈，其实，水什么也不曾理会过，除了"等待"。再遥远的等待它也能感觉到，它会自己从地底深处摸寻过来，像黑暗中一根手指缓缓伸过来。

而井是大地的创伤，是大地被打开缺口的地方。水从井中涌出，如同血从伤口流出。妈妈，其实水是最疼痛的事物，一滴水落地后迅速渗入泥土的情景，看得令人心魂破碎。

妈妈，这些年来，我以水的敏感，走过荒茫的大地，走过城市的废墟。趴在每一口干涸的井沿儿上向下张望，又试着拧动废墟中孤独仃立着的每一支自来水龙头……妈妈，我说不出，我做不到的一切，全都空在那里，于漫长的岁月里一滴一滴地接着水……妈妈，我是最饥渴的容器。

但是妈妈你呢？这些年来，你也曾稍稍为之迟疑片刻吗？你会不会也想到了：我们有做错的什么事情吗？

到底是在哪里悄悄地错了，并且悄悄地继续错下去呢？悄悄地、孤独地，错啊，错啊……妈妈，你竟从不曾为之犹豫一下！

妈妈，最后的水被你全部带走了吗？

总有一天，我会走出饥渴的世界。我要找到我的父亲，我要向他要水喝，大口地痛饮；我要喝得发梢都在滴水；要喝得脚下一片汪洋。妈妈，妈妈，我要让水通过我全部去向你那里！如江河汇流，如穹窿洞开。我要喝得这水中鱼群浩荡，岛屿遍布；要喝得这岸边涌起大波大浪，四处断开瀑布；要喝得激流轰鸣，让远远近近所有的水鸟一路长喙短鸣、赶往这边……

妈妈，实际上，仍然没有水。

我仍然在这里，走啊，走啊。大地仍然无边无际。

5

` 妈妈，如果真的只需一口井，就能镇住我们的家园，我们破破烂烂的房子，我们开垦的农田，我们最初的爱情，以及我们子孙后代的心；如果真的只需一口井，就能永远地留住水，就能使这片戈壁滩渐渐地睁开眼睛；如果真的只需一口井，你就愿意停止流浪，永不离去；如果真的只需一口井，正迅速消逝着的这一切就会立刻停止下来……那么妈妈，你来挖掘我吧，你来将我打开吧！

妈妈，你是我来到这世上的通道，我便是你的水来到这世上的通道。我作为你的井，比作为你的女儿，更为真实、强烈。妈妈，让我们不顾一切地停止下来吧！当这个夜晚，我又一次在这城市一角深深地疲惫地躺倒，水涌上来没过头顶，梦境荡漾，时间混乱。四面井壁森然，包裹着我。妈妈，你何时才能找到我。你在茫茫荒原上四面挖掘，至今不知我在何方……

6

仍然是很久很久以前，妈妈，你躺在那里，奄奄一息。我向你一步步靠近，实在没有力气了。就在那时，我突然记起更为久远的时候，所有的井突然全部干涸，所有人都出去四处寻水，只剩我一人留在这里一年年长大。我在大地上做着喝水的游戏，百玩不厌。后来有一个过路人经过我们的家园，为我的年幼而流下泪来。还记得有一次，我长发滴着水，从他身边跑开，笑着，怎么也不肯回答他的一个问题。

金　子

（很多年以后，有人指着一个骨灰盒对我说："里面是你的母亲。"我不相信。但是我扒开骨渣，发现一枚金戒指……）

妈妈，你去淘金子。后来金矿的坑子塌了，把你深埋地底。那里寒冷、黑暗。你醒来时无法动弹一下。潮湿的沙子一直堆到你的腰上，支撑你立在那里。

你僵直地立在那黑暗的正中央，用很长的时间拔出一只手来，然后又在很长的时间里，用那只手挖出了另一只手。

妈妈，你在一条河流的底部，那里有金子……很多年后，我去找金子，涉水蹚过那条河，河水冰冷刺骨。我不知道你就在下面。我在河边抓起一把沙子，细细地察看，然后失望地离开。那时候，金子已经成为秘密了。

……而你在河的底部，空着双手，继续笔直站立在泥沙之中，妈妈……河水经年奔腾，把泥石从上游冲卷向下游，重的金沙渐渐停止，穿过沙与沙的细微空隙，一粒一粒沉到最深处。它们在那里遇见了你。那时，妈妈，我却正在离开这条河，越走越远……从此我半生无边无际的迷途，就是从那里开始的。

妈妈，我们多么热爱金子啊！它是有价值的东西。它是最直接的幸福。当我们有了金子以后，我们的生活并不是"富裕"了，而是"自由"了呀！我们会有更多的欢乐吧？要是我们有了金子，我们就能轻易地消除那些忧虑呀，伤心呀……我们便不用住漏雨的房子了，我们可以去看病，减除肉身的痛苦。从此我们会有更多的，更为美好一些的希望和想法，我们会有新衣服穿，我们将干干净净地，喜悦明亮地，笔直地，走向我们悄悄深爱多年的那个人……我们手指头上戴着金戒指，胸前挂着金坠子，我们就可以勇敢地去往远方的任何一个地方，而永远不会担心最后时刻的到来！

妈妈，金子的力量多么巨大感人啊……一个接受过金子的改变的人，是多么心满意足的人，是多么心甘情愿的人……而我们总是微渺轻茫，永远缺乏金子般的分量。所以我们最终总是会被带走……所以我们最终还是消失了。

……坑子塌方了，全堵上了，妈妈。只有井道最深处取沙的地方还有一方空间为你深深地敞着，敞向你和你的，最后能想起的一些往事……

从那场灾难中逃离回来的所有人都是这么说的——在井道最底端取沙的地方，会有几根桩子抵着，有几块木板子撑着……他们都这样说，他们都猜测你可能还活着。妈妈，你就在那里寂静地直立站着，那里寒冷、黑暗，久了会憋闷。在这沉闷潮湿中有一根纤细敏感的手指，指着你，无限地向着你的感官逼近。妈妈，只有人死之后才会去到那样的地方的。人死之后，就在那样的地方里躺着，一动不动。而你也一动不动，妈妈，这就是死亡了……你却分明活着……你一分一秒一丝一毫地品尝种种细微感触。你屏住呼吸。你倾听。

你开口说出一句话来。但是那句话，一经出口，就立刻熄灭在黑暗之中。

……

妈妈，你想去淘金子。你说要给我打金戒指，打金耳环，再打一条金链子，还要挂上嵌着宝石的金坠子。于是你连夜收拾行李，准备启程。我流着泪升起火炉，为你准备路上的食物。我把家里所有的鸡蛋放进锅里煮。炉膛里的火苗一绺一绺燎出，你看到我黑暗中的脸庞上闪着细碎的光。你想点灯，但终于没有……那一夜，金子在想象中近距离地俯视我们，我们在黑暗中仰头张望，未来生活把我们吞没。下一分钟把我们吞没。离别到来了，似乎我们无法预知也无法想象的最后结局马上要出现了。金子是谜。我们猜测它是幸福。我们什么也不知道，只好暂时猜测它是幸福吧？……我们谁也不敢，第一个承认另外的那些……

只不过为了让生活更好一些，你就去淘金子。妈妈……你吃苦受罪，深尝孤独——金子才有的孤独，深处的孤独，无凭无据的孤独。妈妈，你孤独得不知该怎么办才好，最后只好付之以生命。这孤独便给了你金子，并借由这金子，继续对你予取予求……你便进入这条河的底部。妈妈，你双手空空，只有你知道其实没有金子。而河还在冲刷着这片大地。再过一万年，河水才能淘空到深埋你的那个位置，然后又在一千年的时间里，它哗哗流动的声音，一点一点离你越来越近……终于有一天，你的一束头发在河底飘荡起来。又过去很多年，才会出现你的额头和眼睛。你的眼睛望穿水流，看到上面的清湛的天空和细腻的白云，还有日月星辰。那个时候，妈妈，世界上的事情都结束了，一个人都没有了……——妈妈，你用了一万年的时间，从一场孤独走向另一场孤独……只有你知道，孤独与死亡一样永恒。

但是更绝望的是那条河，因为它终于明白了什么叫做"永恒"。它在这永恒之中用掉了一万多年，去冲刷一片土地，最后挖出的，是一个死人。

妈妈，当那些金子，一粒一粒地，微渺地，极不情愿地从尘土中浮现出来，带着恨意……当它们被打成戒指，戴在哪个手指头上，哪个手指头就会伤害别人。不管那根手指原本是多么的柔顺、无辜，曾轻拨过琴的弦，抚摸过爱人年轻的面庞……你记得的，妈妈，我们爱着的姑娘就戴着金戒指。那时我们多么贫穷。我们日夜想着她的美。她的美承载一枚金戒指在我们年轻的心中发光。我们爱她，却无法面对她说出一句话。她便死了，有一天她吞了那金戒指……——手上没了戒指，她原也是普通的姑娘啊……但我们还是爱着她，并且总感觉她的坟墓因埋葬着金子，而显得异样地悲伤。我们离开她，走进深山……妈妈！总有一天，这世上所有的金子会随着一场最大的死亡而涣散，伴随着一切物质零碎的粉粒，裹卷成一股浩大强盛的尘流，向着宇宙的某个角落散失……那么，从此就再也没有人知道了！在很久很久以前，我们曾怎样离开她，走进深山……

妈妈，我们原本是想通过金子去靠近美梦的，可是一经启程，便成了在通过一生，去靠近金子……我们从金子那里得到的远远不够，妈妈……我们背着工具和铺盖、干粮。我们风餐露宿，蓬头垢面。我们一年、两年、五年、十年地与世隔绝，挖坑子、运沙、淘选、筛簸……还有我们出生在金坑旁边的孩子，心窝贴着金子长大，爬在撒有金沙的毡片上，一寸一寸地寻找。用他们纯洁的眼睛，努力地一次次凑近；用他们柔软的小手，在毡片上搜寻，一粒一粒仔细地收集……当我们离开时，他站在路口目送我们远去，衣着褴褛，手捧金沙……我们从未想到，金子流传到我们孩子那里，会断然改变最初的意义。没想到，我们距离金子最遥远，留下的事物却距金子最为迫近……那么我们的孩子永远也不能长大了！他们金子般纯正的心灵，固执地拒绝金子以外的世界，拒绝时间，并且拒绝进行解释。他们有着美丽无望的眼睛……他们不能说出一句话来，他们只是哭，只是哭……他们后来都夭折了，他们不愿意继续明白这个世界……

但是妈妈，你还是想去淘金子。我们都不愿你去，我们看着你，一个个泪水长流……很早的时候，我们就知道了，金子不在身体外面……我们是天生有金子的人啊，但是，金子不在身体外面——我们得向自己索取。我们得先失去，得先付出……青春，健康，平安，坦然的，宁静的，自由的……我们得劳累、艰辛、痛苦、寂寞、思念……然后金子就出现了……我们身体和心灵都磨损了，然后金子就出现了……妈妈，金子不在身体外面，不在生命外面。妈妈，你去淘金子，你决意失去。你要去淘金子，要使最终得到金子的是我们——你决意永远失去……其实我们很早的时候就知道了！

……妈妈，其实金子是世界上最哀愁最伤心的东西，它是世界上最孤独最不幸的。它什么都不曾知道过，却被赋予了那么多的意义。它的昂贵和它的传奇之于它自己，不过如同它邻近的尘土沙砾。它夜以继日地被开采，被细细收集，被锻制成品……它辗转人间，历涉春秋……却什么也不能明白！一万年前的世界和一万年后的世界于它没什么不同。它所散发的狂热光芒，也许仅仅只是它的害怕。它一经开采出来就绝望地闭上了眼睛。而淘金子的人，怀揣金沙，爬上高处遥望故乡，然后更为荒寒地死去……妈妈，金子其实是世界上最无望的东西呀……那些有了金子的人，从此是否也会滋生同样古老的想法，而开始在生命中一步步渐渐后退？……

……妈妈，我放弃了你。我要继续生活下去。我明知你正在一个有金子的地方，把剩下的全部时间，全部投入到了等待之中……你还在等待我前去挖掘，去将所有埋住你的、簇拥着你的沙子一点一点挖开，一点点淘洗，最后弄出金子，熔炼成一整块……那是你的，全是你所守候的……你等待我捧着这块金子前去找你，将它悬在黑暗中你的近旁，再让它发光，以照亮我与你的最后一面——你幻觉连连，意识混乱，种种关于金子的奇丽情景在这大地深处的黑暗与冰冷之中扑打翅膀，挟风裹雷……那就是死亡的情景吗？……可是妈妈，我放弃了，我恨你。你分明还活着。地面上的所有的人，也分明都知道你还活着。但他们一点办法也没有，只好认为你已经死去。

还有你，妈妈，你还活着。可是在你上方，地面上那些活着的人们，已经收拾好工具和机器，卷起铺盖灶具，忍着巨大的悲痛，一步步离开了。他们唯一能为你做到的事情，似乎只有把你死去的噩耗尽可能早地带给你的亲人……妈妈，是不是一个人在地底深处，就像是金子在地底深处一样——有巨大的渴望却还有更为巨大的迷茫。妈妈，这片大地平坦深厚，它深藏金子一样的秘密，而深知一切，而什么也不说。而代替一切，去宽容一个人与另一个人、一个想法与另一个想法、一种生活和另一种生活之间那些彻底的不能沟通、彻底的不能明白、彻底的不能谅解……它会在年年的春天，开满粉色和白色的花。

　　你要去淘金子，妈妈。你在天亮前走了。那时我已上床睡觉，我流着泪，脸扭向墙边，什么也不愿看到。耳朵却听见你离去的脚步声越来越远……终于消失……

　　但是后来又重新响起，越来越近……

　　你回来，一直走到我的床边，弯下腰，往我被窝里塞进一枚仍然热乎乎的鸡蛋……

　　你还是要去淘金子，我边流泪边入睡。你留下的一枚鸡蛋轻轻地温暖着我。我梦见了你还没有出发之前的种种情景。我想，这下好了，你终于改变了主意……于是终于进入再无惊扰的熟睡……

原载《天涯》2011年第9期

大山行孝记

郭文斌

————————

知道我喜欢吃榴莲，他会不时买一个，自己却只尝一口，然后就再不动勺子，凭你怎么动员。"对我来说，觉得吃一口和很多口是一样的，都是那个味道，后面的都是重复。"不由惭愧，还不如儿子，就是喜欢重复，喜欢重复那个味儿。

在享受上不喜欢重复，在孝行上却永不满足，这就是儿子。

妻说，上幼儿园时，姥爷姥姥到县城，儿子回来从兜里掏出两块蛋糕，说，这是阿（我）给阿姥爷姥姥的。姥姥闪着泪花说，这么大的一点人儿，咋想起来的，知道给姥爷姥姥留着吃。妻说，儿子把两块蛋糕装回来，意味着一顿没有吃主食。妻说，每逢发了新鲜的东西，儿子都要装回来让她尝，虽然每次都要挨她一顿训斥，但下次还是装回来。知道她晕车，每次回老家，都要抢先上车给她占座位，有年春节，挤车的人特别多，儿子竟从别人裆下钻过去，上车给她抢了一个座儿。

去北京上大学后，每学期放假回来，都要带一箱东西，一人一份。特别是给爷爷奶奶，必不可少的是"稻香村"的软点心。当然，那一天我拉开自己的书桌抽屉,往往会看见多了几袋茯苓饼、几盒干果。一次,还给妈妈买了一个发卡,亲手给妈妈戴上,问他怎么会的,说是让商场阿姨教的。一次,给大伯买了一把二胡,只为我们在聊天时讲到大伯当年喜欢拉二胡。还要到中关村给大伯买电脑,被我阻拦了,我怕电脑拿回家侄子会上网。

近几年,每逢寒假,他都会接爷爷奶奶到城里,也只有他能把爷爷接来。换了我,父亲总是一概拒绝。儿子不但能把二老接了来,而且留得住。2011年寒假接来,一直住到隔年夏至才送回去,长达半年时间,算是破天荒了。其间,父亲数次嚷着要回老家,都被他成功留住了。正好大四最后一学期,他就索性回来陪爷爷奶奶。为了让爷爷安心,他动了许多脑筋,想了许多办法。首先是严密监理着每一顿饭菜。我觉得妻做的花样已经够多的了,比我们平时丰富多了,但他还是要隔两天亲自去买一趟他认为更适合爷爷奶奶吃的菜。父亲不愿意戴假牙,早点妻就给烙软饼子吃,在我看来已经够软的了,但他还是要切成米豆大的小方块儿,让爷爷泡到牛奶中吃。爷爷的床头上,永远放着几罐糖果,各式各样的。每半个月给爷爷洗一次澡,每两天洗一次脚。怕爷爷奶奶晚上去卫生间磕着碰着,就买了一个可以在卧室用的便盆,还配了手电扶椅一应需要的东西。父亲眼睛不好,看电视要凑到屏幕前,妻就给他一个小木凳,儿子看见马上在网上买了一个同样高低的软凳子来。同时买来的还有足浴器,给爷爷洗完,给奶奶洗,然后自己洗,也不嫌弃他们用过的水。完了抱着爷爷奶奶的脚剪趾甲,每次要剪半个小时左右,细致和耐心使我这个做儿子的惭愧。不巧,快要过年时,微波炉坏了,为了方便给爷爷奶奶每天热牛奶,他大年三十上街买新的,打不上的,就步行抱回来,到家,脸都冻肿了,累得睡了一下午,好几天胳膊还酸痛。知道我分身无术,他就每天拿出一定时间,陪爷爷奶奶说话,有时爷爷奶奶已经躺下了,他就上床躺在他们中间,和他们聊天,往往大半晚上。我在书房，都能感受到父母的开心。父亲永远在讲他当年那些事，我都能背下来了，但儿子却一遍遍倾听，他知道爷爷只是想和人说话。有空他就给爷爷奶奶录视频，包括每次回老家录的，估计超过一百小时。为了解除爷爷奶奶的终极焦虑，他不停地在网上寻找相关视频，下载下来让他们看，为此，还专门买了一个U盘播放器。这也为留住爷爷起了很大作用，父亲不再时时嚷着回老家，而是每天准时坐到电视机前，让孙子给他播放下一集。我们欣喜地看到，半年下来，二老变得更加乐观、安详、喜悦，可以坦然面对归属话题。

在孝顺爷爷奶奶方面，儿子显然制订了近期计划、长远规划。对于大学生来讲，最后一学期意味着什么，不用多说，但儿子却把自己强行安排在爷爷奶奶身边。还剩最后两个月时，我半开玩笑地催他回校，说，快回去陪女朋友吧，孝敬爷爷奶奶的时间长着呢。他说，我的女朋友是天使，不用陪的。仍然尽心为爷爷奶奶服务，直到毕业典礼前才返校。为了方便接送爷爷奶奶，他专门考了驾照，说等家里宽裕了，买个车，想啥时去接爷爷奶奶就啥时去，虽然至今我都没有满足他这一愿望。

我这些年之所以能够坚定地推广"安详生活"，有一个重要的力量就是儿子的支持。才知道人生最大的幸福来自后代对你价值观的认同。上大学后，儿子通过学习西方文化，接触外国人、外国公司，更加认同我的观点，成为一个最坚定的安详理念支持者，并为此放弃出国、到外企工作等计划，决定回家给我做秘书。

早在大二第一学期，他就写了长达万字的《让全世界人民都来学汉语》，《文学报》更名发了一个整版。在把东西方文化作了对比后，他说："在这一切对于经典文化的论断中，我们不难发现中华经典文化的魅力，遗憾的是，世界上至今没有一种语言可能代表汉语来描述出这种文化。汉语的魅力，是中华经典文化五千年的魅力，它所代表的智慧，是中华五千年文明的智慧。中华经典文化可以说是本世纪地球上仅存不多的文化宝库，而汉语，正是这座宝库大门的钥匙。"之后，他对中国经典文化的热爱与日俱增，到了大三，甚至到了非文言文不读的程度，说读白话文淡如白水。他说，这才真正体会到什么是爱国之情了，一个人在没有爱上自己的传统文化之前说爱国，肯定是言不由衷。

为此，大学期间，特别是后两年，他想方设法帮我，只要他能承担的，都主动承担了。

大三暑假，更换了已经老得不能再用的洗衣机、电饭锅、微波炉、淋浴器等。换洗衣机、淋浴器时，我正在楼上睡午觉，他都没有叫我帮忙，待我下楼时，一切都已做好。看到他累得满头大汗，我心里一阵自责，这本该是我的活儿，现在却让他来做。再看，还给卫生间安了换气扇，装了毛巾架等。说来惭愧，住进这个屋子已经七年了，这些基本设备我都没有顾上置办。对此，从未听到他埋怨，不想现在他竟自己动手了，而且摆出一种永远自己动手的样子，这从他在网上买了一套电钻等工具可以看出来。

大四最后一学期，他在孝敬爷爷奶奶、背诵《论语》等经典的间隙，抽空网上购物，给客厅买了一个书架和衣架，给厨房买了一个菜架，自己看着图纸组装。还把家里所有电源换成分项的，不用妈妈每次都要拔插，保证安全。那几天，门铃只要一响，他就下楼搬东西，然后拆箱，看着图纸组装，汗流浃背的。不多时，一个柜子就立在客厅了，一个衣架就立在门厅了，一个菜架就立在厨房了。那是赶二十二届图书博览会书稿最忙的一段时间，其间，我都没有认真看过他是如何组装的，当然就没有给他搭一手。他还给我的卧室床头买了一盏十分温馨的仿古灯笼形布艺彩绘罩式台灯，换下了我直接插在墙壁插座上的牛头灯。旁边配了一个小电扇，把遥控器放在我的枕头边，让我暑期舒服一些，因为阁楼暑期就是一个火炉。同时配了一个自动加湿器……让人躺在床上，有种重换天地的感觉。

一天下班回来，看见儿子映在一团橘黄色的光芒里。定睛，原来是他在往新书架上摆书，已经快摆完了，那是他给我网购的中华书局版的全本全译全注经典系列，摆了整整一书架。我说，郭大山同志，你想开书店啊。他有些得意地说，是啊，您老以后基本不必再买书了。说着，拉上窗帘，把刚刚安好的落地灯摁亮，柔和的灯光打在书架上，再加上妻摆在书柜顶端的吊兰，让客厅一角一下子温馨起来，有意境起来。接着，他拉过来一个简式靠椅，让我坐上去，又从书架抽出一本书给我，说，您老今后就坐在这里看书，一边晒太阳，一边看，把这些书齐齐看一遍，再出去讲安详，就是另一种感觉了。

说到书，我的每部书稿，特别是中华书局出的两部书稿，他都在紧张的学习期间和同事、朋友一起帮我作了校对，确实增色不少。为了帮助我取证，他十分关注出版动态。这些年，只要有快递摁门铃让我下楼取东西，我就知道他又在网上给我买了书。打开一看，正是我当时最需要的。

看到我在全国讲课总是穿着同一件外套，他就开始在网上给我选衣服，不断地发来样照，让我确定后他下订单，我觉得没必要买那么多花样，就说都不喜欢。他就失望地回一句，我觉得挺好的啊，我妈也说挺好的。接着找，接着发，接着被否。有一次学校组织去台湾，他还是自作主张买了一件回来，说实话，我是打内心里喜欢的，但表面上还是作出不冷不热的样子，怕他今后再买。每次回家，他都要给我把电脑重新装一遍，增加一些上档次的电子词典，还有一些我需要的软件，确实为我节省了许多时间。

除此之外，儿子还主动承担了对堂弟的教育工作，写给堂弟的励志信，估计也有上万字。2011年，二堂弟终于考上大学，他包揽了大人应该做的一切工作，从填志愿，到装扮，到送行。堂弟考取的学校远在长春，中间要换车，他不放心，就一直送到学校，办好住宿，给购置好生活用品后，才回京上课。

我这些年不揣浅陋，到全国学讲安详，一个重要的动力就是儿子，因为他时时处处身体力行，让我讲起来非常有底气。

上初二时，"十一"放假，妻带他到银川来，说要给他买件防寒衣，我就带他们去华联商厦。不想看遍所有衣服柜组，也没有他看上的。他说，还有没有类似于固原商城那样的地方。我说有啊，东方商城就是啊。他说，那我们去东方商城吧。到了东方商城，他才真正进入买的状态。在一家卖休闲服的摊位前，他停了下来，要过一件，试了一下，然后和老板砍价。老板要了一百二，他还六十。老板说，六十我进也进不来。他就拉了我和妻走。老板说，如果要，就八十给你吧。他回过头说，七十？老板说，七十五行不行？他继续作出要走的样子。我和妻说，买上算了吧。他说，不买，刚才我看的那家，和他的货一模一样，人家才六十五。老板说，行行行，七十就七十吧，就算我没挣钱。就买了下来。往回走时，他说，如果换了你们，人家要一百二，你肯定给一百。我说，你什么时候学会的这一手？他说，早了。我说，真厉害，要不要奖励你一瓶康师傅？他说，要奖励就奖励一瓶酸奶，一瓶酸奶一元钱，有营养，还解渴，康师傅三块，不过是个水。我说，郭大山同志，你今天纯粹是给我和你妈现身说法来了嘛，哪里是来买衣服。他说，是啊，我就发现你们花钱太不仔细。就像刚才，你们怎么对五块钱是一种无所谓的样子。一个五块是五块，十个五块就是五十，一百个就是五百。我说，这又是谁教你的？你妈？他说，是我自己悟出来的，这衣服和华联的相比也不差嘛，但华联的价格却是这里的好几倍。爸，你以后买衣服就在商城买。再说，衣服要会穿，如果你会穿，十几块钱的粗布衫也能穿出时髦来，如果不会穿，几千元的名牌也一样没档次，你说对不对？我说，对极了，为了表示我虚心接受，请你们吃肯德基吧。他说，我才不去附庸风雅呢，那是暴利，知道吗。再说，专家说了，饮食要素一点，生一点，少一点。书上说了，消化相同单位的肉需要血液的供应量是素食的十几倍，给心脏和肠胃增加的压力非常大，得到的能量和失去的能量相比，根本得不偿失。还有，动物在宰杀的时候，把所有的仇恨都变成毒素注入到肌肉和血液内，人吃肉就是吃毒。听得我心里一惊一惊的。我说，你是从哪儿看来的这些理论？他说，好多书上都这样说。我愕然。看妻，妻一脸的得意。我说，那今晚我们吃什么？火锅还是煲仔？他说，我们回去自己做吧。

大四实习，我让他到一所小学讲《论语》和《西游记》，觉得应该装扮他一下，不要太学生气，就让妻带他去百货大楼买衣服。但是看了一圈回来，他都觉得贵，就在网上买了一套三百元左右的咖啡色休闲西装，配了一双褐色皮鞋，穿上，站在镜子前左照照右照照，还真像个小老师的样子。那大概是他在穿着上出手最阔绰的一次了。

儿子如此节约，但在帮助别人上却十分大方。去年暑假的一个晚上，他给妈妈认错。妈妈问什么错。他说前年他其实给×××借了一万元。妈妈问那另外五千元哪里来的。他说是他上大学时爷爷、奶奶、伯伯、舅舅、姨姨和几位叔叔阿姨给的，他瞒了我们数目。前年的一天，他打来电话说，同学×××家的房子很危险，急需改造，让我们支持五千元。妻就给打过去五千元，不想他还把自己的五千元私房钱打过去了。听妻讲完，我既震惊又惭愧，儿子拿出他的私房钱，相当于我拿出所有家底。近年来我也做一些小公益，但要我拿出全部家底，扪心自问，还真做不到。2012年春节，他又给妈妈说，借给同学×××的那一万元，咱们就不要了吧，一万元对我们不算少，但没有也能过得去，可对×××来说，却是一个大数字。这次我就不单单是惭愧了，而是觉得有一种力量拽着我的衣领，硬是把我带到一个开阔地带……就让妻告诉儿子，我们不但同意他的意见，而且欣赏他的做法。

实习结束时，儿子又给我出了一道考题，问我能不能给他的每位学生送一本我的《〈弟子规〉到底说什么》。我问一共多少人。他说大概五百人，如果算上另外一位实习老师的，大约八百人。我想了想，这等于把这本书的稿费全部捐赠了，心里多少有些不忍，但表面上还是十分痛快地答应了。他鼓励我说，老爸这次表现不错啊，有些真放下的样子了。真是羞愧。

在儿子的鞭策下，我把刚刚出版的散文集《守岁》、随笔集《寻找安详》修订版的首印版税全部折合成书，捐了出去，包括第三次重印长篇小说《农历》，直捐到出版社无书可供，真正体会到了一点放下的感觉。但我深知，离真正的放下，还远着呢。

平时，我们是最好的"朋友"，"朋友"到可以无话不谈甚至交换感情隐私的程度，但在一些关键时刻，他又会以古礼把我推到父亲的角色里，让我体会为人父的尊严和幸福。高考完的一天晚上，我都迷迷糊糊地睡着了，听到一个声音，爸，洗个脚再睡吧。睁眼一看，床前站着儿子，笑呵呵地，地上果然有一盆洗脚水。起来把双脚伸进盆里，心里有一种无法言说的幸福。第二天早上，他又为我做好了早点，让我用后再去上班。儿子的这一频道切换让我一时有些手足无措，甚至不适。那是一种需要狠劲才能消化的幸福，不同于以往"最好的朋友"带来的那种惬意和开心。随之而来的身心感受真是无比特别，工作起来特别有劲头，一下班就急切地回家。

贪恋他听到我的脚步声提前把门打开探出头来的那种感觉，贪恋他从我的手里一边接过包一边跟我说话的那种感觉，贪恋刚一坐定他就剥一个香蕉递过来的那种感觉……于是，每次课后回答提问，当被问到如果老公有了外遇怎么办等问题时，我就讲"一盆洗脚水"的故事，告诉提问者，千万不要抱怨，不要跟踪，不要争吵，只是准备好一盆洗脚水，静静候着，他凌晨三点回家，你就三点端在他床前，第二天他肯定两点回家，你照样两点端在他床前，第三天他肯定一点回家，如此，一直奉陪到他准时回家为止，成本很低，效果很好。

去上大学那天，表哥表姐来送行，他拉了行李箱都要出门了，却掉转身，把我和妻叫到卧室，关上门，让我们并排坐在床上。我说，干吗啊？寻思间，他已经跪在地上，说，爸，妈，儿子给你们磕个头。起身磕第二个时，眼里已经含满泪水。送走儿子，我回到电脑前，想写一段文字，但好长时间，却不知写什么。儿子用三叩首表达了他想表达的，我却无法用文字表达我想表达的。但我分明听到心里有一个声音在说，从今天开始，做一个好父亲。

此后，儿子十分自然地在孝子和朋友之间做着角色切换，比如遇到我和妻的生日，他都要五体投地行礼，遇到他的生日，也要给妈妈磕头感恩，遇到大事，他都要先征求我们的意见，然后再做决定，等等。但在平时，他也会在我看电视时搂一下我的脖子，揪一下我的耳朵，有时也会倒转乾坤，批评我不在现场时做错的事，当然是以我愿意接受或者能够接受的口气。总之，度把握得非常好，直接效果是促成了我的责任心和庄严感。

儿子的成长几乎没有让我们操心。很小的时候，都可以放心地让他一个人待在家里。妻去上班时，叮嘱他从里面扣上门链，交代任何人叫门都不能开。他就真不开。有一次，乡下姑父来，在门外叫他开门，他脸贴着门缝说，我妈说过不让开门的。姑父说，我是你姑父。他说，我妈说任何人来都不让开的。姑父说，你妈说的任何人不包括姑父，你看我给你拿了你爱吃的油饼。儿子看了看油饼，仍然说，还是等我妈来了再说吧。姑父只好蹲在门外抽烟，一边抽烟一边跟儿子聊天，直到妻下班回来。

上小学一年级时，他就能帮妈妈做饭，常常妈妈还未回来，他就把面和好饧在盆里，单等妈妈来擀。一次妈妈下班回家，看到他正在和面，校服都没顾上脱，就说，你手洗了没有这样和面？他的眼泪就刷地一下掉了下来。妈妈看到他眼泪下来了，忙说，妈妈和你开玩笑呢。儿子看了妈妈一眼，用胳膊肘擦了眼泪，继续和，一双小手像模像样地在盆里搅和，等妈妈换完衣服过来，一团面已经坐在面板上了。二三年级时，他已经能把饭做熟等着妈妈。有一次，舅舅来家里，等妈妈从单位回来，他都用炒面片招待过了。

儿子小学也贪玩，但到考初中那年，开始拼力学习。玩伴在门外喊，我们要去开门时，他就使劲摇手，示意说他不在家。他想考固原一中，就用粉笔沿途写"一中"二字，从学校开始，一直写到家门口。可以想象，他在和贪玩的习气做着怎样的斗争。当年果然顺利考上固原一中。初中时也玩，但到考高中时，同样的办法，同样地用功，同样考到他想上的银川一中。到了高中，差不多班里所有同学都用手机了，我说如果需要就给你买一个，他说不需要。我知道，有一个女生对他有好感，常常把电话打到家里来，但他仍然用初中时的办法，没有分心。谁想高考失利，刚刚上重点线。他决定复读。那年，他总结出一套理论，人是没必要睡那么多时间的，考前是没必要放松的，平时怎么作息就怎么作息。遂把休息时间压缩到六小时，甚至五小时。考前一天，仍然做题到晚上十一点。果然比上年增加了七十多分，到达人民大学录取线。一年下来，书房四面墙上贴满了他的励志便条，如同时间老人的胡须，有一条写道，"以成绩报恩"。还有一条写道，"结果并不重要，重要的是完成一次超越"。

儿子曾画过一组图画，是他的成长史。除过在北京上大学，事实上也是我的迁徙史，从乡下，到县城，到地区，再到首府，外加两次进修，可谓一路辗转。每次观看，我都十分愧疚，这除了给妻平添了许多风尘和辛劳，也给儿子增加了许多新挑战，要不断适应新环境，建立新秩序。但他并未以此为怨，反而心存感恩，画面上写满了不同阶段关心帮助他的人，有老师同学，有亲朋好友，并用粗笔标注了几位决定我命运转折的关键性人物。后来的一天，当我从妻口里听到儿子之所以用心记住我讲的每件事并不断向她求证像是要准备为我传记时，泪水就不由打湿了我的双眼，他本已自觉承担了超过他年龄段的一切，还时时处处想着成就我们，这该需要一种怎样的心力。

在儿子身上，我真切地体会到了什么是"顺"。小学三年级时，亲戚把给妻还的钱放在棉衣夹层让孩子从老家带过来，但妻翻遍衣服也没有找见。我便断定是儿子拿了。妻说从未发现儿子有此毛病，平时花一块钱，都是向她要的，如果不给，绝不自己动手取。但我那天感觉儿子神态有点不对。就举起竹竿，让儿子说实话。儿子的眼泪夺眶而出，但我的竿子还是下去了，心想在品德教育上不能手软。不想在我抽第二下时，儿子突然止了哭声，说，你说是我就是我吧，要打要杀由你吧。然后转过身去，坐在桌前写作业，把后背给我，意思是，本人没时间正面奉陪。我手中的竹竿就尴尬在空中。晚上，妻在亲戚家孩子的鞋子里找到了钱，我才知冤枉了儿子。十分不安，默默站在儿子身后，看着他脖颈里红肿着两绺，心里很难过。想说一声对不起，却无论如何出不得口，就温了一块毛巾，敷在他脖子上，算是道歉。

母亲牙疼，半边脸都肿了，我和妻分别在合谷穴和足三里给按摩。儿子进来，看了一眼母亲，打开冰箱找东西。妻问他找什么，他不说话，只是找。妻说，你今天是咋了？刚吃过饭，不赶快去做作业，磨蹭什么？他仍不理会，又拉开冰箱底层，在里面倒腾了一会儿，然后出去。过了会儿，又进来，拉开冰箱门取东西。妻生气地说，你今天到底是咋回事？他仍然没有答理，从中取出几牙冻成冰的橘子瓣，过来放在母亲肿着的脸上。我和妻都愕然。从初二开始，发现儿子已经对我们的唠叨不屑一顾，全然一种"小人不计大人过"的样子，只顾做自己的事；有时妻生气，冲在他面前，他也笑脸相迎，不顶撞，不辩解，不争论，只是那么笑笑，然后趴在桌上做作业，或者倒在床上看书，妻的火力就那样哑在枪膛里，有气没力地扯几下后火，自动熄灭。在这方面，我觉得儿子做得要比我好，同样的情境，我就做不到这样，往往要论理，要计短长，不留神就把一件小事争大，甚至反目。看来，年龄和智慧并不成正比。

近几年，儿子几乎没有了脾气，对我和妻几乎百依百顺。我们约定六点起床，但他有时晚上忍不住要看书，睡晚了，早上就起不来。我进去在大腿上掐一下，他呀呀叫一声，换个身，乐呵呵地，说，马上马上，五分钟。五分钟后，再掐一下，他又换个身，乐呵呵地，说，马上马上，五分钟。再五分钟后，我的手就要过去时，他就忽地坐起来，眯缝着双眼，冲我傻笑。然后说，把我衣服拿来。我就真给拿过去了。妻有时看见，说，呵，真"孝顺"啊。虽然听着不顺耳，但心里却是一种别样的幸福。小时候，他睡懒觉时，我这样掐他，他会不高兴，有时还发脾气。现在，我的手再重，也激不起他一丝情绪。如果不监督，他就坐在马桶上看书，我进去把书夺掉，他嘿嘿笑一下，盯着我看，让你觉得他之所以要在马桶上看书，就是为了让你夺掉，而让你夺掉，就是为了报你一个乐呵呵的笑。

不知是孝顺给了儿子开心，还是开心给了儿子孝顺，大四这年，儿子的开心饱满得到处洋溢。吃饭时，往往我们一碗都吃完了，他还盯着奶奶笑呵呵地傻看，吃一口，盯着奶奶看一会儿，吃一口，盯着奶奶看一会儿，看得奶奶都不会吃了。奶奶嚷着要回老家。他问为什么。奶奶说，你们这里把人坐朽了。他就嘿嘿一笑，然后按着奶奶的双肩，推着奶奶在地上转圈儿。奶奶就咯咯咯地笑。他说，看能把你坐朽吗。之后，一有空儿，就推着奶奶在地上转圈儿，祖孙俩的笑声花瓣一样落满一屋。奶奶走累了，坐下来，他就蹲在面前，抱了奶奶的脸，欣赏桃花一样地看。看得奶奶不好意思，常常捂了眼睛。坐在沙发上看电视，常常搂着奶奶，否则那胳膊就没地方放似的。

大四寒假，他把同学之间的约会能取消的都取消了，非常要好的几位，非去不可的，也把时间尽可能地压缩。显然，他想念同学，但更依恋这个家，我甚至能够感觉得到，他聚会完是跑步回家的。一进门就"爸"的叫一声，然后跟我说话。我说把衣服放好。他一边把放错的衣服放整齐，一边等不及似的跟我说话。我说把袜子放在鞋窝里。他一边把袜子放好，一边眼睛盯在我脸上，说，爸，我给你说啊……

平时想跟我说话，到书房来，看见我写东西，就什么都不说，轻轻带上门，出去。有时实在想说，就在书柜悄悄取一本书，坐在地板上看，直到我告一段落。还没等我把文档存完，就开始说了。往往有许多让你意想不到的悟处，关于生命，关于人生，关于灵魂……大学期间，差不多每天都要来电话，有时我忙，往往会十分残忍地说，今天就说到这里，明天再说。也没觉得他有多少失落，说，那就明天再说。第二天仍然会按时打过来，每件事都讲得津津有味。有人说，只有恋人之间才有说不完的话，而我体会到的却是父子之间。上大学后，每学期回来他都要和妈妈睡一晚上，不停地说话，说得没了睡意，干脆坐起来说，直到妈妈的鼾声响起来。

虽然我是他的父亲，但在不少方面，他是我的老师。有时甚至觉得我和妻是他的孩子，什么都要他操心，都要他料理。

上高中时，正是韩剧流行时，为了控制妈妈看电视，他把天线给锁了，直到他高考完，才取出来，为此，我们养成了晚上读书的习惯，已经好多年没有看过电视剧了。

一度时间，我的写作有些背离方向，他就提醒我，钱这个东西，只不过是银行账户上的一串数字，说有就有，说无就无，手头宽余了日子可以过舒适一些，不宽余了日子可以过清淡一些，不必为了挣稿费降低写作格调，说得我心里一震。为此，他的生活会更加节俭。一次，我在北京出差，正好遇到他放假，他就邀请我一起坐火车回，但是已经买不上票，我就让他退掉火车票，和我同坐飞机回，他说什么都不干，说，等我啥时能挣来飞机票的钱再坐飞机。和他一起出门，没有赶急的事，你就别想打的，要么坐公交，要么步行。

有一年，我的人生进入低谷，有种扛不过去的感觉，儿子几乎每天都打电话来，给我打气，说，天地太广阔了，一定要把心量放大，当你的心量大到可以把小气候忽略不计时，大境界就到来了。还说，当外界还能影响你的心情时，说明你还没有找到本质，还在现象世界，平时多想一下孔老夫子的"朝闻道，夕死可矣"，你就能超然了。按他说的去做，还真有效果。

一次回老家，晚上哥安排我单独睡一屋，因为我的瞌睡轻，怕人惊动。不想儿子悄悄跟过来说，你应该和我爷爷奶奶睡，一年睡不了几次。我说，你爷爷打鼾。他说，那也没关系，听爷爷打一晚上鼾也挺好，不然将来您老会后悔的。觉得有道理，遂去父母身边睡。果然睡不着，但听着父亲平添了许多老态的鼾声，就更加佩服儿子。大三那年，儿子和妻带母亲去了一趟北京，把该看的地方都看了，包括他的校园、宿舍，从照片上，可以看到母亲有多开心。但对父亲，此生就永远没有可能了，因为父亲已经八十七岁高龄，已经没有能力出远门了，于我，这个账，就永远欠下了。心里的懊悔，真不是语言能够表达的。有时心想，这些年都忙了些什么？忙来的那些东西，到底都有什么意义？居然一直没有拿出时间，带父亲出去一趟。就在那晚，我在心里说，一定要在哥嫂还健康时，带他们坐一次火车，坐一次飞机。

说实话，我和妻都算孝敬老人，但是要把父母吃剩的饭菜吃掉，一直没做到。但有一天，看着儿子一点嫌弃没有地把爷爷吃剩的饭菜吃掉，我们就不得不改。一天，当我首次把父亲吃剩的菜接过去吃完时，我从父亲的目光里看到了从前一直没有看到的欣慰，我也确确实实地感受到，只有不嫌弃老人时，才算真正迈进孝道的门槛。

2012年春节，几个妻侄张罗在大年初二进行了一次新年聚餐，一方面因为我的父母正好在银川，一方面也算是团拜，大家以此方式互道祝福，之后就不再一家家走动了。我是一个时间葛朗台，既然已经团拜，就不打算每家每户地去拜年了，因为岳丈岳母已经过世。不想儿子说，还是要去，你忙你的，我去，反正我姥爷姥姥不在了，你可以不去，但我做外甥的，不去给舅舅舅母们拜年，说不过去。我说已经搞过团拜了。他说，那是新式的，古礼还是要尊的，就一一去拜。

可见，他在如何地弥补着我的过错，减少着我的遗憾，维护着我的声誉，提升着我的威望。一次回老家，他甚至专程去看望我嫂子的母亲，临行把身上所有的钱留给老人家，让嫂子无比感动，对我的父母更加孝顺。

此后的一天，他给我说，爸，你什么时候修到能够平等对待郭、田（妻姓）两家，就真安详了。同样说得我心里一震，是啊，自己的心里还有分别，还有远近，还有亲疏，还有自私，怎么能够找到真安详呢。又一天，为了阻止我接一个书稿，给我说，生命的意义在于不断提高灵魂的等级，而不是老在一个平面上重复。更是让我惭愧。没错，这部书稿确实是一次重复。当晚，我就给对方写了长信，致歉解除了草签的协议，决定从儿子希望的层面上，开始新的人生。

曾有朋友问我，怎么老是那么知足。我说，儿子已经把我的心装满，又有何求？

也有朋友问我，怎么听不到你的抱怨？我说，此生已经拥有这样的儿子，又有何怨？

原载《黄河文学》2012年第10期

对 坐

彭 程

————————

两只沙发，一长一短，围着面对着电视机的茶几，摆成一个 L 形。我坐在短沙发上，父母并肩坐在我的对面，准确地说是斜对面的长沙发上，看着茶几前面两米开外处的电视荧屏。电视机里正播放着一部古装剧。

伸手可触的距离，他们的面容清晰地收入我的眼帘之中：密密的皱纹，深色的老人斑，越来越浑浊的眼球。他们缓缓地起身，缓缓地坐下，一连串的慢镜头。母亲这两天肺里又有炎症了，呼吸中间或夹带了几声咳嗽。

我心里泛起一阵微微的隐痛。近两年来，这种感觉时常会来叩击。眼前两张苍老松弛的脸庞，当年也曾经是神采奕奕，笑声朗朗。在并不遥远的十多年前，也是思维敏捷，充满活力。而如今，这一切都已然悄悄遁入了记忆的角落。

我明白，横亘在今与昔巨大反差之间的，是不知不觉中一点点垒砌起来的时光之墙。

记得多年前，在我四十岁左右的时候，有一天母亲端详着我的鬓角，用一种充满怜惜的口气感叹道：儿啊，你都有白头发了！如今又过了十多年，我也已是人近半百，白发较之当年自然是更呈蔓延之势了，母亲却不再提起。面对时光的劫掠，每个人都无可逃遁，最明智的应对也许就是缄默。但这种劫掠体现在老人身上，显然更为袒露和张扬，更为触目惊心。时光流逝之匆促，想起来，会有一种荒谬之感。不知不觉中，他们都已经年届八旬了。生命是一个缓慢的流程，在成长、旺盛和衰颓之间，他们踏入了最后一个阶段，渐行渐远。举手投足之间的那一份迟缓，无不源自时光累积所形成的重量。

其实，我有充足的理由感谢上苍：父母没有致命的疾病，买菜做饭，洗涮清扫，都还能够自理。每到周末，母亲都要拿出最好的手艺，尽量做得丰盛些，做我们最喜欢吃的饭菜，等候我们过去。一家人围桌而坐，那一种平静而深邃的满足之感，是随着年龄的增加，越来体验得越深了。

前年如此，去年如此，今年也如此，这就很容易给人一种感觉，似乎这种状态可以长久地持续下去。但身边众多的事例也让我清醒地认识到，在他们这样的年龄，什么样的事情都有可能发生。眼前看似颇为圆满的一切，实际上都是脆弱的，随时可能会遭遇某种不测。再次感谢命运的眷顾，那种戏剧性的猝然之灾，没有发生在父母身上。但并不是说，他们能够逃脱伴随老年而至的、那一阵阵叫作衰老和疾病的寒风的袭扰。前年初夏，从住了十年的远郊小镇上搬过来不久，一向体格不错的母亲得了一次急性肺病，平生第一次住了半个月的医院。如今她嗓子里时常会有一些浊重的喘息声，就是那次的后遗症。

再退一步讲，即使有少数人十分幸运，一生身心康健无病无灾，也总要走向那个最后的归宿。在自然规律的凛冽秋风面前，人只是枝头上一枚瑟瑟抖颤的树叶。丰裕的生活，良好的医疗，甚至，最深的爱，都阻挡不住那个必然会降临的结局，最多也只是延迟到来而已。生命最深刻的悲剧性，正是体现在这里。

于是，我已经清晰无比地望见了，眼下我所看到的父母的一切言行举止，随着时光的流淌，都将会加上一个"更"字。更缓慢的动作，更迟缓的反应，更多的睡眠，更少的饮食——而这，在未来的日子里，在可以想象出来的诸多情形中，将是最好的情况。

除此之外，你不能祈求更多。

理性和感情是两回事。内心深处早已是波澜不惊，但脑海里却每每执拗地浮现出一个童话画面：忽然有一日时光倒流，枯黄的草重返青葱，坠落的果子飞回树上，老人变回青年，童年正在前面等待。

那样，我就可以重返那一个场景，那是我童年记忆中最清晰的一幕：母亲骑着自行车，要把我送到姥姥家住几天。我坐在前梁上，母亲低下头来对我说着什么有趣的事情，我笑得险些从车上掉下来。当小学教师的母亲，那时候还不到四十岁。时节是春末夏初，阳光明亮温暖，庄稼地一片葱茏，生机勃勃。自行车车辘辘在乡间土路上颠簸的那种感觉，穿越岁月烟云，一次次传递到此刻，鲜活真切。

几年前的一个夜晚，我曾经做过一个这样的梦——

也是这样地与父母坐在一起，不过是在当时他们居住的房间里。客厅逼仄，只容得下一条沙发，他们坐在沙发上，我坐在一只小方凳上，在聊着什么。忽然间，没有任何预兆，他们坐着的沙发连同后面的墙壁，开始缓缓地向后移动，越来越远。我大声呼叫，他们也手忙脚乱地叫喊和招手。但无济于事，移动的速度越来越快，他们的身影越来越小，终于看不到了。眼前是白茫茫一大片，似乎是我的故乡常见的盐碱地。

这时候我醒来了，惊魂不定。

这其中的意味，应该再为明确不过了，不需要特别阐释就能读懂。它是关于丧失，关于永远的分离。对于父母来说，对于子女来说，这都是一个必然会到来的日子，我不过是在梦境中做了一次预演。我明白了，这关乎内心中最深最顽固的恐惧，虽然平时自己未必意识到，更有可能是不愿意去面对。在黑夜，在理性的掌控最为脆弱的时候，它释放了出来。

有好几天，这个梦境仿佛一道阴影，笼罩在我的心中。

不久后读到龙应台的散文《目送》，其中有段话带给我一些释然和慰藉："我慢慢地、慢慢地了解到，所谓父女母子一场，只不过意味着，你和他的缘分就是今生今世不断地在目送他的背影渐行渐远。你站立在小路的这一端，看着他逐渐消失在小路转弯的地方，而且，他用背影默默告诉你：不必追。"

从这段话中获得的启示是明确的。既然分离必将到来，与其感叹这个铁一样无法改变的结局，不如在将来的"无"将一切淹没之前，努力抓住现在的这个"有"，珍爱它佑护它，把它的意义和滋味，品咂到充分。对于生命的有限性而言，"来日无多"永远是正确的，即便侥幸得享期颐之寿。因此，对于挚爱的亲人，任何时候，每一次相聚的时辰，都是弥足珍贵。多少人就因为抱着来日方长的错觉，该珍惜的时候不曾珍惜，过后追悔莫及。

那么，我不是要好好地想一想，在今后的时日中，哪些是需要认真去做的。应该尽量多过来陪伴他们坐坐，不要以所谓工作紧张事业重要云云，来为自己的疏懒开脱。和挚爱亲情相比，大多数事物未必真的是那么神圣庄严。当他们唠叨那些陈年旧事时，虽然已经听过多少次了，也要再耐心一些，那里面有他们为自己衰老的生命提供热量的火焰。他们大半辈子生活在几百公里外的故乡小城，故乡的人和事是永远的谈资，他们肯定会有回去看看的想法，只是怕影响我的工作，从来没有明确地提起。我应该考虑，趁着某个长假日，开车送他们回去住上几天，感受乡情的滋润和慰藉。

我要好好地想一想。

回到眼下。让我将眼中的这一幕场景，深深镂刻在我内心深处：

出于一辈子养成的节俭习惯，他们看电视时只开着沙发边小茶几上的台灯。从灯罩上方的圆孔中放射出的灯光，在天花板上扩散开来，晕染成为一个大了好多倍的圆圈。电视机荧屏上变动的光影，把他们的脸映照得忽明忽暗。后腰和沙发之间，塞上了一只棉靠垫，以支撑住他们日渐衰疲的躯体。父亲起身，慢慢地走到厨房里，倒一杯水，慢慢走回来坐下，小口啜饮着，嫌烫，又放回茶几上。母亲摸索着剥开一颗花生，还没有送到嘴里，目光变得迷离了，眼睛慢慢合上，喉咙发出了一声轻微的鼾声，但马上又醒了过来。

多么盼望，这一幕能永远驻留，天长地久。这当然不可能。那么，就默默祈盼，让它注定会变作记忆的那个时间，来得越晚越好。

我已经认识到，而且随着时光流逝，将会越来越强烈地认识到：这就是幸福。

原载《光明日报》2012 年 11 月 23 日

一言难尽陪读路

马 语

————————

一

这一生很难忘的一件事，那是 1987 年盛夏，走在故乡的黄土山道上，去小镇上找中专录取通知书的情景。

二十五年后 7 月的这个清晨，一个陌生的电话，打给了我。电话那头说他们是邮局的，特别热情地说，他们想把马小雨、我孩子的大学录取通知书送过来，由礼仪小姐手捧鲜花搞个仪式。我慌忙热情地回答，别、别送了，我们一家人去乡下，开车已出发，我绕路到你们邮局自己取一下。

电话那边同样热情。我知道在我们陕北之北榆林这样一个城市的邮局，一年一度收到这所大学寄来的录取通知书是很不多的。可邮局的人并不知道，我们一家人这些日子心里有多不平静。

这时候，最先出现在我思绪中的是这样一些片段。

落日的最后一抹余晖消失在黄河对岸的山巅上，我从河边简易公路上来，开始爬山。天一点一点黑了，群山如涛，漫山遍野只有风从高粱、糜谷叶子上走过时的声音。爬上几里长的山坡路，直到山神爷下的北豁口，忽然看见父亲站在豁口——他在等我。

这时银亮的星星已爬满天幕。

父亲说，他想沿公路下去找我，又怕两个人走岔别了。就焦急地站在这里，在夜色中目望群山间的弯弯山路，在风吹动漫山遍野庄稼叶子的声音中，倾听、搜寻着他的孩子的脚步声。

这是我去三十里外的小镇上取中专录取通知书。16岁那年的盛夏，我初中毕业，考上了地区的师范学校。一番苦读，标准地完成了那个"鲤鱼跃龙门"的动作，考上了小中专，跳出了"农门"。

转过身，黄土高坡上，我沿着父辈们用那千层底的布鞋踏出的小道离开大山，到山外的城市上学，我的人生之路就此改变了方向。

从此，我要用这双沾满泥巴和露水，早已习惯了崎岖山路的脚，去丈量这个世间的万水千山。

二

一百多公里的路，还不到中午，我们就来到了妻子在三边乡下的娘家。青石片垒砌的院墙，大门上贴着对联，大门外场院上有羊圈、狗窝，一群鸡在场院上刨食。妻子她父母从院子里迎了出来，这一年为了女儿高考，一家人春节都是在西安过的，已有一年多没到乡下了，这生我们养我们的乡村世界。一大盘新煮的玉米、土豆端上来了。刚坐下，妻便说，你今年腰背又驼多了。这是她母亲的话。我们从车里下来进屋的一瞬间，她们就看得这样清？

腰背的确是弯多了。

而这一年高考的女儿，是我最大的作品。

大门外是洁净的黄土麦场，麦场南是菜园、田地，西边是杨树林。

透过树林绿叶间，能看到午后的太阳，静静地悬挂在西边的地平线上方。我在麦场上踱着步，或默默地望着那轮安静的落日。浮云游子意，落日故人情——一千多年前，李白早就在这诗句里寄托过他思念故乡亲人的心事。

夜晚，风从田园里或林梢间拂来，这时星光下的麦场特别凉快，只有我的心仍旧安静不下来，像那草丛中不安静的蛐蛐、鸣蝉。我望向故乡那里。

十年寒窗，孩子考上大学，我该领着孩子回我的老家那里，拜望父母。走走我当年去找录取通知书走过的那山神爷的岔口——我们村出村的路，有南北两条。村北是出村的大道，从村里上来，到了第一座山头，是山神爷，黄土岭子上，一棵枯枝虬曲、老态龙钟的酸枣树下，立着一座风雨剥蚀布满苔藓的石刻门楼。这里是父老乡亲出村回村歇脚最多的地方。路从这里分支成了几条，马家圪由此蜿蜒而向四面八方。

可我却回不了故乡。

我一直在想着母亲的事。不止此时，它一直就在我的大脑里搁着。半年多了，自她从西安回了老家，这事就时时困扰着我。不，它是在折磨着我。我怎么能与自己的母亲，相处成这样呢？

有一片阴影飘浮在我心里。母亲为什么不能理解我？几年前一位画画的朋友跟着我去过我的故乡，他说真是个原始的地方，他以后要领着几个画家朋友悄悄去我的故乡写生、画画。从那样一个小山村走出来，在这个世道上，苦苦奔波、挣扎，连自己的父母都不能理解、支持，那还有谁会理解、支持你？

三

那是去年秋天的事，开学几周后，我来到西安，请女儿的老师们吃饭。那天中午雨下得特别大，在西安南二环雁翔路上，风将雨水吹过来，打着雨伞都无法出行。老师们都来了，他们说这是个好孩子，吃饭间还几次重复这话，英语老师说这个孩子还给她考过年级第一呢。这次吃饭，老师们最重要的一个建议是，高三了，最好是能租一套房子，父母来西安陪读。因为工作，我走不了，而且妻也无法请假。租房子的事很快就定了，陪读的人最先想到了我的母亲，很快又去想别的亲朋好友，很快就都否定了。

我想父母亲应该知道孩子上大学的重要性，懂得哪个重哪个轻。电话打回去，父亲接的电话，乡下正要开始收秋，电话那头好一气没有声音。那天我把电话摔了，我后来有时给父母发一点脾气，你们就不知道儿子在城市里的难吗？儿子能做成些事，有一些出息了，难道与你们毫无关系吗？

母亲被我送到了西安。在西安的楼房上，母亲不敢坐电梯下楼。有一天，电话里她这样对我说，她去市场买菜，一下头昏开了，赶忙抱住一棵树，后又在树下坐了半小时，才提着菜回去的。除过非要买东西，母亲很少敢下楼去，就在落地玻璃窗前，放个毯子，坐在那里晒太阳。在那样一个禁闭的地方，是没有农历的痕迹的，手机上只有阳历。那天我打电话给母亲，说女儿明天过生日。电话挂了后，她又打过来，问我，不是今天吗？可见她在掐算农历，她竟然还掐算着农历！逢三逢八是菜园沟赶集，集市上的羊卖得怎样？春风来了，山野田里的土肥都送上了吧？清明过了，寺河畔菜园子里的瓜豆能种了吧？

她在大脑里曾想过些什么？故乡庭院里的那两畦菜园，黄瓜、辣椒、柿子，有些是留种子用的，不会都给遭害了吧？那群小鸡也都成半大母鸡了吧？这阵该不怕猫，能放开在院畔上自由觅食了吧？那块谷子地，今年不知被麻雀吃成啥了？家里就剩她爷爷一个人，今年的枣子怎么往回打？二儿、三儿在城里务工，就不能抽上几天，回去帮爹把枣打回去？你们就是回家向老人要钱的时候，寻土杂粮品的时候，跑得比谁都快。

种了一块谷子，夏天的时候，母亲和父亲轮换着照应谷子地。那天中午，母亲到谷子地顶替父亲，刚走到地塄边上，就踩上了一条青蛇。电话很快就到了我这儿，很少听说有人被蛇咬，我给县里的医院打电话。医生说他们还没有这方面救治经验，到榆林路太远，叫先到他们那儿清洗、包扎，观察稳定一下。随后很快转到了榆林的医院，榆林的大医院此前同样没有救治经验，只能试验治疗，一位老大夫凭经验看，不像毒性强的蛇咬了。

险些没了命，住院花了那么多钱，一块谷子地能收多少？

刚刚好了一些，没有危险了，母亲硬要回家，我怎么都劝不住。一气之下，我说要回你一个人回，我们不送你。她说走就走，其实是早就想走了。等我追到街道上，她已走出了一大截，一个老人，背着一个旧布包，挂着一根棍，一拐一拐地向前方的汽车站走去……

我至今也没发现母亲对孙女考上重点大学有一点什么认识。我们举全家之力，送女儿到西安上学，是想要她考上名牌大学。母亲好像根本不关注上什么大学的事，考上大学，或考上全国一流重点大学，意味着什么？于她或许没有意味什么。她时常与孙女说不对话，我只有给在神木务工的三弟二弟做工作，让他们平时给母亲多打打电话，做工作，凑合凑合，说什么也别影响了女儿的情绪和功课，离高考已越来越近了。她最疼的三弟在电话中骂她，用你做这么点事，你都不好好做，你这一辈子在土地上做成一件事没？

母亲在土地上这一生，收获了什么？

那次把母亲送下去，安顿的时候，她老说老家那盘土炕有多好，冬暖夏凉。当时因为事多，匆匆返回，没有顾得买到电褥子。回到榆林，我心里一直记挂的就是那个东西。西安的天还不是太冷，我电话里"指导"着母亲去超市买回了电褥子，她睡在西安楼房里电褥子上，梦里是些什么呢?

四

不太放心,遇周日,我和妻轮流下西安打理一些事情。在西安,我请女儿的老师们吃饭,一顿饭少则上千元,这就是最廉价的了;请西安的朋友们吃饭,有时一顿达几千元。

一桌饭的花费,是母亲在土地上刨挖一年都换不来的,是她不敢想象的。这女儿就算够争气的了,她的同班同学,没考上,还是到西安的二流高中就读,仅高价费、人情费就出了二十多万元。

当然我在榆林,差不多每天也都坐酒店里,大鱼大肉,大吃大喝。这年头好多人都过着这样的日子,一桌饭有多半桌吃剩倒掉,是极为普遍的现象了。这些母亲估计更不敢想象,她连见都没见过,怎么能想象得来?像母亲一样的许多中国农民,不知道他们起早贪黑、苦一点汗一点,喂养的家禽家畜,耕种的米面副食,在城市的饭桌上被半桌半桌端走倒入泔水桶。

母亲嫌花费太大,出去买东西总是很小气,春上一斤洋芋二元钱,她去菜市场只买一颗回来。我几乎天天要在电话里催问,鸡、鱼、果、菜都买回去了没有?母亲听得很不耐烦,常是回对我:要是不放心,你们下来侍候。其实,她一定是早就看不惯这些了。母亲愈是这样,我在榆林愈是放心不下,每天都得给打电话。她嫌我麻烦,嫌我对她不放心。每打电话,都要在电话中吵架。

红柳或桑条编的囤子,其上红高粱秆做的盖子,就是我的书桌,一盏墨水瓶煤油灯映照出苦学的身影。小的时候,我最大的梦想就是能和同伴们一样,到神木县城里去上初中。初一读完的暑假里,在寺河畔的石坡上放羊,大石沟对面一个走路的人,向这面喊话,要我们给马启郎家捎个话,说他去神木城上学的事没办成。要给捎话的那个马启郎就是我，至此我彻底断了去城市上学的梦想。在小镇中学读书的三年，我很少带着干粮，连点干咸菜都没有。在这里第一次暴露隐私，那时的自习课上，我回到宿舍，在没有人时，曾拿吃过同学的干咸菜，也有窝头片。1987年初夏，去神木县城考小中专，老师带着学生都住进了招待所，我去了同村在神木上高中的一个堂哥那里打通铺。在每天回住地路边的小吃铺买饭吃，这是郊区公路边一个小铁皮房，一个人卖饭，一时来几个吃饭的，那人顾不过来，就吆喝我自己动手挖着吃，反正一顿饭交给他一元钱。直至我到榆林上师范学校的时候，还吃不起一碗炒面，路过学校背后小巷口那个炒面馆，望着里面的人发呆。

我母亲的记忆里，有的可能只是以上这些。

一个农村老人，在西安那么大的地方，她懂得个什么？走街道上，会不会遇上骗子，骗了她的东西倒不要紧，要是知道了底细寻着她，追到租住的地方可怎么办？还有她与小区里面那些老年人，常坐到街道边拉闲话，听说现在小区里练这个功、学那个教的人不少，我们都不在身边，如果一旦沾染上邪教怎么办？我要在电话里不停地告诫她，因为母亲在电话里告诉二弟，说她哪里也能找上，她已坐着公交车，把大半个西安跑过了。以前我只知她头昏得哪儿都不敢去，上下电梯都有问题。在骨子里，我的母亲是一个从不服气什么的人，她能坐着公交把大半个西安跑过就是明证。那样大的城市，就住着她和孙女两个啊，一旦出点事，可怎么办？可她就是不爱听我的话，每回答我就是：不放心你们下来。特别她上街时金耳环被人抢了后，我更不放心。农村里的人，戴个金耳环就被视为身份、地位，她们攀比，她总以为西安也是这样。

五

今年3月底的一天，女儿忽然打来电话，说她奶奶不盛了（盛：陕北方言，不在那个地方住了，要走的意思），要回老家。这时已是高考的倒计时。

我单位正有紧事，只好打发妻子，当天晚上就上了南下西安的火车。

次日早上八时，妻下了火车到了租住的小区，刚一进房门，母亲就背上她的包，气呼呼地从门里走出，撂下这句话：我这辈子死也不求他。他指她的儿子。我接到妻的电话，说母亲出门走了，去了火车站。一时顾不了别的，我只要妻赶紧追，幸好追到了小区大门外就追上了。火车是晚上八点多的，那天中午饭后，母亲又要走，妻强行把她留到中午休息起来。我在千里之外的陕北，插翅都是飞不过来的，只有在电话这头，强行命令妻将母亲送到火车站。

既然如此，只有说明母亲对我们已完全不信任。

看来，母亲是把自己晚年的岁月，全靠在了土地之上，或者是把命全押在家门前那片土地之上，她一生打柴割草、放牧牛羊、耕种收割、哭了笑了的土地，完全不准备靠我们这些子女了。

母亲特固执，对晚年靠子女，早不抱希望。不管我们怎么努力，都无法改变她的固执与那份认识。从三弟身上也看清了，她最揪心的三弟，一连生了四个娃，母亲在他身上下了很大的功，到现在日子还是过得一烂包。从我身上也看清了，唯一吃公家饭的大儿子，又能给一家人顶什么用？低保、各类补贴，需要公家门上要钱的事，常是别人家拿到了，他们还拿不上。这么多年，她的大儿子，回来看过几回他们？几个儿媳又是怎么对待她的？二儿子、三儿子在城市务工，只有索要，最好的就是从城里带回来一点劣质的哄人的货，捞取他们用汗水从土地上换来的钞票，拉走他们用劳苦从土地上收获的土畜产品。

六

用母亲的话说，我们太宠爱女儿了。宠成那样，什么也做不了，就会念个书本本。这一辈子她走到哪儿，你们就跟到哪儿侍候吧。我对女儿其实是很严厉的，她的许多同学都看见了，背后曾说，你怎么有那样一个老爸啊？不断地在心里给女儿说着话，一定要扎扎实实，可不敢像温室里的花木，经不住风雨。什么事都是硬拼出来的，可不是虚浮地抬爱出来的，高考一定也是那样；高考，可是要拼真刀真枪。

可是在现实面前，历经风雨、几十年锤炼的意志与信念，还是一次次被粉碎、击垮。高三这一年，很少敢厉声责骂（指教）女儿，只能哄着她，宠着她，头上顶着她。离高考仅剩八个多月，决定从学校公寓搬出来，自己租房子住。那回请女儿的老师们吃饭，所有老师都认为，最好是让孩子她妈能下来陪读，从现在开始，进入全面复习阶段，要历经18次高考模拟考试，爬雪山过草地。这期间，这些学生，这回考好了，下回考砸了，情绪波动很大，今天笑明天哭……

从偏远的乡镇一路来到这座城市工作，我们家在这里无根。因为工作和事业，我和妻一个都走不了。想了多少天，目标只能锁定在我的母亲身上。人家都是父母下来买房或租房，陪读三年，我们家仅这一年，还来不了。选择我的母亲下西安陪读，也是不得已，我们是知道她那观念的，可实在是再找不到第二个人了。几周没过，母亲对孙女的好些行为已看不惯，这个也不吃，那个又不喝，实在是没法给做饭了。母亲认为，做下就一定要吃了。她不管她做得怎样，她认为好吃就好吃，更不管当天女儿从学校考完试回来的情绪。

她只想着我们那会儿，一切就那样简单，书本本学好学坏，全是孩娃自己的事，父母能怎样？

也许与此有关吧，我们弟兄姊妹四个，只有我上了中专，其余三人连初中都没读上。母亲与孙女见面的时间都不多，孙女中午放学回来，匆匆吃了饭，回自己房子门一关，睡半个多小时，就上学去了。下午饭一吃，直接就去学校了。晚自习下了十点多回来，回了自己的房子，关门学习到深夜。母亲只有在孙女回来吃饭的当中，不停地唠叨，见孙女不听，又开始数落；越数落，孙女越不想吃饭，越不吃，饭剩得越多，母亲越数落。

大多数时候，是骂她的儿子。这时母亲改了口，为培养你爸，当年他们怎样怎样下苦，把一头牛都拉到集市上卖了。你爷爷一个人拉着架子车，翻山过河，去镇里的学校给送口粮。真是前人栽树，后人乘凉，这句话也不知母亲说了多少年了。

不过她说的父亲一个人拉着架子车，炎炎烈日下，翻山越岭，给我去小镇中学交口粮，那画面是一直存在我的记忆深处的，随时都可以翻出来。

打电话，怕干扰女儿的学习和生活。因放心不下，我们几乎每天夜里，约莫女儿晚自习下了，走在回去的路上，都要给她打一个电话。她要是走在街道上回家，我们是绝不敢这个时候给她打电话的，怕影响她走路，是因租屋不用出校门就能走到。每天打电话主要是劝女儿听话，好好学习。不管奶奶做了什么，都要好好吃。只当奶奶是下来给你做伴的，再有谁下来陪你？你奶奶能来就不易了。

母亲回老家后，我设法找到了一个朋友的妻子。朋友在陕北工作，他的家在西安，妻子一个人在家里，他们的孩子已在西安上了大学。说好四月里给我照料一个月，"五一"放假，妻就请假下西安，陪到六月高考。其实我们早就该请假下西安，陪护孩子。这个时候，什么大也大不过孩子高考的事，世人都知道这个，谁都是这么说的。然而真正要这么做的时候，却又是千难万难。"五一"放假，妻下西安，可是两周后，学校那校长说妻没请好假就走了。我的天哪，真的是好事多磨吗？找了几位在本城有头脸的人，说情周旋均未果，又是不得已，妻返回榆林上班，我请假下西安陪护女儿。

时间仅有半月余，我们一方面劝女儿不敢太疲劳，一方面还是期望着她能发起最后的冲锋。设想着她能在高考的考场上成功一搏，去首都北京上大学。

七

许多次一个人走在路上，或静夜，我在想，在这个混乱、芜杂甚或荒谬的社会，一个心细的人，能听到风和树叶对话的声音；一个爱思考的人，从街头走过碰见一些物事，常会驻足沉思，他吃的苦，受的累，会很多很多。以前总是很悲凉地认为，自己被重负压弯了腰，现在又不得不清楚地看到，自己的个子也缩短了一些，才四十岁的本来就个子不高的我。

也许，很少有人能受了这番罪，包括我的妻子。

已是记不清多少回了，她抱怨我，等孩子上大学一走，咱就去离婚。我一点也不相信的这句话，却一直在我脑中未去，她实在是说的次数太多。在这个世道上，我个人的生命仿若一块石头，可以历经日晒风吹雨淋，在重压面前，是一块铁；而妻早受不了这些了，只是不得不在后面跟着我。

面对生活的疾风苦雨，凄风恶浪，我只要是认准的事，就一头扎入。她却只能在岸边观望。看着在惊涛之中挣扎的我，搏击的我，沉浮的我。她哆嗦，后悔、愧疚、担忧完全盖过了我击破恶浪时带给她的那份欣喜，从来没见过我收获、成功之时她的惊叹与夸赞。

有的时候，我是要她跟在我身后的，所以我会骂着她，拽着她。跟在我身后，进入生活的激流，不被呛几口水，也得被风雨淋透。我以为她常说的要与我离婚的那句话的根源在这里。

八

现在，在我心底，一直在追问着一个问题——我的母亲，在西安为我照看孩子，为什么贵贱不住了，死活要回？一刻不等往家跑呢？这样一个问题一直在诘问着我。

我一直在找，必须找出一个答案。但我只是得到了这一简单的答案：相距千里之远，有时太急躁了，我在电话里给母亲生过气，发过火，这是直接的导火线。

还有什么？我实在找不下去了，只想到了这里——几代人在这个世间的不同身世、经历，面对这个世界，不同的姿态，不同的观念，会不会也是问题的症结所在呢？

往回看，几乎是从女儿会走路起，到离开我们去西安上高中前，我多次教训、责骂过她，还多次动过巴掌，在她的同学眼里，马小雨怎么有这么个爸？几代人之间的鸿沟，我与女儿观念的不同，有很多地方很不同，何况奶奶与孙女呢？何况一个50年代生、一辈子在大山深处黄土沟洼上刨挖的老人，与一个城市出生、高考前的女孩呢？

母亲本来就对我们生了一个女孩从心底里很灰，几乎一切信心都不存在。

这些"90后"的孩子，他们有时的举动，实在是不会让你能想得通的。女儿被西安交通大学建筑设计专业录取，我们决定带她到鄂尔多斯的新区康巴什看看，那是云集中国一流，甚至世界一流建筑大师，设计建造的一座新城，许多建筑物很具有后现代主义。开车已出了榆林城区，单位突然打来电话，说有特别重要的事要我回单位，我说我已上了高速走出几十公里了。当我们跑了150多公里，终于到了这座耳目一新的草原城市时，女儿并没有显出多少激情。在我想象中，女儿一到这座城市，会惊喜得又蹦又跳，会为自己未来五年大学生涯上第一堂课而特别兴奋激动。情况完全不是这样，她一句话不说，无精打采。再三追问，妻对我说，女儿身体不舒服。我火气直往上冒，就是有病也可以坚持啊，我们跑了几百里路才来到这里啊。我越生气，女儿越不高兴。我妹妹十岁的女儿晓萌，见着面前这新奇的建筑物，腾空嘶鸣的骏马雕塑，惟妙惟肖的动物群雕，早跑得不见了影。萌萌按压不住兴奋说，舅舅，让我考上大学，学建筑设计，可就太美了。可我的女儿，这个就要去大学里人居学院上学的大学生，面对中国超前几十年的建筑设计、城市景观，从去到离开连一张照片都没拍。

九

这件事，会不会也是母亲心里的一个结？或许是这一生的一个心病。

孩子也够难的了。祖宗八代都是乡里受苦人，从十三岁上学离家走了，后来到城市谋生，一年见面也没几回，谁拉扯帮扶过他一把？城市的石头街上打拼，不是老家的黄土坡上，那真是刀刃子上跳舞。一个无亲无故、无依无靠的农家孩子，他是要爬着前行的。

世人都这样说，父母给你身子，就足够了。可在我们的现实生活里，许多的父母，不仅给儿女票子、房子、车子，还要给位子和靠山。现实之中，有的人与生俱有的，是有的人一辈子都奋斗不到的。母亲如果想到这里，心里该是怎样的痛苦？

也许，她根本就没想这些。把你们生下，养活大了已可以了，任务已交代了。她脑子里终日全是天气节令，多会儿才能盼来一场雨，和她的那些场院上的鸡呀羊呀，菜园的茄子、柿子、山里的谷子、向日葵……

到底会是什么，我不得而知。

十

孩子上大学是我们家生活的一座分水岭，过去的一切仿佛都留在了山那边。可妻子却不行，她不能容忍母亲在西安撂下挑子强行回家。她不是光说在嘴上，这一意识渗透了她的全部。

那时妻子几乎一两周就下一回西安。那天她刚到，我打通母亲拿着的那部手机，我说这两天你把这个手机叫我妻子拿上，她不住地出去采购东西，我在榆林要不断地给她打电话的，安顿这安顿那，她拿的手机有漫游费。妻说母亲过去把手机往沙发上一扔，很没好气地说：谁要拿她大的骨殖就拿上。现在的婆婆，有几个敢在媳妇面前这样的？

为了自己的孩子，她都忍了。现在她又回到了自己媳妇的位置上了。

十一

这个我们家最为重要的夏天，这个艳阳高照、特别喜庆的夏天，我们一家人心里却忽喜忽悲，时阴时晴。

西安上高中的三年，匆匆吃着大灶饭，日日按时按点到校上课；没有节假日，所有的节假日都在补习补课。整个一大间卧室，满墙壁都贴着与高考有关的内容，满地摆的都是高考用的资料与书籍。每日中午只睡半小时，假日可以稍多一点；夜里，夜夜三更灯火。女儿为没有考上京城那几所名牌大学，心里不甘、难过。

看着女儿的难过，我和妻心底也很不是滋味。天晴天雨，天明天黑，夫妻俩这几年跑了多少回西安？二十多年前，烈日下，父亲拉着架子车走在黄土高坡上，去小镇中学给我交口粮；二十多年后，西安城的火车站台上，公交站牌下，红绿灯前十字路上，我吃力地提着大包小包，躬着身疾步穿行……

西安交通大学，是国家985工程院校，位列中国名牌大学前十。我们一家却开始为女儿的未来担忧，从填报志愿到收到录取通知书，从未有过的焦虑。可能把以前以后所想的、要想的人生前途问题，都集中到了这一个月。

考上了中国名牌大学，我们对女儿的未来却不敢有多么好的设想，前途一片迷茫。

那天领女儿去鄂尔多斯新区观赏建筑景观的事，就让它过去了，一个朋友讲的这件事，让我的心得以释然。有朋友的孩子从京城的大学毕业，去美国洛杉矶留学。刚去时，孩子还经常与父母联系，渐渐地联系就少了。往美国打电话是很贵的，又有时差，就在网上发信息报平安。听说美国那地方校园治安不好，夫妇俩每天晚上守着电脑，轮流值班，老公值前半夜，老婆就值后半夜，直到网上发来孩子平安的消息，才睡觉。日日如此，两年下来，夫妇俩搞得神经兮兮，三四十万积蓄全部花光。孩子从美国留学回来，父母在西安给找了工作，孩子不干。到北京去了，除过三资企业，哪儿不去，在京城漂着，很少给家中父母打一个电话。每提起孩子，朋友的妻子眼泪涟涟……

想来，这个世上，家家有本难念的经。

上大学出发的这一天，我们家没有安排欢送或者团圆饭，每个人都有情绪。看着女儿不声不响，我气极了。后来才体会到，那是女儿给父母撒娇，要起飞了，要出阁了。小的时候，她不懂得给父母撒娇；上中学，课业已是那么重，已经来不及了；西安苦读，更是三更灯火五更鸡，一头扎入书山题海……

可这一天的时间不容我去想这些，看着女儿一言不发，无尽的担忧。孩子啊，今天就离家去上大学，这是真正的离家走向社会，有多少座山要翻越，有多少苦头要吃，就你那文弱样，总不爱听大人的话，终要迷路、跌跤的，前面山重水复……

出发前一天，我给榆林移动公司的朋友打电话，叫他给西安移动通信的朋友打电话，找人给我女儿办一张好记一点的手机号。未来的时间，手机是陪伴她极为重要的一件工具，新的大学生活开始了，用一个新的号码。又向我的一个朋友要来了他女儿的手机号，他女儿北大毕业，在西安交大任教。电话打通，朋友的女儿很是热情，说我如果有事，不想下来的话，让孩子自己下来吧，她可以领着我孩子报名。有什么事让孩子找她，要我全都放心。录取通知书上也写明，学校不鼓励家长送孩子入学报到。

这些年一直跑西安，女儿嫌坐飞机花费大，相差好几倍，硬要坐火车。这时去西安的火车票已很不好买，为三张票，我四次给那个火车站站长打电话。出发前一天找到站长，站长说叫我第二天快到走的时候再来找他。我说这可是孩子上大学的事，开学报名只一天。那站长瞪着眼看我，生硬地说，你要相信我。我慌忙赔上笑脸，心里却已作好另一种准备，如果第二天买不到火车票，就自己开车送女儿去上大学。

火车票买到了，我们一家上了南下西安的火车。火车急速驶离陕北高原，我们家翻开生活的新的一页。

原载《北京文学》2012年第4期

抱着父亲回故乡

刘醒龙

———————

这是我第一次描写父亲。

请多包涵。就像小时候，

我总是原谅小路中间的那堆牛粪。

这是我第一次描写家乡。

请多包涵。就像小时候，

我总是原谅小路中间的那堆牛粪。

——题记

抱着父亲。

我走在回故乡的路上。

一只模模糊糊的小身影，在小路上方自由地飘荡。

田野上自由延伸的小路，左边散落着一层薄薄的稻草。相同的稻草薄薄地遮盖着道路右边，都是为了纪念刚刚过去的收获季节。茂密的芭茅草，从高及屋檐的顶端开始，枯黄了所有的叶子，只在茎干上偶尔留一点苍翠，用来记忆狭长的叶片，如何从那个位置上生长出来。就像人们时常惶惑地盯着一棵大树，猜度自己的家族，如何在树下的老旧村落里繁衍生息。

我很清楚，自己抱过父亲的次数。哪怕自己是天下最弱智的儿子，哪怕自己存心想弄错，也不会有出现差错的可能。因为，这是我平生第一次抱起父亲，也是我最后一次抱起父亲。

父亲像一朵朝云，逍遥地飘荡在我的怀里。童年时代，父亲总在外面忙忙碌碌，一年当中见不上几次，刚刚迈进家门，转过身来就会消失在租住的农舍外面的梧桐树下。长大之后，遇到人生中的某个关隘苦苦难渡时，父亲一改总是用学名叫我的习惯，忽然一声声呼唤着乳名，让我的胸膛感觉到一种从未有过的温厚。那时的父亲，则像是穿堂而过的阵阵晚风。

父亲像一只圆润的家乡鱼丸，而且是在远离江畔湖乡的大山深处，在滚滚的沸水中，既不浮起，也不沉底，在水体中段舒缓徘徊的那一种。父亲曾抱怨我的刀功不力，满锅小丸子，能达到如此境界的少之又少。抱着父亲，我才明白，能在沸水中保持平静是何等的性情之美。父亲像是一只丰厚的家乡包面，并且绝对是不离乌林古道两旁的敦厚人家所制。父亲用最后一个夏天，来表达对包面的怀念。那种怀念不只是如痴如醉，更近乎偏执与狂想。好不容易弄了一碗，父亲又将所谓包面拨拉到一边，对着空荡荡的筷子生气。抱着父亲，我才想到，山里手法，山里原料，如何配制大江大湖的气韵？只有聚集各类面食之所长的家乡包面，才能抚慰父亲50年离乡之愁。

怀抱中的父亲，更像一枚5分硬币。那是小时候我们的压岁钱。父亲亲手递上的，是坚硬，是柔软，是渴望，是满足，如此种种，百般亲情，尽在其中。

怀抱中的父亲，更像一颗砣砣糖。那是小时候我们从父亲的手提包里掏出来的，有甜蜜，有芬芳，更有过后长久留存的种种回甘。

父亲抱过我多少次？我当然不记得。

我出生时，父亲在大别山中一个叫黄栗树的地方，任帮助工作的工作队长。得到消息，他借了一辆自行车，用一天时间，骑行300里山路赶回家，抱起我时，随口为我取了一个名字。这是唯一一次由父亲亲口证实的往日怀抱。父亲甚至说，除此以外，他再也没有抱过我。我不相信这种说法。与天下的父亲一样，男人的本性使得父亲尽一切可能，不使自己柔软的另一面显露在儿子面前。所谓有泪不轻弹，所谓有伤不常叹，所谓膝下有黄金，所谓不受嗟来之食，说的就是父亲一类的男人。所以，父亲不记得抱过我多少次，是因为父亲不想将女孩子才会看重的情感元素太当回事。

头顶上方的小身影还在飘荡。

我很想将她当作是一颗来自天籁的种子，如蒲公英和狗尾巴草，但她更像父亲在山路上骑着自行车的样子。

在父亲心里，有比怀抱更重要的东西值得记起。对于一个男人来说，一辈子都在承受父亲的责骂，能让其更有效地锤炼出一副更能够担当的肩膀。不必有太多别的想法，凭着正常的思维，就能回忆起，一名男婴，作为这个家庭的长子，谁会怀疑那些聚于一身的万千宠爱？

抱着父亲，我们一起走向回龙山下那个名叫郑仓的小地方。

抱着父亲，我还要送父亲走上那座没有名字的小山。

郑仓正南方向这座没有名字的小山，向来没有名字。

乡亲们说起来，对我是用"你爷爷睡的那山上"一语作为所指，意思是爷爷的归宿之所。对我堂弟，则是用"你父亲小时候睡通宵的那山上"，意思是说我那叔父尚小时夜里乘凉的地方。家乡之风情，无论是历史还是现世，无论是家事还是国事，无论是山水还是草木，无论是男女还是老幼，常常用一种固定的默契，取代那些似无必要的烦琐。譬如，父亲会问，你去那山上看过没有？莽莽山岳，**叠叠峰峦**，大大小小数不胜数，我们绝对不会弄错，父亲所说的山是哪一座！譬如父亲会问，你最近回去过没有？人生繁复，去来曲折，有情怀而日夜思念的小住之所，有愁绪而挥之不去的长留之地，只比牛毛略少一二，我们也断断不会让情感流落到别处。

小山太小，不仅不能称为峰，甚至连称其为山也觉得太过分。那山之微不足道，甚至只能叫做小小山。因为要带父亲去那里，因为离开太久而缺少对家乡的默契，那地方就不能没有名字。像父亲给我取名那样，我在心里给这座小山取名为小秦岭。我将这山想象成季节中的春与秋。父亲的人生将在这座山上分成两个部分，一部分称为春，一部分称为秋。称为春的这一部分有88年之久，称为秋的这一部分，则是无边无际。就像故乡小路前头的田野，近处新苗茁壮，早前称作谷雨，稍后又有芒种，实实在在有利于打理田间。又如，数日之前的立冬，还有几天之后的小雪，明明白白提醒要注意正在到来的隆冬。相较远方天地苍茫，再用纪年表述，已经毫无意义！

我不敢直接用春秋称呼这小山。

春秋意义太深远！

春秋场面太宏阔！

春秋用心太伟大！

春秋用于父亲，是一种奢华，是一种冒犯。

父亲太普通，也太平凡，在我抱起父亲前几天，父亲还在挂惦一件衣服；还在操心一点养老金；还在渴望新婚的孙媳何时为这个家族添上男性血脉；甚至还在埋怨那根离手边超过半尺的拐杖！父亲也不是没有丁点志向，在我抱起父亲的前几天，父亲还要一位老友过几天再来，一起聊一聊"十八大"；还要关心偶尔也会被某些人称为老人的长子，下一步还有什么目标。

于是我想，这小山，这小小山，一半是春，一半是秋，正好合为一个秦字，为什么不能叫作小秦岭呢？父亲和先于父亲回到这山上的亲友与乡亲，人人都是半部春秋！

那小小身影还在盘旋，不离不弃地跟随着风，或者是我们。

小路弯弯，穿过芭茅草，又是芭茅草。

小路长长，这头是芭茅草，另一头还是芭茅草。

轻轻地走在芭茅草丛中，身边如同弥漫着父亲童年的炊烟，清清淡淡，芬芬芳芳。炊烟是饥饿的天敌，炊烟是温情的伙伴。而这些只会成为炊烟的芭茅草，同样既是父亲的天敌，又是父亲的伙伴。在父亲童年的一百种害怕中，毒蛇与马蜂排在很后的位置，传说中最令人毛骨悚然的鬼魂，亲身遇见过的荧荧鬼火都不是榜上所列的头名。被父亲视为恐怖之最的正是郑仓垸前垸后，山上山下疯长着的芭茅草。这家乡田野上最常见的植物，超越乔木，超越灌木，成为人们在倾心种植的庄稼之外，最大宗物产。80年前的这个季节，8岁的父亲正拿着镰刀，光手光脚地在小秦岭下功夫收割芭茅草。这些植物曾经割破少年鲁班的手。父亲的手与脚也被割破了无数次。少年鲁班因此发明了锯子。父亲没机会发明锯子了。父亲只是疑惑，这些作为家中柴火的植物，为什么非要生长着锯齿一样的叶片？

芭茅草很长很逶迤，叶片上的锯齿锋利依然。怀抱中的父亲很安静，亦步亦趋地由着我，没有丁点儿犹豫和畏葸。暖风中的芭茅草，见到久违的故人，免不了也来几样曼妙身姿，瑟瑟如塞上秋词。此时此刻，我不晓得芭茅草与父亲再次相逢的感觉。我只清楚，芭茅草用罕有的温顺，轻轻地抚过我的头发，我的脸颊，我的手臂、胸脯、腰肢和双腿，还有正在让我行走的小路。分明是母亲八十大寿那天，父亲拉着我的手，感觉上有些苍茫，有些温厚，更多的是不舍与留恋。

冬日初临，太阳正暖。

这时候，父亲本该在远离家乡的那颗太阳下面，眯着双眼小声地响着呼噜，晒晒自己。身边任何事情看上去与之毫无关系，然而，只要有熟悉的声音出现，父亲就会清醒过来，用第一反应拉着家人，毫无障碍地聊起台湾、钓鱼岛和航空母舰。是我双膝跪拜，双手高举，从铺天盖地的阳光里抱起父亲，让父亲回到更加熟悉的太阳之下。我能感觉到家乡太阳对父亲格外温馨，已经苍凉的父亲，在我的怀抱里慢慢地温暖起来。

小路还在我和父亲的脚下。

小路正在穿过父亲一直在念叨的郑仓。

有与父亲一道割过芭茅草的人，在垸边叫着父亲的乳名。鞭炮声声中，我感到父亲在怀里轻轻颤动了一下。父亲一定是回答了。像那呼唤者一样，也在说，回来好，回到郑仓一切就好了！像小路旁的芭茅草记得故人，22户人家的郑仓，只认亲人，而不认其他。恰逢家国浩劫，时值中年的父亲逃回家乡，芭茅草掩蔽下的郑仓，像芭茅草一样掩蔽起父亲。没有人为难父亲，也没有人敢来为难父亲。那时的父亲，一定也听别人说，同时自己也说，回到郑仓，一切就好了。

随心所欲的小路，随心所欲地穿过那些新居与旧宅。

我还在抱着父亲。正如那小小身影，还在空中飞扬。

不用抬头，我也记得，前面是一片竹林。无论是多年前，还是多年之后，这竹林总是同一副模样。竹子不多也不少，不大也不小，不茂密也不稀疏。竹林是郑仓一带少有的没有生长芭茅草的地方，然而那些竹子却长得像芭茅草一样。

没有芭茅草的小路，再次落满因为收获而遗下的稻草。

父亲喜欢这样的小路。父亲还是一年四季都是赤脚的少年时，则更加喜欢，不是因为宛如铺上柔软的地毯，是因为这稻草的温软，或多或少地阻隔了地面上的冰雪寒霜。那时候的父亲，深得姑妈体恤，不管婆家有没有不满，年年冬季，都要给侄儿侄女各做一双布鞋。除此之外，父亲他们再无穿鞋的可能。1991年中秋节次日，父亲让我陪着走遍黄州城内的主要商店，寻找价格最贵的皮鞋。父亲亲手拎着因为价格最贵而被认作是最好的皮鞋，去了父亲的表兄家，亲手将皮鞋敬上，以感谢自己的姑妈，我的姑奶奶的当年之恩情。

接连几场秋雨，将小路洗出冬季风骨。太阳晒一晒，小路上又有了些许别的季节风情。如果是当年，这样的季节，这样的天气，再有这样的稻草铺着，赤脚的父亲一定会冲着这小路欢天喜地。这样的时候，我一定要走得轻一些，走得慢一些。这样的时候，我一定要走得更轻一些，更慢一些。然而，竹林是天下最普通的竹林，也是天下最漫不经心的竹林，生得随便，长得随便，小路穿过竹林也没法不随便。

北风微微一吹，竹林就散去，将一座小山散淡地放在小路前面。

用不着问小路，也用不着问父亲，这便是那小秦岭了。

有一阵，我看不见那小小身影了，还以为她不认识小秦岭，或者不肯去往小秦岭。不待我再多想些什么，那小小身影又出现了，那样子只可能是落在后面，与那些熟悉的竹梢小有缠绵。

父亲的小秦岭，凉过父亲童年的凉，晒过父亲童年的太阳，饿过父亲童年的饥饿，冷过父亲童年的寒冷，更盼过父亲童年对外出做工的爷爷的渴盼。小秦岭是父亲的小小高地。童年之男踮着脚或者拼命蹦跳，即便是爬上那棵少有人愿意爬着玩的松树，除了父亲的父亲，我的爷爷，父亲还能盼望什么呢？远处的回龙山，更远处的大崎山，这些都不在父亲的期盼范围。

父亲更没有望见，在比大崎山更远的大别山深处那个名叫老鹳冲的村落。蜿蜒在老鹳冲村的小路我走过不多的几次。那时候的父亲身强体壮，父亲立下军令状，不让老鹳冲因全村人年年外出讨米要饭而继续著名。那里小路更坚硬，也更复杂。父亲在远离郑仓，却与郑仓有几分相似的地方，同样留下一次著名的伫立。是那山洪暴发的时节，村边沙河再次溃口。就在所有人只顾慌张逃命时，有人发现父亲没有逃走。父亲不是英雄，没有跳入洪水中，用身体堵塞溃口。父亲不是榜样，没有振臂高呼，让谁谁谁跟着自己冲上去。父亲打着伞，纹丝不动地站在沙堤溃口，任凭沙堤在脚下一块崩塌。逃走人纷纷返回时，父亲还是那样站着，什么话也没说，直到溃口被堵住，父亲才说，今年不用讨米要饭了。果然，这一年，丰收的水稻，将习惯外出讨米要饭的人，尽数留了下来。

我的站在沙河边的父亲！

我的站在小秦岭上的父亲！

一个在怀抱细微的梦想！

一个在怀抱质朴的理想！

春与秋累积的小秦岭！短暂与永恒相加的小秦岭！离我们只剩下几步之遥了，怀抱中的父亲似乎贴紧了些。我不得将步履迈得比慢还要慢。我很清楚，只要走完剩下几步，父亲就会离开我的怀抱。成为一种梦幻，重新独自伫立在小秦岭上。

小路尽头的稻草很香，是那种浓得令人内心颤抖的酽香。如果它们堆在一起燃烧成一股青烟，就不仅仅为父亲所喜欢，同样会被我所喜欢。那样的青烟绕绕，野火燎燎，正是头一次与父亲一同行走在这条小路上的情景。

同样的父亲，同样的我，那一次，父亲在这小路上，用那双大脚流星追月一样畅快地行走，快乐得可以与任何一棵小树握握手，可以与任何一只小兽打招呼，更别说突然出现在小路拐弯处久违的发小。那一次，我完完全全是个多余的人。家乡对我的反应，几乎全是一个"啊"字。还分不清在这唯一的"啊"字后面，是画上句号，还是惊叹号，或许是省略号？那也是我所见过父亲风采中，称得上忽发少年狂的仅有一次。

小秦岭！郑仓！张家寨！标云岗！上巴河！

在那稍纵即逝的少年回眸里，凡目光触及所在，全属于父亲！父亲是那样贪婪！父亲是那样霸道！即使是整座田野上最难容下行人脚步的田埂，也要试着走上一走，并且总有父亲渴望发现的发现，渴望获得的获得。

如果家乡是慈母，我当然相信，那一次的父亲，正是一个成年男子为内心柔软所在寻找寄托。如果大地有怀抱，我更愿相信，那一次的父亲，正是对能使自身投入的怀抱的寻找。

小路，只有小路，才是用来寻找的。

小路，只有小路，才是用来深爱的。

小路，只有小路，才是用来回家的。

八十八年的行走，再坚硬的山坡也被踩成一条与后代同享的坦途。

一个坚强的男人，何时才会接受另一个坚强男人的拥抱？

一个父亲，何时才会没有任何主观意识地任凭另一个父亲将其抱在怀里？

无论如何，那一次，我都不可能有抱起父亲的念头。无论父亲做什么和不做什么，也无论父亲说什么和不说什么，更遑论父亲想什么和不想什么。现在，无论如何，我也同样不可能有放弃父亲的念头。无论父亲有多重和有多轻，也无论父亲有多冷和有多热，更别说父亲有多少恩和多少情。

在我的词汇里，曾经多么喜欢大路朝天这个词。

在我的话语中，也曾如此欣赏小路总有尽头的说法。

此时此刻，我才发现大路朝天也好，小路总有尽头也罢，都在自己的真情实感范围之外。

一条青蛇钻进夏天的草丛，一只狐狸藏身秋天的谷堆，一只枯叶卷进冬天的寒风，一片冰雪化入春天的泥土。无须提醒，父亲肯定明白，小路像青蛇、狐狸、枯叶和冰雪那样，在我的脚下消失了。父亲对小秦岭太熟悉，即便是在千山万壑之外做噩梦时，也不会混淆金银花在两地芳菲的差异；也不会分不出，此处花喜鹊与彼处花喜鹊鸣叫的不同。

小路起于平淡无奇，又始于平淡无奇。

没有路的小秦岭，本来就不需要路。父亲一定是这样想的，春天里采过鲜花，夏天里数过星星，秋天里摘过野果，冬天里烧过野火，这样的去处，无论什么路，都是画蛇添足的多余败笔。

山坡上，一堆新土正散发着千万年深蕴而生发的大地芬芳。父亲没有挣扎，也没有不挣扎。不知何处迸发出来的力量，将父亲从我的怀抱里带走。或许根本与力学无关。无人推波助澜的水，也会在小溪中流淌；无人呼风唤雨的云，也会在天边散漫。父亲的离散是逻辑中的逻辑，也是自然中的自然。说道理没有用，不说道理也没有用。

龙回大海，凤凰还巢，叶落归根，宝剑入鞘。

父亲不是云，却像流云一样飘然而去。

父亲不是风，却像东风一样独赴天涯。

我的怀抱里空了，却很宽阔。因为这是父亲第一次躺过的怀抱。

我的怀抱里轻了，却很沉重。因为这是父亲最后一次躺过的怀抱。

趁着尚且能够寻觅的痕迹，我匍匐在那堆新土之上，一膝一膝，一肘一肘，从黄丘一端跪行到另一端。一只倒插的镐把从地下慢慢地拔起来，三尺长的镐把下面，留着一道通达蓝天大地的洞径，有小股青烟缓缓升起。我拿一些吃食，轻轻地放入其中。我终于有机会亲手给父亲喂食了。我也终于有机会最后一次亲手给父亲喂食。是父亲最想念的包面，还是父亲最不肯马虎的鱼丸？我不想记住，也不愿记住。有黄土涌过来，将那嘴巴一样，眼睛一样，鼻孔一样，耳郭一样，肚脐一样，心窝一样的洞径填满了。填得与漫不经心地铺陈在周边的黄土们一模一样。如果这也是路，那她就是联系父亲与他的子孙们最后的一程。

这路程一断，父亲再也回不到我们身边。

这路程一断，小秦岭就化成了我们的父亲。

天地有无声响，我不在乎，因为父亲已不在乎。

人间有无伤悲，我不在乎，因为父亲已不在乎。

我只在乎，父亲轻轻离去的那一刻，自己有没有放肆，有没有轻浮，有没有无情，有没有乱了方寸。

这是我第一次描写父亲。

请多包涵。就像小时候，

我总是原谅小路中间的那堆牛粪。

这是我第一次描写家乡。

请多包涵。就像小时候，

我总是原谅小路中间的那堆牛粪。

此时此刻，我再次看见那小小身影了。她离我那么近，用眼角都能看得清清楚楚。她是从眼前那棵大松树上飘下来的，在与松果分离的那一瞬间里，她变成一粒小小的种子，凭着风飘洒而下，像我的情思那样，轻轻化入黄土之中。她要去寻找什么，只有她自己清楚。我只晓得，当她再次出现，一定是苍苍翠翠的茂盛新生！

原载《北京文学》2013年第3期

多年以前

雷　达

————————

　　1943年农历二月十七，我生于甘肃天水。此前，我父亲因肺病加重，咯血，于1942年夏天与母亲一道，带着刚4岁的姐姐，从兰州回到了老家——天水新阳镇王家庄养病。邓宝珊将军作为同乡、朋友，对我父亲向来器重，曾荐举过，此时也只能说，子烈，你还是好好养病去吧。那个时候肺病是没法治的。据说父亲的肺结核是从他在北京大学的一位同窗好友那里染上的。

　　父亲是极热爱故乡的人，相信凤凰山下的渭河滩，古老的沿河城，那里的雾岚，柔风，还有浆水面，是世上最好的药方。他相信他的病会好的。就在这一年，他一边养病，一边还与几个朋友创办了天水第一所农校——新阳农校，自任校长。第二年即1943年2月，怀着我的母亲快临产了。母亲不惯乡间的土法接生，住到60里外天水县一姓邢的女友家中，在那里的一家医院，我出生了。

　　据说父亲当时很兴奋。那一天，父亲走过一座寺院，听到里面隐约响起唱经声。就在他抬起头的时候，一个和尚迎面走来，向他微笑。他认识这位和尚，是当地的高僧。高僧知道是怎么回事了，他对父亲说了几句话，微笑着走了。那僧人走后，父亲决定为我取名"达僧"。我这一辈子都弄不明白，父亲出于何种心情，何种感慨，甚至何种隐痛，要为我起"达僧"这样的名字，莫非他希望我最终成为一个僧人？在乡里，我的家族到了我这一辈是按"学"字辈起名，男孩的名都得落到"学"字上。母亲舍不得丢掉父亲起过的那个"达"字，于是我的学名便叫成了雷达学，也有通达所学之意。

父亲死时我3岁，对他知之甚少，尽是些碎片化的传闻。但我居然能忆起他清癯的模样。我到现在都不知道他生于何年，只知他病殁于1946年。他名叫雷轰，字子烈，别名抱冰，曾毕业于北京大学下属的农学院，学的是农业经济。他虽出自西北一隅，却是当时北大《木铎》杂志的主要编者，"文革"时我曾查阅过，他还是当年北大学生赴南京请愿的核心人物之一。事发，藏在玄武湖畔的草丛中，险些被国民党宪兵的刺刀刺中。我的伯父从老家带了一小袋银元，辗转了半个月才寻到父亲。据说父亲因为于右任的关系，在南京中央研究院工作过一段时间，后仍凭借陕甘同乡关系，回甘肃后被委任为甘肃省审计室的负责人，相当于现在的统计局。92岁的乡人王纯业在其《顽石斋文存》中记述道，在老家，我父亲曾成功地制止过一场因灌溉引发的宗族间的大规模械斗；说他为人刚烈，敢对乡霸下逐客令；说他接到任某县县长的调令，自嘲说现在贪贿横行，阿谀成风，像我这脾气哪里能干得了，遂力辞之。最后，他还是到兰州农校任教导主任。干教育好像才是他的正业。他的脾气不好似乎是比较出名的。他一直幻想并努力改造中国乡土社会，新阳农校仅是他这种努力的一个开端。霍松林先生是我的同乡长辈，1979年文代会我作为工作人员，到车站接到了他，在车上，我自报了我父亲的名字，霍先生以极惊讶的眼光看着我说，你父亲可是我们大家尊敬的兄长，可惜天不假年，早早地离开了人世。在此，我一点也不想美化父亲，也不知他属何党何派，该作何评价，只想客观地看他。在我心中，他大概是旧中国一个传统的、倔强却又不幸的知识分子吧。

父亲雷子烈和母亲张瑞瑛与当时兰州的许多民主进步人士都有交往，他们在兰州举行了婚礼。著名爱国将军邓宝珊是证婚人。父母结婚时，做了一批天水雕漆家具，上面均刻着证婚人邓宝珊的名字。我其实是他们的第四个孩子。第一个是男孩，去世早；第二个名叫丽珠，就是我现在的姐姐；第三个也是女孩，也夭折了。事实上，父亲在与母亲结合之前，他在新阳镇老家有一位奉父母之命而娶的旧式妻子，也有孩子。那时，中国还是一夫多妻制社会，类似于雷子烈这样的人士大概都经历过相同的婚姻。

1944年夏天，父亲的病越来越重。于是父母带着我和姐姐从天水回到了兰州加紧治病。父亲的脸上总泛着深深的桃红色，彻夜咳嗽不止。母亲一边在学校任教，一边照顾丈夫和一对小儿女。1946年，自觉不久于人世的父亲留言，希望他的灵柩一定要从兰州移回故土埋葬，他还希望我和姐都能上大学，希望我姐姐长大后嫁给天水人，我长大后娶天水女子为妻。可惜，以后的生活命运谁也无法左右，在我和姐姐的婚姻里，都没有天水人成为对象。

我的童年记忆是从失去父亲开始的。那是一个傍晚，我玩够了回来，见很多人拥挤在兰州农校第三院我家那间屋子的里外，我从人堆里钻进去，看见母亲哭着在床上翻滚，旁边的人不停地劝慰着，但没用，周围的人全都木然地观看着，叹息着。这情景让3岁的我极为恐惧，几十年后在梦境中还频频闪现，成为我童年的第一个清晰而痛苦的记忆。

母亲是位优秀的意志顽强的女人，多才多艺、忠贞善良。父亲的去世对她的打击太大了。在旧社会，失去父亲的孩子也常被视为"孤儿"，不是没有道理的。在那个父权和男权社会，丧偶的年轻的知识女性，面对宗法、舆论、习惯势力的包围，要带着儿女活下去，何其艰难！何况是极为封闭的西部。母亲虽遭遇坎坷，却一直对人心存仁爱。当时的兰州不到20万人，母亲自己过着拮据的日子，但路遇乞丐必会施舍。母亲好学，精通音乐，她在抗战时期曾与父亲一起去过重庆，在华西大学音乐组进修过一段时间，后一直做音乐教员，每天吃完晚饭就弹风琴。她也喜欢京剧。母亲还写得一手好毛笔字，又能背诵许多古典诗词，可以说，这样一位女性达到了新旧更替的时代文化上对女性塑造的极致。

然而，命运之神对这样一位女性并不宠眷，她一生守寡，其中的艰难辛酸是常人无法想象的。全家靠母亲一人微薄的薪水维持生活，日子艰窘。小时候的我穿的衣服大都是姐姐的旧衣服改造的，母亲为了让我多穿些时间，总把衣服改得很长，有一种要永远穿下去的感觉。所以我平生很烦长衣服。我没有鞋穿，就穿雨鞋。那时兰州雨水多，有时还下暴雨，我的浅腰雨鞋是下雨时穿，天晴时也穿，到秋天还穿，闷得脚上长出了灰指甲，终生去不掉。母亲给正在长身体的我和姐姐也会改善一次生活，无非是吃炸得焦焦的无鳞的青海湟鱼，让我们一点儿一点儿尝出味来。还有兰州冬夜的热冬果，那悠长的吆喝声至今响在耳畔。这只有隔很长时间才能吃到一点儿。

每当母亲手拉着我和姐姐到兰州农校后面的旷野地里，面对黄昏时苍茫的皋兰山时，我就害怕极了，我预感到母亲又要哭了。果然不一会儿母亲大放悲声。对她，也许是生活重压下的一种宣泄吧。那是我童年最恐惧的时刻，父亲离开的那个傍晚的恐惧也在这时一并袭来，我不由得浑身颤抖。母亲的巨大痛苦不是那个年龄的我所能理解的。

1948年秋天，5岁半的我被母亲送入兰州师范附属小学，开始了我的启蒙之路。这个年龄上小学，不论在今天还是在当时都是很少见的，可见母亲对我所抱的厚望。由于在班上我一直是年龄最小的，加之生活在一个不完整的家庭中，不时受到农校其他教师子弟的伤害，这一时期，我的大部分时光是在孤独中度过的。那时，兰州的冬天冷极了，黄河上结了很厚的冰，风像刀子一样。我每年都冻了手脚。手上、耳朵上满是冻疮。母亲就给我抹上油在火上烤，那种既很难捱又很舒服的感觉深深印在我的记忆中。我的脚后跟冻得裂开了大口子，晚上烧热水给我烫脚，我疼得大叫，满眼泪水。

进入小学第二年的初秋，8月，我目睹了解放战争中极著名的兰州战役。40余年后，我在散文《皋兰夜语》中，感受复杂地回忆了当时的情形："蓦然间，1949年8月的皋兰山重现在眼前，我又看见马步芳的骑兵沿山上临时公路昼夜转移。从山下仰望，可以清楚看见山腰间黄尘滚滚，万马攒动，每隔5分钟光景，必有一匹马同骑兵一起被挤翻下来，那只能是当场摔死。那时，不及6岁的我，就专门坐在操场上仰望，痴痴地清点着摔死者的人数。"我的此种亲眼看生死无常的经历，可能极少有人体验；有过这样的经历的人，在其成年后，对生命意义和命运的理解肯定与他人有所不同。

儿时的独特经历使我较同龄人更加敏感，更加反叛。在我上小学四年级时，兰师附小来了一位专横的年轻校长W，常常粗暴地训斥甚至殴打学生，而孩子们都不敢反抗。有一天，他又训斥我的好朋友，我站在旁边忍不住用叛逆的仇恨的眼光看定了他，四目对射良久。他走过我身边时硬是盘问到了我的名字。我已有不祥预感。过了几天，突然召开全校师生大会，而这大会的主题，竟然是斗争我。我时年不到10岁，这不到10岁的孩子只能选择拔腿而逃，校方早预计到了，早布置几个强壮学生手挽手堵在校门口。可我一低头就蹿了出去，一气跑回了家。斗争会没有开成，校长恼怒之极。此后学校不让我上学。母亲不得不去学校，哭着给这个校长赔情道歉，一周以后，我才得以继续上学。刚回到座位上，校长的狗腿子，麻脸教师V就来了，他用手狂擂着我的课桌，上面的铅笔盒都蹦了起来，他用最恶毒的兰州土话反复侮辱我。在那个年代，我的境遇可想而知。这件事情发生后，老师们迅速地与我划清了界限，一个个冷眼相向。幸而班主任周治歧老师，接纳我，安慰我。不承想，暑假过后，那个飞扬跋扈的 W，因刑事犯罪被抓了起来判刑了。我的处境随之变好了一些。

母亲因对父亲的爱，对摆脱艰难生活的愿望，把过高的期望寄予我，她对我的学业很重视，也很严厉。我考得不好，或者有些顽皮的举动，她会严厉批评，甚至会体罚，然后，她自己会伤心痛哭。这样母子对峙的场面我经历了许多。

我清楚地记得，有人不止一次地来劝母亲改嫁，但都被母亲断然拒绝了。母亲说："我在子烈死前答应他，供两个孩子直到大学毕业。"母亲确实做到了这一点。这在现在可能会简单地看作愚昧和封建。但我想，一个单身母亲，一个年轻女性，在复杂的环境中生存，为了维护自己的纯洁，为了清白而自尊地活着，她宁可选择独身，这无可厚非，然而，这需要何等坚韧的决心，何等刻骨的爱和多么超人的自制能力啊。

母亲的话题是说不完的，这里不过是拉开了我回忆母亲的序幕。因为篇幅，我只能用一封突来的书信，收束这篇文章。

前些年的某日，我接到天水文史专家王耀先生来信，言他正在编撰《陇上巾帼撷英》一书，想请我写一篇怀念母亲的文章。他说，"你的母亲是一位刺绣高手，某某家中就曾有老人家的刺绣作品悬挂，希望你的文章能以尊母大人的刺绣为主题来写"。我与王先生素不相识，他忽出此言，使我心头一颤，我吃惊于他何以对母亲了解得如此清楚。他说得对，母亲青年时代确实以刺绣之精美闻名于陇上，旧社会兰州的《民国日报》还专门发过消息，称为"一绝"。这旧剪报"文革"前我还见过，贴在一个大本子里。从我懂事起，我家的墙上就挂着一个镜框，内嵌一幅刺绣，在一个"心"字形的图案中央，单绣了一个大大的"爱"字，曾挂了很多年。它应是母亲刺绣的代表作了吧。至于它何时消失了，或落入何人之手，我就记不清了。"文革"前夕我被分配到北京工作，只留母亲在兰州，"文革"一来她受尽了磨难，那幅刺绣就此失落在"文革"风暴中了。我还听说，母亲的另一幅刺绣，被老家——天水新阳镇王家庄的某人拿去了，家里人去讨要，人家不给，还要钱，闹得很不愉快。这是"文革"后期的事。

这些沉重的往事我实在不愿回想。不过，王耀先生的来信使我动心了，我要在此披露一个连我自己也不清楚的史实，那就是：我的母亲张玉书，乃是甘肃省第一个女法官。

我的母亲张玉书（又名张瑞瑛、张玉叔）是兰州人，准确地说是临夏（河州）人，生于1908年初，病逝于1991年底，享年84岁。我只知道，母亲做了一辈子教员，小学教员，中学教员，以敬业而著称，把一生献给了教育事业；我只知道，我3岁父亲去世，母亲一直守寡，忍辱负重地把我和姐姐培养成人，把一生献给了我们，别的，我就不知道什么了。也曾偶听人说，母亲年轻时受过刺激，心术不正的人欺负孤儿寡母，还暗示坏孩子叫难听的外号，曾使我心如刀绞，欲跟他们拼命。母亲究竟受过何种刺激，在我心中是一个疑问。

母亲去世后，忽一日，宝鸡的陕西第二商贸学校沈克慈先生转来了沈滋兰先生写我母亲的一篇文章的底稿，叫《甘肃省第一个女法官——张瑞瑛》。此文写于1992年元月，距我母亲去世仅两个月。我这才得知母亲一生中的一个重要经历，同时也是甘肃历史上值得记一笔的往事。据这份底稿末尾说明，沈滋兰同期还写有《甘肃省第一个妇女组织——妇女部》《甘肃省第一个妇女问题期刊——〈妇女之声〉》《甘肃省第一个女邮务练习生——张菊英》等文章，此文是其中之一。它们是否发表过，发表在哪里，我不知道。作者沈滋兰，女，甘肃著名妇女活动家，与我母亲是结拜姐妹，我叫她沈姨娘。她解放前曾任国民党国大代表，解放后历任兰州女中、兰州七中校长，并多次当选全国妇联委员。

下面全文转抄沈滋兰先生的回忆文章《甘肃省第一个女法官——张瑞瑛》：

张瑞瑛（字玉叔），甘肃兰州市人，幼年丧父，家道由富裕迅速没落，寡母在困境中抚养4个儿女，致使她形成多愁善感的性格。她在甘肃省立第一女子师范学校附属小学，附设初级中学班和师范科毕业，1928年留任附小教员。她擅长音乐，会弹风琴，吹洞箫，练得一笔出色的墨笔字。

1931年，她被甘肃省高等法院录为书记官，在此之前甘肃没有任何女性从事司法工作。身为甘肃省第一个女法官的张瑞瑛，得意，兴奋，穿着国民党军服，腰扎军官皮带，头戴军帽，颇显神气。对分配给她的工作钻研学习，也能应付裕如。对这一新鲜事物，周围的人们以极大的兴趣关注着。正是十目所视，十手所指，十口所言。她是二十一二岁的未婚女青年，完全没有应付复杂多样的社会的经验和能力，不友好、不正常的气氛越来越严重地弥漫到她的身边，她感到孤独，压抑，手足无措，感到悲愤，终于在极不愉快的情况下，离开了工作了约一年时间的甘肃高等法院。

张瑞瑛离开法院，重新回到小学教师的队伍里，投入地驾轻就熟地做教学工作，安居乐业。后来转到中等学校里教音乐课和其他工作。解放后，张瑞瑛在兰州十四中学曾荣获优秀教师的称号，曾长期任该校教育工会主席。1974年自十四中退休。退休后的张瑞瑛身体健康，情绪高涨，频频往来居住于儿子雷达学（笔者的原名）工作的北京和女儿雷映霞工作的陕西武功西北农业大学之间，愉快地享受晚年美好充实的生活。1988年她身体渐衰，病渐多。1991年12月16日病殁于女儿家，终年84岁。

沈滋兰1992年元月

在文中，沈滋兰先生始终称我母亲的原名，并对母亲的情况通过我姐姐知之甚详，可见她们结拜姐妹（母亲大，沈小）的感情之深笃。在谈到母亲受刺激一节，点到为止，并不深谈。这篇文章底稿，姐姐交给我后，我一直妥善保存着，却也不想发表。也许是中国人求平安，为贤者隐的心态吧。现在，王耀先生既然如此热心，我就将沈先生原稿和有关情况抄出，或许可以补上甘肃妇运历史上的一个小小缺环。

我一直非常奇怪，为什么经历了这么多年的风雨，母亲却只字未提过这一段经历？组织上当然是知道的，可她何以坚决不说。是她有意掩盖，还是不愿自己的儿女知道这些。可这又有什么呢？在今天看来，都是些很自然的事。当然，在那些年代，这可能是罪状，还可能引来大祸。母亲一定认为，她的儿女知道得越少越安全。

原载《我们伟大的母亲》，作家出版社2013年版

沉重的负债

王巨才

春节到了，对母亲的追念如期而至，寻寻觅觅，无计排遣。

我是在还没到满月的时候，由养母从生母怀里抱走的。此后我一直把养母叫母亲，把生母叫阿姨。

养父母成家10多年，生过的孩子都没活。他们焦急万分，担心自己命里就没带来儿女，到处求神算卦，寻医问药。我出生不久，母亲刚生的一个孩子又夭折了。她捶胸顿足，如疯如魔，成天痛哭流涕，加之奶水正旺，胀痛得难受，就到乡下找她的亲姐姐哭诉命运的凄苦。进门见到襁褓中的我，一把抱过来，解开衣襟就把奶头往我嘴里塞。据说那时我吮吸着母亲充足的乳汁，像一匹小狼，兴奋得咯咯直叫，嘴巴急不可耐地把奶水顶得满脖子满脸。那贪婪蠢笨的样子，让母亲顿觉通身舒坦，脸上漾开少有的笑容。临走时她央求姐姐，让孩子跟我吃几天奶吧，没等回话，便不容分说地把我抱回城里。

30多年后，阿姨说，当时见她脸色蜡黄，做姐姐的能不心疼？说是抱几天，谁知就抚育上身，再也要不回来了。阿姨连我先后生了5个男孩。我问，您那么多"光葫芦"，光景又苦焦，有什么舍不得的。她怯怯地笑笑说，你哪里懂得，都是心上的肉，越生越亲，哪有多余的。

在那个年代，对一个家庭来说，膝下荒凉真算是天大的事了。抱养人家的，一辈子总提心吊胆，生怕长大后不挨身。母亲脾气不好，人厉害，故而邻里邻居知道根底的都小心翼翼，从不敢提及。

我被抱走后，轮到阿姨疯魔了，白天晚上心神不宁，吃不下饭，睡不着觉，几次借故进城，都被母亲挡到门外。阿姨性情慈蔼，人长得俊俏，针线活又好，出嫁后跟姨父享过几年福。胡宗南进攻时，姨父开的商号被洗劫一空，全家沦落到乡下，靠种地、养猪、推磨卖油为生。我外爷去世早，母亲是阿姨拉扯大的，从小好强，动不动使性子，阿姨总也忍让着几分。那些日子阿姨心慌得不行，就打发我的两个哥哥天黑进城，到墙外偷听，看我晚上会不会哭闹，睡觉安稳不安稳，有没有感冒咳嗽，闹肚子拉稀。我家院子大，巷子里听不清，哥哥们得爬到墙头才能探听清楚，而母亲见有响动，就知道来的是谁，每次都朝窗外恶声恶气一通喝骂，让他们铩羽而回。

我上到小学三年级的时候，母亲生的孩子终于成活了，且接二连三，一生就是5个，直到不堪劳累，不愿再生。周围的人说，这全凭人家王乡长（我父亲是不脱产的城关乡乡长）为人老实厚道，又几次给先人迁坟，把风水占好了。这自是无稽之谈，但父亲对这种说法深信不疑，因此，逢年过节，带领我们上坟祭祖，就成了他生活中须臾不可马虎的头等要事，终其一生，未曾耽搁，直到去世的头年春节，还以病弱之躯，要我们搀扶着涉水爬山，去烧了最后一炉香，祈祷先人保佑子孙平安，瓜瓞绵延。

对风水之说，阿姨一家并不反对，但他们更多地认为是因为抱养了我，才给家里带去了好运，带出那一连串子女。据我体察，父亲对此也是深以为然的。因而在兄弟姐妹中，对我总是格外呵护，言谈举止，甚至能觉出某种感恩的意味。母亲一辈子争强好胜，她的能干与她的坏脾气一样有名。遇到不顺心的事，也常拿我们的某些过错撒气，稍加反抗，更会惹得火冒三丈。这对弟妹们也就罢了，若是对我过分，父亲便会出面干涉，甚至会由此引发一场"战争"。有次争吵中父亲一句"人不能坏良心"，惹得母亲号啕大哭，躺在炕上好几天，摆出一副"这光景没法过了"的样子。

母亲对这句话如此敏感，是因为这正触到了她的心病。母亲很爱面子，很看重社会评价。邻里们说，她脾气不好，但做事精明，心肠很软，给她三句好话，就恨不得把心掏给人家。尽管家里日子紧巴，见到讨吃要饭的，从没让人家空手离开过。父亲的老家在乡下，庄里的人进城赶集，顺便带把苦菜野蒜来，四婶子四奶奶地叫几声，就非得留人家吃饭，哪怕是向邻居借两碗面，也要做一顿像样的待客吃食。自生下5个弟妹后，她很留心别人的看法，生怕说她厚此薄彼，三等两样。在我们那地方，对一个女人若有这样的微词，便等于"一票否决"，等于说这人品性坏到极点。母亲那次的过激反应，正是怕那句话被别人听见，有损名声，同时也给全家一个下马威：自今往后，不论何种情况，谁都不能碰这个雷。

与母亲同样害有心病的，是阿姨。家里添丁加口以后，阿姨来得勤了，说是来做针线，帮锅灶，实际在察言观色，看我受不受气。一天，母亲上街买肉，阿姨把我妹妹抱在膝上，一边给梳头，一边爱怜地说，阿姨生了那么多小子，就缺个闺女，难怪你妈金贵你，打扮得这么整齐。旋又看我一眼，说看看你大哥，头发那么长了，像个野人，也不去理一理，袖口磨破了，也不提醒你妈缝一缝……谁知这话正好全被街门外的母亲听到了，她品出了其中的醋意，遂将大门咣啷一把推开，怒气冲冲进来说，姐姐你要不放心，干脆领回去算了，省得你老是防贼一样提防我。阿姨自知失言，连忙赔不是，说，我不就唠叨两句，哪有责怪的意思，便借口家里牲口没人喂，眼泪汪汪地走了。母亲拦不住，赌气说，肉都买了，你要走，以后就别来。阿姨径自嘟嚷说，不来就不来，但你可要把心放平；我原是为你好，现在反倒成罪人了。阿姨走时委屈的样子，看着真是可怜，让我难受了好几天。

不来哪可能呢？毕竟是亲姐妹。遇有小病小灾，急事难事，相互跑得比谁都欢。那年母亲攒够了钱，动工修三孔窑洞，阿姨一家全来帮工，烧火做饭，挑土背砖，挖地基垒院墙，4个月下来，硬是耽搁了一茬庄稼。但眼看我家日子越过越红火，都打心眼里高兴，干得既卖力又兴奋，像自家办喜事一样，满脸光彩。

平心而论，母亲并不像阿姨担心的那样。她虽然相信韩非子那句"慈母有败子"的浑话，对我近乎苛刻，但生活上一直是关心备至，体贴入微的。小时我身体弱，不好好吃饭，她十分熬煎，为此想尽了法子。医生说鸡蛋营养好，就专门喂了一窝鸡，每天早晨上学前，一碗加了红糖的开水冲鸡蛋，非得看着我喝下去不可，多年如一日，从没间断。即便这样，我仍是小病不断，动不动感冒。而一旦生病，她就方寸大乱，又是请巫婆祛邪送鬼，又是跑医院求医买药，整夜整夜地守在身旁不合一眼。母亲说过，每次放学，只要老远望见我皱着个眉头，她心里就直打哆嗦。这句话，几十年来我一直记得，一辈子都不会忘记。我上学爱去书店，爱订报刊，开口要钱，母亲从不为难。至于衣服鞋袜，新的旧的，单的棉的，全是她按最时兴的式样剪裁缝制的，比裁缝铺做的一点不差，同学都很羡慕。母亲的针线手艺和阿姨一样，在瓦窑堡很有名气，凡是像样人家，娶亲嫁女，都得请她们出马。

阿姨和母亲，这两个原本相互体恤、相濡以沫的骨肉至亲因我而产生的复杂微妙、纠结不清的恩恩怨怨，直到我参加工作、结婚生子以后，才如同春打河开，风吹云散，自然化解。

大学毕业回到延安时，从部队复员的二哥已担任部局级领导，他把全家户口转过来，一家人总算团聚。但生活相当困难，老老少少八九口子，就靠他40多块钱工资。我和妻子大学毕业，工资加起来也不到100元，加之孩子放在子长老家，每月得捎钱回去，也没能力接济他们。有时去二哥家，掏出十块八块的给阿姨，她都坚决不要，推来让去，怎么都塞不到手里，说我有你二哥呢，不要你操心，有点零钱别乱花，捎回子长，你爸你妈养活一大家子不容易，要好好心疼他们，人不能没良心。二哥的同事从乡下捎来土豆南瓜萝卜，一时吃不了的，她都要用布袋装好，等在公路边托认识的司机捎给子长。母亲因家里拖累大，身体后来也不好，很少来延安，每次我们回去，提起阿姨，她都泪眼婆娑，说那么大年纪了，看了大的，还要看小的，受了一辈子罪，没享一天福。走时，总要取出早就备好的一两块的确良或卡其布衣料，让捎给她的老姐姐，说她爱好，我做的她看不上。母亲晚年，把二嫂叫来，当着我们兄弟姐妹的面，取出平生积攒的几十块银元，每人分给一份，给二嫂的那份，又比我们多了一些。母亲说，你二哥二嫂心忠，对你阿姨孝顺，我心里常记着的。

孩子们常问我，姨姥和奶奶，你究竟看着谁亲，这让我每次都窘迫语塞。我似乎从来没想过这个问题。我只是知道，这两位境遇不同、性情各异的女性，几十年来牵肠挂肚，担惊受怕，为生我养我、拊我畜我、顾我复我竟日操劳，夙夜忧叹，可谓操不完的心、受不完的累、流不完的泪水，以至每一想起，都让我感到一种永远无法偿还的精神欠债，一种永远报答不完的情感重荷。如果说，这样的歉疚感每个人都有，那么我自己则因为她们之间曾经有过的猜度、怨望而更觉加倍的深刻、加倍的沉重。我有时感叹，我这个人真是罪孽深重得很，孩子们不理解，笑我是故作深沉，为赋新诗强说愁，也难怪他们。

现在我的两个母亲和两个父亲都已先后离世。我常能梦见她们。一次，阿姨托人捎话说，如手头宽松，就寄点钱来。这让我大惑不解，一个多么谦和自尊的人，会有这样的话吗？妻子说，你不是经常念念叨叨，说阿姨生前没花过你一分钱吗，日有所思，夜有所梦呗。又一次，母亲嗔怪我抽烟太多，说从小身体那么个样子，还不赶快戒了，你究竟要让人操心到什么时候才行！

醒来，眼角仍留着潮乎乎的泪渍。

子欲养而亲不待。这人世间最令人伤怀的追悔，注定将伴随终老。我现在能做的，只是每年春节前后，都带着孩子们回到老家，去相距不远的两处祖坟，给他们献上同样等份的奠礼，同样虔诚的祝福。

原载《文艺报》2013年3月6日

不，我只有一个娘

阎　纲

————————

特别想我的母亲

"要知父母恩，自己怀里抱子孙。"祖父常常对我这么说。

1992年，我的本命年，生日前后，掉了一颗牙，医生说像颗乳牙，我奇怪。我把它送给女儿阎荷，上写："它同我亲吻60年。"正像我55岁时髌骨摔折成七瓣后我将它留给儿子阎力一样，想以此代替将来的骨灰。不承想，女儿先我一步留下了她的骨灰。

2008年8月，76岁生日，适逢北京奥运会，声光化电、火树银花，上万人的体艺表演，力与技的极限竞赛，煞是好看，我却回望一生，眷恋故土。

我想家了。

特别想我的母亲。

只有住着我的爷爷奶奶爸爸妈妈兄弟姐妹的陕西省咸阳市醴泉县（今改为礼泉县）聚族而居的"阎家什字"，才是我灵魂深处永久的家。

麦苗青，菜花黄，八百里秦川承载着汉唐灿烂的文化，蓄势待发。1931年九一八事变，1932年猴年2月，东北陷落。夏季，"虎列拉"之后又遭天旱和蝗患，人迹稀少。乡人全身浮肿、面如菜色，走着走着，突然跌倒再也爬不起来。

就在这一片木然的哭丧声中，8月14日上午，我降生了，一个多余的生命。爷爷请来"老娘婆"给我放胎毒，说是放血可以祛风。呀，"瓷瓦子"在一个"月娃子"嫩豆腐般的皮肤上胡划乱撒，可怜的我，额颅、胸口、鬓角全往外沁血。"娃哭得快断气了！"父亲极力反对野蛮无知的做法，可是，为时已晚。母亲怀胎于瘟疫与饥荒，又备受祖母的白眼与凌辱，我难以想象，母亲一天两顿饭吃什么，怎样用咸水井里的苦水稀释她身上的血，把我喂活。

母教爱以勤

在西安，爸妈哥哥和我，是"易俗社"（鲁迅以"古调独弹"题赠）的忠实戏迷。五岁的我，在戏曲的梦里长大、再长大。

日机轰炸西安，母亲抱着我，像抱着一大筐鸡蛋，摇摇晃晃一整天，回到爷爷的醴泉县城。

哥哥妹妹们渐渐长大，母亲敬老惜幼，勤俭持家。

院井中，有一丛丛盛开的玫瑰花。母亲穿得干干净净，白袄大襟衫，黑布裤子，直贡呢鞋，满面春风，站在阶前观赏满院飘香的玫瑰花。母亲的慈祥、善良和素净，在玫瑰花丛的掩映下显得那么美，永远定格在儿女的记忆里。

5月的庭院，花开得更艳，母亲细心采摘含苞待放的玫瑰，不由得让人想起戏台上天女散花。母亲将花瓣儿收入大口颈的瓶子，然后，一层花瓣铺一层红糖进行腌制。一个月后打开瓶盖，香气四溢。腌制好的玫瑰，用来包玫瑰香包子，熬煮玫瑰香稀饭，存放一年不会坏。

母亲粗识文字，喜好戏文，敬重读书人。入夜，一盏油灯，半个月亮，我弓卧在转动的纺车旁，看母亲纺线，听母亲唱歌。那是我的摇篮曲，不是"王宝钏"就是"绣荷包"，甜蜜蜜、恍悠悠，我睡着了。

当我病得需要喝鳖血的时候，我不知道母亲怎么就把鳖给弄来了。当大夫把一根银针刺进我的十个指尖时，母亲一定感到这根针是在扎她，她咬牙忍着，以为那样会减轻我的痛苦。为了儿女，付出多大的牺牲她都愿意。

母亲教我谦恭有礼，"礼多人不怪"，要我善心待人，"善必善报，对人行善，自己方便"。要我万不得已不向人借东西，借东西一定记住"低借高还"，"低借高还，再借不难"。要我"出必告，反必面"，出门不要走得太远。要我听大人的话，万万不可"顶嘴"。

母亲让我最不能忍受的是剃头。母亲剃头的技术不敢恭维，非常痛，我反抗，"妈呀，你这是杀猪啊！你杀了我吧！"但不容分说。"你乱动可不就痛了！"我乖乖地把头伸向她的刀下，牙关紧咬。我渐渐长大了，母亲的技术却不见提高，头剃成了个花狸猫似的，羞于迈过二门出大门。连农村的孩子都进理发馆留洋头时，母亲好生之德、网开一面，从此刀下留人。

母亲教我勤快，逼我和哥哥干活。她几乎天天给我们叨叨："嘴馋身子懒，越馋越懒，最没出息！"爷爷搭腔说："先把这哥儿俩的懒筋给抽了！"

每年农忙时节，特别是夏收龙口夺食，母亲总要把我和大哥赶到舅舅家干活练吃苦，什么活都干。小舅高高的个子，干活利落，重活轻干，动作十分潇洒。我跟他学到几乎所有的农活，包括给牲口起圈垫圈。学会干各种农活，而且干得很巧，这使我日后受用不尽。"文革"期间两次被打成现行反革命，劳动改造中累死累活，但是什么活也没有把我难住。

小舅被人抓壮丁，在死人堆里过日子，抓了就跑，再抓再跑，最能吃苦，极勤劳。他娶不起媳妇，后来到宁夏给我们"买"了个妗子回来。小舅家穷，住在土窑洞里，那也是我吃睡的地方。破窑洞冬暖夏凉，笑声、歌声以及妗子擀面的响镯声，其乐融融，乐不思蜀。

白天干活，晚上唱戏、说闲话，童言无忌，沐浴着乡情乡俗。每天打场收工后，在场院的井旁、桑间阅读《卖油郎独占花魁》等读物，或干唱桃桃乱弹，同村里的人接触颇多。找机会，我净往农家院里钻，借机搜集了大量的民间谚语和绝妙的口头语，偶有慧心，编编唱词练练诗。后来养成习惯，一到忙天，主动往舅家跑，玩命地干活，拜农民为师，吸吮民间文化的滋养，倒也快活自在饱口福。

搜集大众口语成了我的爱好，爱好成自然。妙语丽句，整整两大本，1950年寄往北京中国民研会的《民间文学》，请求发表，石沉大海。1956年我来北京中国作家协会《文艺报》工作，《民间文学》陶阳先生说他记得那两个大本本，阴差阳错，谁知道怎么给弄丢了。我很伤心。

家里孩子多，水瓮下去得很快，井水苦，用水勤，我自小和母亲下坡坡抬水。放学回家，首先掀开水瓮盖儿，见水快到底儿，就发愁。我盼下雨，下雨好接房檐水以充实水缸。磨面这苦差事，也归我们哥儿俩，最叫人头痛。天不亮母亲收拾麦，筛呀擦呀，忙个不停，然后把哥或我从梦中叫醒："再不起来日头爷要晒到尻蛋子上了！"黑乎乎地起床，对我来说多么困难啊！热被窝多么好啊！上半晌务必磨完二斗，不然耽误下午别家上磨子。磨面磨人，无休止地摇箩箩，一个劲儿地赶毛驴，口中念念有词加吆喝，单调，马拉松。因此，放学回家我也揭开面缸盖儿看看，一见面缸快露出底儿，我的头就大了。

大哥去了西安，我成了孤胆英雄，不然，母亲太累。担水、磨面、抱娃、拉风箱，开门四件事，离了我都不成。经过母亲调教，我在担水、磨面、抱娃、拉风箱"四大改造"中，完成了从少年到青年的转折期。

灾难全落到母亲的头上

1958年，母亲来京照看刚刚出生的孙儿阎力，家住东郊芳草地，旋即迁入多福巷。

多福巷16号原本是丁玲的家。七年之后，丁玲下了北大荒，丁玲搬出，我们迁入。

我当时可高兴了，因为我非常向往北京老胡同里京味十足的平民生活，非常想在四合院里好好体味体味老北京的人情世故。

可是，大跃进，有家权当没家，我和刘茵早出晚归，家里全靠母亲一人。母亲经管孩子、做饭忙家务，够辛苦的，她却说忙得高兴。

在多福巷的日子里，母亲虽说忙得高兴，可是醴泉城里还有一大家子，母亲不得不返回老家。"困难时期"，母亲又被我接来看孙女阎荷，母亲来得勉强。家乡有信来，饥饿威胁着大大小小每天张口要吃饭的人。两头都是心头肉，母亲的心扯到两处，忍受着人生巨大的痛苦。

我工作的单位作家协会食堂，节粮，试做一种叫作"双蒸饭"的发糕，而且出售半掺树叶的棒子面窝窝，我心里像刀剜一样。

一次，出差回家，母亲已经帮人看孩子了了，执意要去。罢罢罢，去吧，权当母亲解闷。我真傻，何尝理解母亲！过上几天，母亲总要回来一次，手提白面，说些"活儿不重，小孩好管，主家谦和"一类的安慰话。满一个月时，母亲把我叫到她屋里，要我把她领到的工钱收下家用。我羞愧难当、无地自容。母亲啊，这不是拿刀子戳儿的心吗？母亲说，"那我就攒着"。

后来听说，母亲在人家家里，自己吃白菜帮子，把省下的粮食提回家给孙子孙女，怕孩子饿着。又听说，母亲每月把挣下的工钱寄回老家，那里也有几条命，都是自己的骨血。

小时候，母亲常常用《三娘教子》里的上场诗鼓励我，教我成人："天子重英豪，文章教尔曹，万般皆下品，唯有读书高。"上学以后常听人说："书中自有黄金屋，书中自有千钟粟，书中自有颜如玉。"什么"千钟粟""万石食"，现在是"五斗米"能否有保证，老家的几个孩子能不能度过食不果腹沦为饿殍的危险期。

"要知父母恩，自己怀里抱子孙。"母亲又说起早年的老话来。

北京街头，一辆辆汽车背着累赘的煤气包；在河北南宫中学教书的大哥，悄悄告诉我说："为保存热量，学生们已经把体育活动停了。"大嫂带着一支饥饿大军啼饥号寒，将爷爷教私塾留下的戒尺——纪念品，也塞进炉膛当柴烧。实实在在揭不开锅了！

母亲的心思全在儿女身上，谁最困难、最可怜，她向谁倾斜，把奶头伸向谁，宁肯自己吃白菜帮子。

母亲决计回老家去，坚决把户口也从北京转回去，而且即刻起身。

母亲紧抱着她疼爱不够的阎力、阎荷，得意地笑着，然后转过身偷偷擦拭泪水，生生离去。此后的事态，继续向悲剧性的方向发展，直到母亲弥留期间呼唤我的乳名。

人不能选择自己的家，家不能选择自己的国。

国之不幸是你民我主，家之不幸是食不果腹。

国和家，都面临着最严峻的考验。

一群嗷嗷待哺的小鸟

母亲从北京回到醴泉西北街以后，头一件事，就是天天给娃们洗头、贴药，她们长了一头的疮颗。

大哥和我都离乡在外，母亲回到所谓的"家"，其实是大嫂卵翼下嗷嗷待哺的一群小鸟，要是排队报数：一，二，三，四，五，六，七！

连母亲、大嫂，总共九人。

母亲无奈，先让芳妹休学。然后，拉扯两个弱小的女子共三代三女性，离开阎家什字，回娘家逃难去了。

姐姐有恩，谁敢不收？困难时期，大家困难，再难也得和姐姐共渡难关，七手八脚，在二舅的大门口搭个草棚遮风挡雨。房子的顶上烂了个洞，睡在炕上仰头看，能看见天上的星星。锅头连着炕。没有案板，给炕上铺一张报纸，放一块木板。东头舅家送一升米，西头妗子送一担柴。端的是茅椽蓬牖，瓦灶绳床，碗里汤水能照人，吃了上顿没下顿。可怜的母亲纺纱织布，幼小的女子们捡柴拾粪，加上本家舅舅们雪里送炭，时不时地添上一口两口，方才保住三条人命。

母亲拼命地纺线、织布。她的一个堂弟在隔墙生产队的饲养室喂牲口，常给人说："我姐成晚上不睡觉，我给牛都拌过二道草了，还听见棉车嗡嗡嗡地响。"母亲托人买了头小猪，两个女子天麻麻亮就起床到地里搂柴、捡棉花壳壳，用玉米皮、涮锅水，加上麦草喂养。乡下草多。

母亲一边纺线，一边述说自己的身世，月儿弯弯，冷光普照九州。听母亲讲她过去的事情……

有个姑娘出嫁，将来的亲家，双双坐在一个筵席上吃饭。婆家母口齿伶俐，办事厉害，娘家妈看在眼里，记在心上。回家后，外婆对她的姑娘（母亲）说："娃，你使不过啊！"外婆心上压了一块石头。从此以后，外婆记恨外爷，以致忧郁成疾。

母亲说外婆白白净净，一头卷发，人很细腻。母亲自小也是白白净净，也是一头卷发，特别像外婆，非常听话，家里人都喜欢。母亲不到14岁，张家死了伙计打官司，官司输了，债台高筑，一个家庭从此中落，外爷把自己的女儿24两银子卖到阎家，这就是祖母常说的"24两买了个丫环"。外婆后悔女儿的亲事，病重时把外爷的胳膊拉过去，狠狠地咬了一口。外婆一断气，母亲也病倒了。出殡那天，母亲不能走路，用车子拉着到坟上送别她的母亲。一回到家，人事不省。后来听母亲说，她当时病得很重，外爷已经给她做好一口碎小的棺材匣匣，任谁都说这娃活不成了。母亲命大，活了过来，小小的年纪，担当起外婆操持家务的重担，其间的艰难困苦可想而知。

母亲14岁嫁到阎家，开始媳妇受婆婆折磨的日子。她想回娘家看看几个没妈的弟弟，祖母只准她三天的假。就在这三天之内，母亲手脚不停，黑明不闲，缝缝补补，洗洗涮涮。她用手指头数着日子，不敢超越假期。小舅小时爱翻乱，棉袄从上领扯到下缭，母亲边哭边数说。舅舅几个没鞋穿，四季常常光着脚，母亲只有三天时间，做鞋怎么也来不及了，光脚就光脚吧。给小舅剃头，忽然发现什么东西磕碰了一下剃刀，掰开一看，呀，原来是半截钉子！母亲伤心不止，坐在门槛上放声大哭。她哭早去的妈，哭弟弟连个固定的睡觉地方都没有，哭那根生锈的钉子。女儿回娘家本来是娇客，但母亲不是。三天期满，要回城了，母亲坐在车子前面哭，舅舅们在后边追着哭，要姐姐把他们带走。外婆去世时小舅才6岁，还是虚岁。外婆断气后穿上老衣躺在床上，小舅还上去摸外婆的奶头要吃奶呢！聚在周围的亲戚们没有不哭成泪人的。

母亲说她在阎家过头一个春节，初一早上，分男队、女队"转筵"，给本姓大人们拜年。当拜到祖母的脚下时，奇怪的事情发生了，祖母操起板凳腿朝母亲的头上打去，血一下子从头顶流下来，母亲抱头扑向井边，顿时大乱。

祖母弥留时刻，拉住母亲的手说："你是个好媳妇！"

祖母喜欢姑姑，姑姑却上演了一出《小姑贤》。姑姑早逝，母亲可怜没妈的娃，把表妹接回舅家，视若己出，藏在温暖的卵翼下养护。表妹长大工作后，不管在咸阳还是醴泉，处处孝敬舅父母，疼爱一群女子娃，买吃买穿，问寒问暖，至今。

……

以上都是母亲从北京回来，借住娘家，夜里纺线时说的，听起来像故事，却是一个带着血泪的实事。

把三个女子给人了

饥饿的时代，母亲身体累垮了，血压特别高，时常害头疼，说"耳朵里在磨面"。无来由地，突然哭了，不一会儿又笑了，精神受到刺激。孩子们大了，升学问题、工作问题、婚姻问题一大堆，母亲伤透脑筋。

小女儿，换了150斤麦，外加没过磅的红芋若干，还有一架用旧了的纺车。

二孙女，远嫁新疆，一场"出塞"的悲剧，母亲哭天抢地，"把我娃卖到口外了！"

最小的孙女刚刚长大，便说了婆家，出嫁那天，母亲大哭不止。

母亲紧紧巴巴，把我每月从北京寄回的15元生活费一点一点地省着、攒着，把我上大学时本姓邻里接济的钱，挨门挨户悉数奉还。这些钱本来是捐赠给我上大学的，因为住在阎家什字的阎姓族人，以我能上大学为荣。但是，母亲仗义，决意要还，在当时那种随时可以饿死人的境况下，谁家家里不和我们一样难场！

1975年，母亲的身体已经很差，动作十分缓慢，面容憔悴，耳朵也聋了，白花花的头发上顶了一条湿毛巾，问她，她说："发烧。头痛得厉害。"

面对所谓的"三年自然灾害"，许多问题百思不得其解，包括"大跃进"的赛诗会以及郭沫若、周扬主编的《红旗歌谣》……

悲莫悲兮

1976年9月，我受《人民文学》编辑部之命，回西安组稿。

车过三门峡，入潼关，八百里秦川扑面而来，我的心和着火车铿铿锵锵的轮声一起跳动。啊，"文革"灾难，山河阻隔，18年分别的土地和老母啊，你的儿子回来了。

回西安的第二天，9月9日晨，起床不久，鼓楼脚下文化厅招待所大院里"毛泽东思想宣传队"的大喇叭传来极其沉痛的声音：今日零时10分，中国共产党中央委员会主席、中国共产党中央军事委员会主席和中国人民政治协商会议全国委员会名誉主席毛泽东逝世。无产阶级专政条件下继续革命的总司令逝世了，"文化大革命"这个摊子怎么收拾？残破的家国怎么重整？人们的脸上挂满泪珠，我反倒哭不出来。陈毅逝世，我躲进干校的宿舍大哭；周总理逝世，我一家大小守候在长安街头以泪洗面，送者夹岸，哭者百里不绝，但此刻，欲哭无泪。我心绪烦乱，什么也不想干了，只想到此次回陕最最迫切的一件事就是火速赶到醴泉县城探望望眼欲穿的老母。母亲的头发变白了，骨质疏松了，一定忍住泪水不让我看见她心里多么难过。

正打算起身回乡的时刻，接到《人民文学》编辑部的急电，通知我务必于近期返京，参加9月18日在天安门广场举行的追悼大会。我百思不得其解，到现在也闹不明白，为什么非得我赶回去参加不可？只有一个解释，国丧期间，各单位必须管住被管的每一个人头，不得有误。

9月10日，毛主席逝世的第二天，大哥从县上赶来接我，是一辆军用吉普。一小时后，母子重逢。我想，还和过去一样，母亲不会当着人面流眼泪，我会顽皮地站在母亲身边，在母亲面前我永远长不大。母亲这会儿一定站立柴门，望眼欲穿，微风吹拂着她的银发。

饱经忧患的生母啊！

中途小憩，问大哥："咱妈精神怎样？头痛病老犯吗？"

大哥的脸立刻沉了下来，那三个字有如千钧之重："妈殁了！"

眼前一黑，大哥伸手把我扶住。

1976年3月，母亲病危，半身不遂，瘫在炕上，见人激动得说不出话来，泪水嗒嗒地往下滴。母亲几乎无时无刻不在剧痛之中。为了减轻痛苦，她使劲地拽绳子、咬被子。她拉着嫂子的手说："颖如，快给我买毒药……我不恨你！"大家哭成泪人了。母亲弥留之际，想我。从小，母亲变着法儿打扮我，苦口婆心教我勤谨、好学、不说谎、不偷懒；母亲百般疼爱，却不惯我哪怕任何一点点坏毛病。我听话，生活一向简朴，但常年在外，政治运动一个接着一个，母亲尽量不向我开口给我增加负担，但此刻，再也忍不住了，她想念北京一家大大小小，大呼小叫，呼唤我的小名"运生！运生！"

母亲唤我小名之日，恰我胃出血抢救之时，母亲殁于我住院时"四五"天安门悼念周总理期间。我瞒着母亲，母亲也瞒着我。当母亲病危电报告急不再瞒我时，我的单位《人民文学》仍然瞒着我，回电报说你儿子出差去了。母子相瞒，两个人的悲剧落在母亲一个人的头上，悲莫悲兮生别离！

母亲辛苦一生，始终不失贫农女儿的本色，晚境凄凉。她最为痛苦的莫过于咽气时没有等到全家过上好日子，不能和她漂泊外乡的游子见面。她知道远在湖北干校的骨肉被斗得死去活来，日夜惦着儿子是死是活。她呻吟床笫，辗转反侧，浑身剧痛，牙齿狠咬，呼唤着我的小名，哪怕瞅我一眼，她或许安稳一刻。她走了，不瞑目就走了，生离死别，从此天上人间，两处茫茫。

哭声大作，不孝子抱憾终身。

我和大哥匆忙赶路。

母亲是全家最苦、最受尊敬的人。

母亲的坟头还留有没烧化的纸钱。

一顿杖责明得失

一生挨过两回打，最沉重的责打，头一回打我的是妈，第二回打我的是"娘"。

从曾祖起，诗书传家，"君子动口不动手"，打人骂人非礼也，在我家认为是不文明行为。但是，我头一回挨打就是在我的不兴打人骂人的家里，打我的就是教我骂不还口打不还手疼我爱我、连手指头也不碰我一下的母亲。

我腼腆，循规蹈矩，不爱说话不惹事，不会打人不骂人。但是，到赌风甚盛的高年级，经不住死拉硬拽，下了赌场。一回生，二回熟，竟然玩出窍门，而且上瘾。端的是：一边站，试试看，满头汗，拼命干，死了算。我们的赌场设在人迹罕至的城门楼子上，站得高，望得远，警戒森严，安全方面绝对没有问题。

我逃学了。

大输特输，群起而威慑之。

"我妈从来不给我零花钱。"

"你不会拿家东西……卖?"

我偷了。我把别人送父亲的两条价值一石麦钱的美国骆驼牌香烟，死磨硬泡，以斗麦之价卖给街头破庙上一个卖杂货的瘸子。母亲大怒，从未有过的愤詈，不等我把谎话编圆，"啪!"重重的一记耳光落在早已发烧的脸上。爷爷急了，上前解劝。母亲恭恭敬敬施上一礼，满含热泪，把爷爷"请"出上房。

我全身发抖，像面团一样瘫在地上。我没有反抗。从来没有打过人的母亲这会儿变成另一个人：周身在颤动，浑身是力气，三下五除二，像手提一只落汤鸡，很容易地就把我捆在大方桌的腿儿上。我一动不动，端正地跪着。我耷拉的脑袋已经悔愧，我的眼色里早就向酷刑告饶，但我心里明白，一场劈头盖脸的暴打碍难幸免。

一阵又一阵地劈头盖脸，直到笤帚疙瘩断成两截。

爷爷跌跌撞撞闯进屋，直冲着母亲："你就打死他吧，连我一块儿打死！"

母亲趴在桌上"哇"地哭了，非常伤心。

在我斯文的家庭，刚才一场武戏，无异于五级地震。

从此之后，老实做人，诚实说话，没有重犯，母亲没有再打，我更爱母亲，母亲更爱我。

后来，谁也不再计较我偷窃挨打丢脸的事，照样说，"从小看大，这娃有出息"。一天，大嫂问我："振纲，你将来想做啥？"我胡说什么："当县长！"大嫂说："你当县长可别忘了嫂子我哟！"

县长没有当上，二十多年后的"文革"中，却两次当上"现行反革命分子"，皮肉受苦，腚青脸肿。

干校深挖"五一六"反革命分子，我不承认我是"五一六"，一顿毒打，一点不手软，比起当年捆在方桌腿儿上挨母亲的打可怕得多。我挨了许多打，不是母亲打儿子，而是"革命打反革命"，不打白不打，打了也白打。

君不闻，"文革"中挨整、挨打"是娘打儿，不怨不怒，怨而不怒，不要跟党记仇！"1979年，刘绍棠刚平反不久，说："我是党的孩子，又是调皮的孩子，结果挨了打，娘打孩子，孩子也就不去计较了。"连丁玲也说，"娘打孩子"的屈辱不值得再提。把"公仆"比喻成"母亲"，把动手打人叫作"娘打儿"，这合适吗？再说了，"要文斗不要武斗"，党叫你将人往死里打吗？

是三娘教子吗？是三娘教子，一顿杖责，教我不欺不诈，守人的本分，从而明得失、知兴亡。

是三娘教子吗？是三娘教子，一个教我诚实不撒谎，一个教我撒谎不诚实。

我只有一个娘——亲爱的生母，加倍敬爱的地母！

原载《北京文学》2013年第6期

这样回到母亲河

彭学明

———————

一

就那么一针，娘就突然地去了。

娘望着我不舍而无望倒下的情景，成了一幅永远的画面，定格在我的今世与来生。娘倒下时艰难伸出的那只骨瘦如柴的手，那双哀求无助的眼，是画面里最尖锐、最残酷的，深深地钝锉着我的心，让我无处安生。那一针，常常把我从噩梦中打醒。

娘没来得及交代一句话，娘没来得及流一滴泪，娘也没来得及喊一声儿，我就恶狠狠地、硬生生地把娘推进了阎王殿。娘一直不肯去医院，说那是往阎王殿里送，娘到了医院也不肯打针，说那是索命的毒药。在娘的眼里，那针已经不是针了，而是蛇，针头是蛇吐的引信，药水是蛇含的毒液，一旦下去，就会毙命。可我就是不相信，我硬是以我的固执和无知、凶狠和暴戾，逼着娘去医院，就医打针。手无寸铁而又奄奄一息的娘无处转身，更无力反抗，只能眼睁睁地看着儿子把自己一步一步逼近死亡，送上绝路。千辛万苦，万苦千辛，娘在缓缓倒下的那一刻，是不是特别地寒心？

我知道，我心疼娘，可我不知道，我为什么要那么愤怒地对待娘？娘不就是固执地不肯上医院吗？我为什么要那么粗暴地把娘逼进医院？我为什么就不和颜悦色地、好好地劝说娘、央求娘、哄哄娘？娘不就是固执地害怕打针、不肯打针吗？我为什么要仇人相见、分外眼红？为什么不能像一只温顺的小绵羊，依偎在娘的床头，轻捏着娘的双手，为娘壮胆、给娘安慰？娘缓缓倒下想抓住儿的手求救时，我为什么还那么气呼呼地、冷酷无情地站在一旁，不把娘从鬼门关里拉回来？娘，就那么讨儿厌烦和记恨吗？

狼再狠，没有我狠。

蛇再毒，没有我毒。

朋友安慰我说：你也是为娘好，你也不会想到娘就这么去了，你是好心办坏事。

我说：不是，一点也不是！一个人，在娘死时，都没有给娘说一句温顺的话，都没有拉娘一把，这个人就不是人，更不是什么好心办坏事！想想看，当含辛茹苦的母亲在临终的一刻一秒都是在儿子愤怒的骂声和吼声中闭眼时，这个儿子有什么理由为自己开脱？这个儿子是好儿子吗？这个儿子会良心安宁吗？

我，就是那个良心不安的儿子。

我完全彻底地把娘弄丢了。

我不知道把娘丢到哪里了。

我不但弄丢了娘的爱和生命、娘的快乐和幸福，更弄丢了娘的历史和未来。我不知道娘从哪里来到哪里去，不知道娘想什么做什么。娘的童年少年，娘的青春爱情，娘的快乐悲伤，娘的内心隐秘，娘所有的人生轨迹和生命历程，我都不知道。我只知道娘的老家在湘西花垣县下寨河，只知道娘十来岁时，嘎公（外公）被国民党抓壮丁走了，一去不知生死，杳无音信。嘎婆（外婆）带着娘和舅舅、大姨逃难到了保靖县水银乡的梁家寨，嫁给了一梁姓人家。舅舅改姓梁。娘和大姨还是跟着嘎公姓吴。娘的大名吴桂英，小名吴二妹。

其余，就是空白。

娘在娘那个家族里，只是一个过客，匆匆一过，就没人再会想起或无从想起。也许娘的老家也在某个时候、某个场景想起过那个叫作吴二妹的小姑娘，但岁月沉重而艰辛的风沙，把娘的身影彻底湮没了，老家找不到娘的一点踪迹。在我的记忆里，娘也一直没回过娘家。也许，娘的娘家什么都没有了。娘注定了一辈子都被家族忽略，被儿女忽略，被世人忽略。

娘曾经问过我一句话：世界上什么最蠢？

我讲：不晓得。

娘笑：牛。

我讲：哪门（怎么）是牛？

娘讲：因为牛找不到回家的路。一个人要是连回家的路都找不到，肯定最蠢。

的确，牛不像狗和鸡一样走了千里还能回家。所以，我们湘西人讲一个人蠢或傻时，常拿牛来比喻：潲（蠢）得像牛。

娘就是一个乡村哲人。

而我明白得太晚。

在张家界工作时，我有一次不知想到了什么，突然心血来潮，问娘想不想回花垣县下寨河看看，要是想，我抽空带娘去。

听我要带娘回去寻亲，娘的两眼一直发着极为明亮耀眼的光。是我从没见过的光。是极度的喜悦、幸福和兴奋点燃的。是从娘的心里迸发的。所以如此明亮和耀眼。

娘兴奋地将信将疑地问：真的？你会带我去？

我讲：会。有时间就带你去。

曾经，娘贫穷、流浪和挣扎了一辈子，没有时间，也没有脸面回娘家看看。现在一切好了，娘又老了，走不动了。所以，当我主动提出要带娘去娘的出生地看看时，娘脸上的光泽一直闪亮。

娘的心，一定跟娘的童年一道，奔走在寻亲的路上了。

遗憾的是，我整天东奔西颠，并没有兑现对娘的诺言。我只是给娘开了一张空头支票，让娘空欢喜一场。

当娘有次怯生生地提起此事时，我还不耐烦地指责：你没看到我忙得死去活来，哪有闲工夫带你去寻什么亲？

我有生以来，好不容易给娘点了一盏希望的灯，却又出尔反尔地把灯灭了。

娘在黑暗的等待里，除了黑暗，还是黑暗。无边的黑暗里，我是那个把娘推向更为黑暗的罪人。

我得赎罪、还债。即便无法戴罪立功，也得以戴罪之身，赎戴罪之心。

我把娘弄丢了。我得把娘找回来。

我把心弄坏了。我得把心补完整。

二

2012年1月16日，我终于下决心踏上了到娘的老家寻亲、寻根的路。这是一条我年近50时才明白该要踏上的路。那是娘的血脉、我的根筋。我必须认清。

我要弄清楚我是怎样从娘那儿来的，娘是怎样从嘎婆那里来的，娘是谁的谁，我是谁的谁。任何人都不只是从母亲子宫里钻出来那么简单。娘的来龙去脉，娘的前世和今生，是我认清自己的最好胎记。

我把舅舅舅娘从梁家寨接来，带着舅舅舅娘从保靖县出发，前去花垣县，找娘。

　　花垣县是湘西土家族苗族自治州一个典型的苗族县，县里80%的人口是苗族。这个县最荣耀的两件事，一件是曾任中华人民共和国总理的朱镕基是在这里读书毕业的，朱总理来湘西寻根时，特地来花垣县拜望了母校，把花垣县真切地称为故乡。他对花垣县的一往情深，是花垣县人最骄傲的资本。另一件事是一代文坛巨匠沈从文的《边城》，就是以花垣县茶峒为背景的，翠翠和二老的故事，成了花垣县人最美好的记忆。

　　一路上都是晶莹剔透的雪。我多次写到过湘西的雪。我还是百写不厌。湘西的雪是没有污染的雪，远比北京的雪白、纯和亮。湘西落雪就是落雪，不会落其他的什么。而北京落雪的同时，还落漫无天际的工业废气、漫无天际的沙尘和漫无天际的雾霾，能有我湘西的雪白、纯和亮吗？

　　雪，使湘西大地更为宁静，空山鸟语，狗吠鸡鸣，都似乎雪藏了，我们只听得到雪的呼吸声。雪的呼吸，冷冽入肺，清新刺鼻，让人神清气爽。随着山势的起伏，茫茫雪原，就有了无尽温柔奇崛的雪线。那是雪的画框。画框里，是披着雪绒的树，盖着雪被的屋，和穿着雪袄的草垛。

　　舅舅舅娘给我讲了一路娘的故事，我流了一路心酸的泪。

　　舅舅讲：他们这辈人身世就很复杂，家庭很特殊。嘎婆一共生了4个孩子。我大舅、大姨、娘和舅。大姨、娘和舅是同娘同佬（爹），但与大舅是同娘不同佬。大舅的佬死后，嘎婆带着大舅改嫁到下寨河，嫁给嘎公，生下了大姨、娘和舅。嘎公被抓壮丁杳无音信后，嘎婆又带着大舅、大姨、娘和舅改嫁到了梁家寨，没有生养。

　　舅舅知道的，就这点，其他的舅舅也不知道了。

我问舅舅：你多久没有回花垣了？

舅舅讲：我小时候去花垣县拜过几回年，也跟你大舅到花垣躲过国民党抓壮丁。1952年你嘎婆去世后，就没有再回过花垣了。

60年了，一切早已物是人非。不知哪些还会让时间留住？

我问舅舅：你记得嘎公嘎婆的名字吗？

舅舅讲：我那时都由大人抱到手上的，两尺大，不晓得话，你嘎公嘎婆的名字不记得，只晓得嘎公叫吴老大，嘎婆叫杨二妹。

我的心，一下子像眼前的雪一样，结成了冰。舅舅怎么会连自己爹娘的名字都不知道呢？这怎么找啊？我一直以为娘只有舅和大姨三兄妹，居然还有一个大舅！同娘不同爹的大舅！娘的命运跟我何其相似！

我急切地问：舅，你记得大舅的名字吗？

舅讲：那怎么记不得，一起长大的。大舅喊姚老贝。

我问：大舅的老家你记得不？

舅讲：记得，老后坪。

那我们先去老后坪。我对舅舅舅娘讲。

舅舅舅娘讲：好。

老后坪的路，不怎么好走。车子在坑坑洼洼的路上颠簸了一阵后，不能走了，我们只能下车，步行。路面的雪开始化了，山路尽是泥泞。这条陌生而难走的路，居然让我有一种熟悉和亲切的感觉。一种胞衣和血脉相连的感觉从脚下滋生出来，直抵心上。踏实、亲切、轻快。我分明看见了娘和舅舅走过的脚印，看到了娘和舅舅的身影。

真是老天有眼，我们在村口碰见的第一个人就是大舅姚老贝的远房亲戚，叫姚本三。大舅跟他爷爷是弟兄。他叫大舅为贝爷爷。他才30多岁，只知道大舅名字，没见过大舅本人。于是，他热情地把我们带到了他婶娘家。他叔叔已经去世，只有婶娘在家。

他婶娘80来岁了，耳聪目明，精神好得很。见我们是去寻亲的，也格外热情，把在家的老人都叫来，一起回忆。按辈分，我得叫她表嫂。因为，她丈夫该是大舅的亲侄子。表嫂的快人快语，看得出表嫂当年的泼辣、干练、雷厉风行。

一堆熊熊的大火，一群热情好客的乡亲，都无法温暖我心中的凄凉和寒冷。我的心，像一层覆盖在老后坪的雪，怎么烤都烤不热，即便烤后融成了水，还是冰冷的——来得太晚了，没有人记得大舅的模样和故事，更没有人记得娘和舅舅的模样和故事。跟大舅和娘差不多年纪的都去世了。好不容易找到一个跟大舅和娘年纪差不多的老人，却整个都糊涂了。他们知道有这么一个叫姚老贝的大舅，知道他很早就跟着他娘，也就是跟着我的嘎婆去了保靖，却不知道大舅更多的什么。

老后坪人讲：都60年了，你们才来寻亲，怎么不早来啊？

我的泪一下子出来了，我哽咽着讲：才睡醒啊！要是早睡醒了，就不会这样了，后悔啊！

老后坪人赶忙安慰：来了就好，仁义！

幸好，舅舅发现了他曾经住过的那栋小木屋。那是一栋小厢房，有些歪斜，却依然挺立。显然，厢房已经没有住人了，杂乱地堆满了柴和杂物。正房虽然有人住，也是人去楼空。都外出打工了，寨子上见不到一个年轻人。尽管已是年关，年轻人都还在风尘仆仆往回赶的路上。我们见到的姚本三是最早赶回来的人。

见到这个厢房，舅舅的记忆也慢慢复活起来。舅舅讲，这是大舅妹妹妹夫的房子。大舅的这个妹妹，跟大舅是同爹不同娘，跟舅和娘没有任何血缘关系。舅舅曾经几次跟大舅一起来到这里躲国民党抓壮丁。一躲就是几个月。躲壮丁时，大舅就会带着舅舅上贵州、四川挑盐。挑回老后坪后，到花垣县城里去卖。有一次碰上了抢犯，盐被抢走了，大舅被打得遍体鳞伤，是舅舅把大舅背回来的。

被抢了几次后，大舅伤了心，觉得那个社会弱肉强食，不拿枪不行，于是也跟着人上了山，学着抢。可大舅点子斜，第一次抢，就抢了国民党县长的家当，被国民政府抓住后，劳改了一年。刑满释放，觉得无脸见人，在路上就上吊了。

舅舅讲：大舅命苦，一生四处漂泊，没有生养，无后无代。但大舅心地善良，得来的钱米都舍不得自己用，全部给了嘎婆。

老后坪人讲，大舅的父亲，也就是我的姚姓嘎公是在一次偶然的事故中死的。姚嘎公五兄弟在十里八村赫赫有名。赫赫有名的不是他们的名字，而是他们五兄弟中有四兄弟在取红苕时同时死亡。他们不知道苕洞捂得太久，里面全是沼气，一个个都是沼气中毒死的。我的姚姓嘎公也是在下苕洞去拉他兄弟时，沼气中毒死的。

红苕就是红薯。苕洞就是装红薯的洞。湘西人把红薯从地里收回家后，会在房前或屋后挖一个很大的洞，把红薯放进洞里，盖紧，捂严，保鲜。谁也不会想到，用了祖祖辈辈的苕洞，居然变成了大舅他爹，也就是我姚姓嘎公四兄弟的索命殿和阎王洞。哭瞎了眼睛的嘎婆在老后坪硬挺了一段日子后，带着大舅改嫁到了下寨河，嫁给了我亲嘎公吴老大，生下了大姨、娘和舅舅。

我给大舅家那边的远房亲戚每人送了2瓶茅台和1000块钱，算是代替娘走了一次大半个世纪都没有走过的亲戚。没进老后坪时，我以为娘和舅舅一样在老后坪待过，到了老后坪，我才知道，这些亲戚，娘都没见过，更别讲走过。这些亲戚除了知道大舅外，也不知道还有娘和舅舅这样的亲戚。岁月走得太快，日子过得太难，即便很近的亲戚亲情，都会变得远隔千山万水、互不相认。当人心和人性也变得冷漠时，即便只隔着一层肚皮，亲戚也不是亲戚，亲情也不是亲情。娘虽然一生都在挣扎和流浪，可娘的心中一直都给亲戚、亲情留有一把椅子、一个座位；娘的梦里，一直都在亲戚、亲情那里匆匆赶路，等待落座。娘曾经无数次想过寻找，想要越过这千山万水，拥抱亲戚，体味亲情，可，娘最终因为贫穷流浪，因为年老体衰，因为我的粗心大意和冷漠而未能如愿。

我是代替娘来还愿的！

我想，娘要是知道我在寻找自己的血脉、走访娘家亲戚的话，娘一定会高兴得老泪纵横。要是有金山银山，娘都会全部送给这些亲戚们。

可是，我很明白，老后坪还不是娘的根和我的根。下寨河，才是娘的根和我的根。我还得到下寨河去。

下寨河才是娘的母亲河。

三

当我第二次踏进花垣县寻根时，已经是2012年的4月2日。湘西到处都是明媚的春天。

湘西的春天里有嫩绿的叶芽和烂漫的山花。湘西的每一座青山都被新嫩的春光翻晒成嫩绿的叶芽，对着蓝天，竞相绽放。苍茫的绿意，滚烫的翠色，缠绵的诗情，都像黄鹂柔情蜜意的舌尖，一枚一芽，轻盈弹唱。一山一山的白梨花被弹开了。一岭一岭的红桃花被弹开了。一坡一坡的黄油菜花被弹开了。还有一树一树不知名的各种野山花也被弹开了。岁月的颜色。大地的锦缎。自然的杰作。白的素净，红的羞涩，黄的华丽，紫的矜持。而绿，永远是湘西最柔美的表情和笑容，光鲜鲜的，亮闪闪的，洗尽铅华，绝代风情。

下寨河在花垣县窝勺乡。到了下寨河，我才知道，下寨河既是一个村子，也是一条河流。寨子挺大，共有11个生产小组，1200多人，多是吴姓人家。听说下寨河三组还有一个95岁的老人耳聪目明，且能够下地劳动，我便带着舅舅舅娘直奔这位老人家。

看到这位老人时，老人正在地里挖地种苞谷。太阳正高，暖暖的太阳照得万山明媚、万物葱茏。老人叫吴代三，四世同堂。本可安享天伦，却田里地里忙个不停。村人讲，老人犁田种地砍柴挑水，样样能干，完全不像一个快是百岁的老人。湘西男人顽强和雄强的生命力，在老人身上得到了最好的见证。湘西男人为儿女活一天就辛苦一天的秉性，在老人身上也得到了最好的印证。

遗憾的是，老人对舅舅家的一切，一点都不知道。舅舅幼年断层的记忆，没有办法让一个95岁的老人帮着接起这个断层。这是一个太大太长的断层。每一线时间的窄缝里都看不到舅舅和娘这个家族的踪影。

我们只好告别下寨河，再去舅舅幼年记忆库里残存的灯笼坪。舅舅讲，他小时候在灯笼坪给他的舅舅拜过年，灯笼坪也许有我舅舅的老表活着。舅舅的老表们也许可以提供一些关于嘎公嘎婆的历史碎片。找到嘎公嘎婆的历史，就可以找到娘和舅舅的历史。可是，到了灯笼坪，五六个热情的老人无论怎么讨论回忆，都回忆不起这个寨子有一个叫吴老大的人被抓了壮丁，记不起吴老大娶了一个叫杨二妹的女人为妻，因为这个寨子根本没有吴姓人家，全姓彭。几个老人热烈讨论和回忆时，全是苗话。我这个苗族和土家族共同哺育出的后代，根本听不懂一个字，恍若隔世。就像我与娘的历史恍若隔世一样。

怆然而归的途中，舅舅突然看到了他熟悉的一个村子。一看到这个村子，舅舅就兴奋地讲，他当年就在这村子四周玩耍。舅舅讲，这就是他舅舅的村子。也许物是人非，也许是行政建制变更，这个村子不是舅舅记忆中的灯笼坪，而是一个叫窝巴的村子。在窝巴，舅舅的叙述终于和村人的叙述有了交错和重叠：舅舅的舅舅是篾匠，靠织篾篓和背篓为生；舅舅的舅娘信佛吃斋，从不吃肉。舅舅的舅舅一共有15个孩子，最后只剩下一个女儿。女儿出嫁后，舅舅的舅舅、舅娘就跟随女儿住到女儿家了。这个女儿就是我舅舅和娘的表妹，是我舅舅和娘在娘家唯一的血亲。舅舅兴奋的表情里，有了一抹难以控制的泪。尽管舅舅根本不知道有这样一个表妹。

窝巴人讲，舅舅的表妹叫杨秀花，表妹夫叫石老祥，住窝勺村。早就有人去通知杨秀花夫妇了。两口子放下春耕的农活，在村口迎接。他们做梦也不会想到，几十年后会从天而降一个表哥。这份天赐的亲情，他们得远远地迎接。

家里只剩下杨秀花两口子和一个两岁的孙子，两个孩子都打工去了。空巢家庭，在农村比比皆是。杨秀花告诉我们，小时候，她是多么渴望亲情，曾经多次问过她爹娘，为什么人家都有亲戚可走她就没有？如今突然有亲戚来寻亲，她很感慨和激动。她小时候只知道有两个娘娘，大娘在花垣县三角岩，二娘在保靖县，却都从来没有见过。娘娘即姑姑，苗语。她讲的二娘就是我的嘎婆杨二妹。她对我嘎婆的历史也一无所知。

也难怪，我嘎婆在1952年去世后，娘和舅舅就再也没来给杨家舅舅拜过年。而杨秀花1958年才出生，所以，杨秀花没见过舅舅，舅舅也没见过杨秀花，双方都不知道还有这样的亲戚。从没见我嘎公嘎婆，也不知道还有这样一门亲戚的杨秀花，当然就对我嘎公嘎婆的历史一无所知。满怀信心想得到的线索，到此全部中断，再无头绪。

几次寻找，我找到了嘎公嘎婆的小名，却没找到嘎公嘎婆的大名；找到了一个姚姓大舅和大舅的出生地，却没有找到娘和舅舅的出生地。嘎婆是窝巴的，那嘎公是哪里的？到底是下寨河还是灯笼坪？抑或另外一个村子？嘎公到底是哪一年被国民党抓壮丁走的？抓走后回来过没有？是死在国共携手抗日的战场上还是国共较量的内战中？或者，嘎公根本没战死在疆场，而是告老还乡老死老家，甚至当了共产党或国民党的将军，在另外一个地方安家？甚至是不是国民党大溃退时，跟着到了台湾？九泉下的嘎公在哪里呢？嘎公的九泉在哪里呢？找不到嘎公是哪里的，就找不到嘎婆离开老后坪后，改嫁到梁家寨前嫁到了哪里。那么，也就找不到嘎婆在哪里生下了大姨、娘和舅舅。找不到娘的出生地，就找不到我的根！

我最终没有找到我的根，那条与我和娘紧密相连的根。

每一个人的世界都是有根的世界。每一个人的生命都是有根的生命。在这个有根的世界和有根的生命里，我成了一个有根却找不到根的人。从未见过的爹，我都知道是保靖县复兴镇敖溪村的，养育了我一生的娘，我却不知道到底是哪里的，我的心里一阵阵心酸、悲凉和后悔。我用我的笔给世界讲了那么多的话，却居然不愿意在娘的有生之年跟娘多讲一句话。我用我的心跟世人诉说了那么多真相，却居然不愿意听娘讲一句真心话。我用我的爱给世间那么多关爱，却居然对娘是哪里的都漠不关心。那么多的日月，那么长的岁月，我只要问一句娘在哪里出生或早点带娘回乡省亲，我就不会连娘的出生地都找不到，不会连嘎公嘎婆的姓名也找不到。当很多人的历史可以上溯到几十几代时，我的历史到爹娘一代就模糊不清，连根断掉了。我把娘弄丢了，也把自己弄丢了。我找不到娘了，也找不到自己了！

我，悔！

四

千万里，我从北京追寻到湘西，只为找娘，只为赎罪，只为找到自己的根。可失败了，绝望了，也只好终止了。虽然，我一千个不甘心，一万个不甘心，可不甘心有什么用呢？自己的罪孽得自己承受。

我的几次寻找，虽然没有找到娘的出生地，我找娘的故事，却经过媒体的报道后，在三湘大地产生了不小的反响，读者及家乡父老，开始了接力寻找。他们说，这样的娘应该有安放灵魂的地方，这个迷途知返的儿子，也应该有个改过的机会、赎罪的机会，不然儿子的心不得安宁，娘的心也不会放下。

我母校吉首大学的师生们组织了40多位志愿者，开着两辆大巴，沿着我书中提到的下寨河这条河流，一个村庄一个村庄地寻找。我出生的家乡保靖县委宣传部、统战部的部长也带着我的舅舅舅娘和一批保靖县的读者去那个叫下寨河的村庄求证和寻找。那些在外地工作和读书的湘西人，也发网帖帮着寻找。花垣县的读者，更是为娘牵肠挂肚，他们就在娘的家乡，他们离娘最近，他们是娘的娘家人。所以，他们不想让娘在花垣县失踪或迷路，他们要让娘真真切切地回到家。他们是找娘最执着的人。一批一批地，他们先后来到下寨河，来到下寨河沿岸的村庄，寻找，寻找，再寻找。龙宁英、梁中金、石明照、谢成都、谢军、林成金、龙光平、吴玉华、龙科等等，认识的，不认识的，我可以列出一长串名字。尽管也没有找到，但他们的先后寻找，风一样吹遍了下寨河。整个下寨河的乡亲们，都知道有个作家彭学明在找娘，彭学明的娘好像就是下寨河的。

因此，下寨河的乡亲们，也开始了寻找。

正因为有了下寨河乡亲的寻找，才有了我的那位从未谋面的表哥吴家海苦苦寻找的故事。

表哥吴家海是下寨河村桐油寨人。两个儿子，一个女儿，女儿很争气，考上了省城长沙的一所大学，他就长年在长沙打工，一边赚钱一边照顾女儿。2012年5月回家时，他第一次从爱人口中听说了我们寻亲的故事。当听到寻亲的人是保靖县水银乡人时，他心里咯噔一下，想：是不是我家亲戚呢？因为，他从小就听他父亲说过，他父亲的伯父被抓壮丁走后，父亲的伯母带着几个孩子逃荒要饭到保靖县，后落户到保靖县水银了。但是，却阴差阳错，再也没有见面和走动过。于是，他连夜跟父亲旧话重提，让父亲再次回忆隔了半个多世纪的陈年往事。一聊，就到了凌晨3点多。他记了密密麻麻半个本子。

他不再下长沙打工，而是留在家里，希望等到再去寻亲的人。

而绝望中的我没有再去。绝望中的舅舅舅娘也没有再去。因为，我们以为再也不可能找到了。我们不知道还会有吴家海的父亲是活着的见证者，更不知道吴家海也在苦苦寻找。

偶然中的必然，转机在一个理发店出现了。

那时，已经是2013年的2月初，是中国农历2012年的腊月底。乡下人已经开始杀猪宰羊，置办年货，准备过年了。城里人也张灯结彩，到处是年的气息和欢乐。吴家海到花垣县城，置办点年货，理理发，好热热闹闹地过年。当他踏进理发店，跟理发员闲聊时得知，理发店老板的母亲居然跟我舅舅是一个寨子上的！这真是踏破铁鞋无觅处，得来全不费功夫，狂喜像闪电和雷霆，让他激动得流出一串泪来。远去的历史，往往就是这样，在不经意时，会戏剧性地拐过弯来，把断层接上，与现实相逢。

吴家海迫不及待地见到了店老板的母亲，给店老板的母亲讲了自己有亲戚在水银的有关情况。店老板的母亲觉得吴家海说的跟我舅舅家的情况有点相似，就给我舅舅打了电话，然后有了舅舅跟吴家海父亲——也就是我堂舅的历史性会面。

这个理发店，无意中成了我找到生命之根的福地。

理完发，吴家海一刻也不敢耽误，连夜跟他哥哥一道带着堂舅亲自去水银梁家寨村见我舅舅。当90岁的堂舅老泪纵横地跟我舅舅舅娘讲述嘎公嘎婆的历史，讲述娘、姨、舅舅和姚姓大舅时，舅舅和舅娘也一直泣不成声，而当堂舅讲出舅舅的另外一个名字"吴仕清"时，78岁的舅舅再也控制不住自己，抱住堂舅放声大哭！舅舅喊：哥啊！我就是吴仕清啊！我总算找到你们了啊！

两个隔离了将近80年的老人，穿过隔世的风雨，在漆黑的夜晚，放声痛哭！

当舅舅在电话里把这个喜讯告诉我时，我一下子就哽咽无声，任暴雨般的泪水，挂满两腮。放下电话，我像受了多年委屈的孩子，失声痛哭。娘啊，我总算做对一件事，总算找到您的出生地，找到了我的根！

感谢老天，还让我的堂舅如此健康地活着，才使我有了机会找到娘的家园，找到我的生命之根。

感谢娘，至死还深爱着自己的孩子，还引领着孩子找到了回家的路。

一直以为当年嘎婆是改嫁到保靖县水银乡梁家寨的。其实不是，吴家海的父亲，也就是我的堂舅的讲述，让我清晰地明白了娘的家族地图，看见了我的生命来路。

堂舅叫吴仕银，90岁了，属鼠，跟娘同岁，小娘半岁。堂舅说，我嘎公有三弟兄，个个高高大大，我嘎公是老大，他父亲是老二。堂舅叫我嘎公为大伯，嘎婆为大伯娘。嘎公三弟兄都给地主做长工。嘎公跟嘎婆结婚时，从老后坪带了个随娘儿，也就是汉族人所说的拖油瓶，叫姚老贝。嘎公跟嘎婆又生养了三个儿女，我娘，大姨，还有舅舅。嘎公被抓壮丁时，嘎公的父母四处借钱，想把嘎公赎回来。却最终没有借到而眼睁睁看着嘎公被国民党用铁丝绑着大拇指，与其他人串成一串抓走（这与娘给我讲述的用铁丝绑着大拇指这个细节完全吻合）。嘎公被抓走后，曾经来过一封信，说那里特别冷，要嘎公的父母及我嘎婆给他寄两双布鞋和两套衣服。堂舅估计我嘎公是被抓到了北方，在北方打仗，不然不会那么冷。一屋人都给地主当长工，哪里来钱给嘎公置办衣服和鞋子，嘎公的要求就成了泡影。嘎公也就此杳无音信。堂舅说，肯定是战死沙场，为国捐躯了，只可惜死在哪里死在何时都不晓得。嘎公被抓走，地主嫌嘎婆一个人带着4个孩子，吃得做不得，就不要嘎婆在地主家做长工了。养不活孩子的嘎婆，只好带着4个孩子逃荒讨米，就此再也没有回来过。也不知道是生是死。

上世纪80年代初，下寨河一个叫吴孟虎的老师到保靖县葫芦乡赶集做生意，路过水银乡。天黑了，不敢再一个人赶夜路，就敲开了水银乡一户陌生人家的门，讨歇处。这户人家的主人半夜起床给吴孟虎煮了一鼎罐饭，还打了几个鸡蛋，收留吴孟虎住了一晚。第二天还盛情地给吴孟虎杀了一只鸡，挽留吴孟虎多住几天。吴孟虎要赶回去给学生们上课，就没有多留。但吴孟虎却给堂舅带回了一个惊人的消息，这个收留吴孟虎住了一个晚上的人也是花垣县下寨河人，而且是堂舅家的堂姐。这人听说吴孟虎是下寨河人时，哭了，向吴孟虎打听堂舅家的情况。堂舅这才知道他当年从家里逃荒讨米出去的大伯娘一家落户到了水银。

这个收留吴孟虎住了一晚的人就是我娘！

吴孟虎借歇的就是我家！

可惜这个名叫吴孟虎的人也早已作古，要不堂舅跟舅舅会见面更早。

堂舅对舅舅说：是老天有眼，是我们的二姐——学明的娘在天堂保佑我们相见！要不是二姐仁义、心好，收留吴孟虎住一晚，我们也就永远不会知道你们的下落，我们就断了这唯一的一条线索。

人间真是有太多的机缘巧合，有很多命中注定无法改变的东西，但无论是机缘巧合，还是命中注定，都不是无缘无故、空穴来风，无论怎样的变数和定数，都是前世今生积下的，或积的善，或积的德，或积的恶，从而种瓜得瓜、种豆得豆，善有善报，恶有恶报。娘一生的善、一生的德和一生的爱，就证明了这条千古不变的训示和定律。没有娘一生做人的善良与品德，就没有我们今生幸福喜悦的相逢。

五

找到了娘的出生地，我心里并没有如释重负。我现在做得再好，都换不回娘的生命，都无济于事。我都不能将功补过，不能恕罪赎罪。但不能因为换不回娘的生命，我就不去将功补过，不去做我还能做的事，不能因为对娘对我无济于事，就不去以心赎罪、做我该做的事。人生就是一杆秤，只要秤砣压上，就有重量，就得负重，就得过秤。我便一寸一寸地数着时光，等待着带娘回家的那天。

我带了5张娘的画像，然后把娘的画像一一过上塑，装上框。我想回去时，给兄弟姐妹一人一张。我不能光让娘保佑我一人，还要让娘保佑所有亲人。我不能光让我一个人想娘时能够看到娘，还要让我的兄弟姐妹们想娘时也能够看到娘。

娘的画像惟妙惟肖，生动传神，跟活着的娘一样。娘的表情是那么慈祥而安宁，娘的眼神是那么坚毅而淡定，娘就那么平和地坐着，看着这个世界和儿女们。给娘画像的画家叫胡晓曦，是徐悲鸿学院毕业的，知识产权出版社的美编。这个二十几岁的年轻人说，她不是用笔画出来的，而是用心描出来的，是画笔经过灵魂的洗礼后用情一点一滴地绣出来的。

2013年的4月2日，我带着娘的遗像和遗愿，带着儿子一生都无法弥补的遗恨和遗憾，回到了下寨河。

有生以来，我第一次陪娘回家。

下寨河的乡亲们，一个月前就开始准备迎接娘和我们这些儿女了。他们怕路高低不平，摔着了娘，把路重新铺上了沙子和水泥。他们怕房子太老太旧，娘住不习惯，把房子重新整修和上了桐油。他们杀猪宰羊。他们杀鸡破鸭。他们把一个寨子最好的东西，都全部拿了出来，招待娘和娘的儿女们。

快进家门时，吴家海兄弟把娘的画像从我手中接过，领娘进门。他们是娘最亲的晚辈，最亲的亲人，他们以最隆重的礼仪烧香、奠酒、祈祷，把娘放到神龛，与祖先一道供奉。娘是这个世界上保佑所有亲人的神！

仁慈的巴代雄（苗族祭祖的巫师）用苗语为娘唱起了古老的苗歌：

顺水漂，随水流，落叶漂到山外头，背井离乡儿女苦，无年无月无盼头。

星子起，星子落，星子落到下寨河，爹娘盼崽崽没回，眼泪泡饭魂打落。

这首歌，让堂舅和舅舅再一次想起了过往凄苦的岁月。堂舅指着门前的一丘水田和一块空地对我说，那一片过去都是大地主的田土，我爹我娘，还有你嘎公嘎婆都一无所有，都给地主打长工。你嘎公在他们几弟兄里是老大，既要养你娘你舅舅他们，又要照顾兄弟姐妹和老人。你嘎公嘎婆就是在那丘田里搭了个茅棚子，成了家，生了你娘、你大姨和你舅舅。后来你嘎公和我爹他们三弟兄，凑齐了8吊钱，把这丘田和地买了下来，新中国成立后交了公。改革开放，田土到户后，你吴家海哥哥又把这丘田和地买了回来。这也是命中注定你娘的根就是我们吴家的，哪个都刨不断、挖不走。

堂舅说，你娘那时候就听话、懂事，大人们帮地主干重活，你娘就帮地主扯猪草、砍柴火，地主就会给你娘一碗苞谷糊糊。你娘舍不得吃，端回家，分给你大姨和舅舅吃。你娘那时候个子小小的，但吃得苦，要得强，不怕死，哪个敢欺负你大姨和我们，你娘都会第一个冲上前，跟人家打。可惜的是，你嘎公被抓壮丁后，你娘和舅舅他们就被你嘎婆带着外出逃荒要饭去了。那时候，你娘不到10岁，你舅舅还被抱到手里的，才1岁多点。我们以为，你娘他们都会讨米转回来，没想到，一去就没有转回来了。80年了，外甥，要是你娘活着，我们能够见上一面多好！

说着，堂舅就哭了起来。舅舅舅娘也哭了起来。

堂舅说，不怪你娘，怪我。那回，吴孟虎老师从你娘那里回来后，我晓得你娘他们在水银了，我也没有去找，没去走。因为吴孟虎讲，你们日子过得很穷很苦，我也过得很穷很苦，我帮你几母子送不起二两米，出不起二两力，就连一颗水果糖都买不起。我没有脸去，也没有钱去。人穷面浅，人穷脸红，人穷了，直不起腰，讲不起话。

还有一个更深的原因，堂舅没给我说，但吴家海表哥给我说了，那就是堂舅当年当农会主席和贫协主席时，也因为穷，跟自己的亲弟弟为了一件事反目为仇，伤透了心。堂舅跟吴家海表哥说，个人的亲弟弟都像死对头了，堂姐堂弟又有好多亲情可言、可信？所以，堂舅也一直没去找我娘我舅，没有去找他的这几个堂姐堂弟。

是的，在那样的年代，当政治强硬、生活贫穷、日子艰难时，亲情、友情，还有人情、人性，都会软弱得不堪一击。为了生存，人们想保持那份尊严，却反倒失去了尊严；为了生计，人们想找一条活路，却反倒被逼上了绝路。在贫穷的十字路口，亲情和友情，既可能走拢来，相濡以沫，也可能转过身去，爱莫能助，更可能你争我斗，大打出手。穷，更多的时候是一把杀猪刀，会让人在自卑中有意无意地杀死自尊和亲情。

我跟兄弟姐妹们来到水田边。望着一汪田水，我仿佛看到了嘎公嘎婆用茅草搭的那个工棚，看到了娘和嘎公嘎婆在茅棚子里进进出出的身影。我看见娘光着脚板在田土边扯猪草。看见娘扎着小辫子在森林里砍柴火。看见娘抱着一岁的弟弟在哄着入睡。我甚至听到了娘出生时那声嘹亮的啼哭。面对苍天，我扑通一卜跪倒在田边，亲吻生养我娘的这块土地，叩拜娘和祖先的在天之灵。我点上香，烧上纸，然后把《娘》书，一页页撕下，烧给娘看。那一个个字，是我的一句句话；那一声声喊，是我的一阵阵痛。娘啊，娘，儿子总算找到回家的路了，找到回乡的根了，儿子终于带您回来了！您安息吧！娘！

在苗家的长桌宴上，下寨河的亲人们又一次唱起了苗歌。我无言以报，只能深深鞠躬，为亲人们演唱了一首《父老乡亲》，我特别喜欢这首歌，有血有肉，有情有义，有温度。

当我唱到第二声"喊我乳名"时，我突然泪雨滂沱，痛哭失声。

曾经，娘是一片嫩嫩的树叶，被命运的狂风暴雨从下寨河刮走，而今，我是一条小小的银鱼，亲情的力量让我往下寨河回游。是娘的土地，娘终究会落叶归根；是娘的孩子，娘终究会深情亲吻。

六

下寨河只是湘西的一条小河，不过50公里。从下寨河起步，到清水河交汇，流入酉水，注入沅江。她是一个小个子的苗家女人，却是一个大气大度的苗族母亲。

下寨河成了湘西苗族名副其实的母亲河。下寨河两岸的山，虽然依然陡峭险峻，但一山山连绵起伏的绿色，却把山势铺得温润柔和。尽管铮铮铁骨、傲然挺立有奇峰，依然是江山万里、一派宏阔。水，永远是一匹柔软的绫罗绸缎，依着山势，层叠蜿蜒。那曾经洗去苗族祖先风尘的河，如今是那样的深情款款，一步三回，千回百转；那曾经荡涤敌寇铁血的水，如今是那样的碧绿清澈，妩媚宁静，欢快丰满。风生，水起。雾飘，霓岚。河岸上满山的野花，在波光激滟中，摇曳，浸洇，成一团团斑斓的流彩。绿色里满山的鸟鸣，跌进瀑布，与瀑布的歌声，联唱，和鸣。一首苗家的女歌，总是箭一样从某个地方射起，刺破青山，冲向天空，行云流水，悠扬动听，那一定是有村落、人家，有炊烟、饭香了。而最美的那个村庄、最香的那粒米饭，就是娘的那个下寨河桐油寨，一个苗语叫"喔吧豆油"的地方。

"喔吧豆油"是苗语，汉译"长满桐油树的寨子"。桐油树是湘西极不起眼的一种树，一张张绿色的阔叶，就像一张张圆圆的大脸盘。花朵也大朵大朵的，小喇叭一样，开得很白，开得很茂，朴素，不香，却是生命的怒放。桐油花的美不在外表，而在花心和花蕊，花心和花蕊里那一笔笔的红、一线线的黄，就像苗女一笔一画描的、一针一线绣的，一束一束，一绺一绺，一抹一抹，浓淡有致，甚是好看，就像下寨河的人。他们就跟这桐油花一样，朴素、普通，极不起眼，却满山怒放。当年，娘、舅舅，还有大姨，像桐油花跟着嘎婆飘落异乡时，娘的记忆里就是这满山的桐油树、满山的桐油花。我抓了一把桐油寨的泥土，又摘了一朵桐油寨的桐花，用桐叶包着，带回了北京的家。我要让娘天天看到故乡的桐油花开，时时闻到故乡泥土的气息，我要让娘的灵魂在故土大地得到安放。我想，只要娘在儿心，这朵桐花就不会败，这片桐叶就不会枯，这抔泥土就不会腐。

回首整个找娘寻根的过程，似乎结局非常圆满。其实，不然。我只是找到了娘的出生地，找到了我生命的根和本，找回了一个儿子对母亲应有的心。娘，却永远在另一个世界，永远找不回来了。我把娘依然彻底弄丢了。我对娘所犯的一次次错、一回回罪，我对娘欠下的种种愧疚，都是不能以一对抵百错的。我认识得再深刻，忏悔得再彻底，救赎得再完美，都不可能让娘重活一次。所以，我只能一辈子活在愧疚中、悔恨里，只能一辈子经受良心的拷问和煎熬。

我希望通过我的寻找，能够让亲朋好友及读者们吸取我的教训，趁着父母健在，好好珍惜父母和亲情。父母和亲情，有时也会像雨或水，说来就来，说走就走，一去不复返的。趁着父母健在，多听听父母的人生故事，多摸摸父母的历史镜像，父母的人生和历史，就是我们的人生和历史，就是我们的根和本。我们的现在，我们的未来，都是父母的人生和历史指明的方向和来路。不了解父母的人生和历史，就是不了解自己的方向和来路，就是没有自己的根和本。

我不知道在这个世界上，在这样的时代里，我们有多少人真正了解自己父母的人生和历史，有多少人愿意了解自己父母的人生和历史，有多少人把了解自己父母的人生和历史当作快乐、当作幸福、当作一个孩子应有的使命。或许，我们更多的人只是领导的唯命是从者却不是父母的聆听者，我们宁愿待在恋人情人身边听恋人情人说一千遍废话假话而不愿意待在父母身边听父母多说一句真话实话。当整个社会和时代都想着权财、孩子和自己时，还有多少人在想着父母和根本？也许，我们太多的人把父母忽略了，把根本忘记了。当我们离生养父母的土地和生养我们的家园越来越远，越来越接不上地气和人气，越来越没有故乡和根本时，我期望在我寻根寻娘的举动里，大家能够吸取我的教训，莫忘根，莫忘本，找到根，找到本。

是时候停下忙碌的脚步，多回父母身边了。

是时候放弃一点点功名利禄，多想想回家的路了。

只要是母亲身上的一滴水，就得回到母亲身旁的母亲河，只有母亲，才会让儿女们的河床永远丰盈，不会干涸。

原载《人民文学》2014年第6期

我和父亲之间

陈建功

————————

二十多年前，1994年9月5日凌晨，先父因脑溢血突发病逝于张家界的一家宾馆。父亲那时已从北京调到广州工作，是为出席湖南籍已故经济学家卓炯的学术研讨会而去那里的。上午，接到噩耗，我先是飞往广州，又和父亲单位的领导以及几位亲属一起飞往长沙。多亏湖南省有关方面鼎力相助，派车送我们赶赴湘西，料理丧事。

"养在深闺人未识"的张家界，自从被吴冠中先生推崇，后又经摄影家陈复礼等人传扬，到了上世纪90年代，已是名满天下了。我对它当然也心仪久矣。然而谁能想到，自己竟以这样一种方式到了那里。

自此很长一段时间，不愿提张家界，不愿提武陵源，不愿提索溪峪。

那是我的伤心哀痛之地。

再往前数十年，1984年，我失去了母亲。十年后我又失去了父亲。令人不胜唏嘘的是，父母的离去都如此突然，连抢救时的焦虑都不容儿女们承担。母亲离去时我在南京，那是到《钟山》杂志讨论《找乐》的定稿事宜。离京前一天我还回到家里去看她，没想到第二天飞机还没在南京落地，《钟山》便已得到我母亲因心脏病突发而逝的消息。而父亲，竟是在异乡终老。这种方式恰如父母的一贯作风，他们一生不愿给任何人添麻烦，包括自己的子女。

父母的一生并没有多少传奇性。父亲唯一令我吃惊的事迹，至今我还将信将疑：1949年，我妈怀上我不久，他就离开家乡北海，远赴广州求学。据说那一次远行很有些惊心动魄——几天以后他只剩一条短裤，狼狈不堪地回到家里。他说船至雷州半岛附近遇到了台风，船被打翻，他抓住一块船板，凭借过人的水性而逃生。"你知道台风来时那海浪有多高？足有四五层楼高呀！"这故事是他教我游泳时说的。我当时就质疑他讲这故事，只是为了给我励志。那时我还不到八岁，可见就已经不是"省油的灯"。当然，那一年，我爸最终还是从北海来到了广州。不久，广州就成为叶剑英治下"明朗的天"，他顺风顺水被吸纳进新中国培养人才的洪流，进入了南方大学。而后，他又被送到北京，在人民大学读研，最后留在那里任教。我爸离开北海不久，北海也解放了，我妈也和全中国的热血青年一样，被时代潮流裹挟进来，先是在北海三小做副教导主任，随后也获得到桂林读书的机会。她毕业于广西师范学院中文系，毕业后被分配到北京工作。

1957年，父母应该是在北京团圆了。夏天，父亲回家乡接祖母和儿女上北京，我才第一次见到父亲，那时我已经跟着祖母长到八岁。"留守儿童"忽然发现，时时被祖母挂在嘴边的"爸爸"回来了！其实此前我已无数次看过父亲的照片，并向同龄人炫耀。在那照片里，爸爸穿着黑呢子大衣，头戴皮帽，站在雪地上，一副英气逼人的模样。就是为了找这个人，我曾经求赶牛车的搭我，沿着泥泞的小路，吱扭吱扭地走了一下午。天傍晚时，扛不住好奇的赶车佬问我：细嵬，你坐到哪里才下？我说，离北京还有多远？我到北京找我爸呀……那赶车佬吓了一跳。他说他也不知道北京有多远，但坐这样的牛车肯定是到不了啦，"细崽，天黑啦，野鬼要出来捉人啦，赶快回家啦！"……那时我才明白，坐牛车是找不到爸爸的。

而忽然有那么一天，一个人，一手拿着一只装满了花花绿绿糖球的玻璃小汽车，张开胳膊把姐姐和我搂到了怀里。这就是爸爸呀！络绎不绝的亲友提着活鸡活鸭和海味，来看望"从北京回来的阿宝"；过去曾牵着父母的手耀武扬威的玩伴儿们，趴在院子的栅栏墙外观看……从此我寸步不离地尾随在我爸的身后，直到一顿痛打把我扔到了可怜巴巴的地方。

离开少年北海半个世纪之后，当我以花甲之身回到故乡的时候，在我的姨表弟阿鸣家，看到了当年我爸爸用他带回的相机为他们拍摄的"全家福"——四姨和四姨父站在中间，左右站着他们家的五个孩子。四姨和四姨夫已然过世，表姐妹和表弟同我一样，当年不过垂髫总角，今亦老矣。谈笑间大家说这是我和他们仅存的童年照——因为就在作为背景的公园凉亭里，我不知什么时候溜进了画面，远远地骑在栏杆上，肢体语言里散发着不平。这就是当年我时时刻刻要独霸父亲的"眼球"，不准任何人染指的铁证。然而也正是这独霸的心思，招来了平生挨的第一顿，也是唯一的那顿痛揍。

回想那次，我实在没有理由为自己开脱——起因是我爸那天中午和我的四姨父一起到我家附近的酒楼吃饭。这是何其简单而自然的事情！可一直"监视"着爸爸去向的我，为我爸不带我去而气恼。我居然跟踪他们到酒楼门口，"坐实"了父亲的"罪证"，随即回家向祖母告状，要祖母"御驾亲征"。祖母固然不会糊涂至此，却也顺着孙儿指天咒地，甚至言之凿凿地许诺，待这儿子回来定痛打无疑……谁知这都无法平息我的骄蛮。父亲和四姨父吃完了饭，回到家，看到了正在院子里撒泼打滚的我。

　　估计自从回到故乡，我爸已经忍了我几天了，一直想找个机会践行"棍棒"与"孝子"的古训。他先让四姨父离开，又把蹲在身边哄我劝我的祖母拽回屋里，反锁了屋门。听到祖母在屋里又哭又喊，我还不知道大祸临头。直到我爸提着一根竹棍冲到跟前，我才恍然大悟。我被按在当院，当着篱笆墙外围观的街坊邻居的面，连哭带号，饱饱地挨了一顿。

　　到今天还在思忖，是不是自此我就变成了一个敏感、内向的人？

　　此后我爸再也没打过我，甚至连粗声的训斥都没有。我相信父亲也一直在为那次暴打而后悔着，虽然其错在我。我感到他的一生都在弥补。比如他每一次到外地讲课回来，都会给我买一件玩具。那些玩具是有训练动手能力的拼装模型，有带有小小马达的电器组合。如今想起来，相比我并不富裕的家境，那些玩具的价格，都令我大感吃惊。后来，父亲又给我买了《少年电工》、《少年无线电》，而由此衍生的各种电工器械、无线电元件的开销，更是巨大。我还清楚地记得父亲带我到地处新街口的半导体元件店，为我买下的那个半导体高频管的型号是3AGl4，其价为六元一角六分，而那时父亲的月薪，仅仅是八十九元。我至今还记得，那店员用电表帮我们测试三极管的时候四周的电子迷们那艳羡的目光。而我，从挨打以后，似乎已经"洗心革面"，成了一个"乖乖崽"，甚至可以说有一点唯命是从。我虽不再骄纵，却也从此和父亲生分。只要面对他，我永远会感到游弋于我们之间的一种隐隐的痛。至今想起自己在少年时代那永远不卑不亢的沉默，让我为自己羞愧，更为父亲心痛。难道我是个记仇的孩子吗？我为什么再也没有在他面前展露过作为儿子的天真与无忌——哪怕是得到一件玩具后的欣喜，跑过一趟腿儿回来复命的得意？

　　不过后来我又怀疑，也许，我们之间隔膜的起因，并不像这样富于戏剧性。作为一个父亲，待孩子长到八岁时才出现，无论你再想怎亲，大都无济于事了吧。

直到他去世，我也没有找到机会，把我们之间的隔膜作个了断。

当然我是爱他的。我又何尝不知道他也爱我们？

回想起来，其实从我很小的时候，父亲就开始为我谋划为生之路了。我甚至看出来了，是学"理"还是学"文"，父母有着不同的梦想。我妈之所以要我做文学，用今天的话来说，因为她当年就是个文学的"脑残粉"。我少年时代偷看过她的日记，走异路寻他乡的理想，破牢笼换新天的激情，洋溢其间，后来便明白其源盖出于鲁迅和巴金。父亲并不和母亲争辩，但他不愿我"子承父业"，从事文科类的工作，是显而易见的。比如他对自己的"工业经济"专业，甚至不比做木工电工水暖工兴致更高。他对我妈隔三岔五就"点赞"我的作文也从来不予置评，只是每当他修理电闸、安装灯泡的时候，都把我叫过去扶凳子，递改锥。他还教我拆过家里的一个闹钟，又教我把它复原。我的未来，似乎做个修表工更令他欣喜。

年齿日增我才渐渐地理解了，父亲似乎对过往"意识形态领域"不断的"运动"更为敏感。而最终使我恍然大悟的，是他原来和我一样，很久以来就隐隐地感到，头顶上一直笼罩着一团人生的阴影。

"阴影"应该是在我全家移居北京两年以后笼罩下来的。那时候知识界有一场"向党交心"的运动，父亲真正由衷地向党交了心：解放前夕他大学毕业时，为了不致失业，曾经求助过一个同窗，据说那同窗的父亲是一个有来头的人物，亦即今人所言之"官二代"吧。随后我父亲发现，那"官"是一个国民党的"中统"。为此他狼狈逃窜，再也没有登门求助。

父亲这种完全彻底的"交心"之举，来自于那个时代青年的赤诚，也薪传于"忠厚传家"的"祖训"，就像高血压脑溢血，属于我们家人祖传的病患一样。而父亲终生的遗憾，就是这"忠厚"竟使他成为一个

"特嫌"。那时候他还不到三十岁，全然没料到这样的后果。直到"文革"中两派组织打仗，争相比赛揪"叛徒"、抓"特务"，他被"揪"了出来，这才恍然大悟，原来早已入了"另册"！他这才明白，为什么争取了几十年，入党的梦想永难实现？为什么兢兢业业、勤勉有加，也永远不能得到重用？而我，当然也如梦方醒，明白了自己何以不能入团，不能参军，不能成为"红卫兵"而被称之为"狗崽子"……被高音喇叭宣布"揪出来"的那天凌晨，父亲把我和姐姐、妹妹叫了起来，坦诚地把向"组织"交过的心又给儿女们"交"了一遍。他请我们相信他，他不是特务。绝不是！

我记得听他讲完了，姐姐和妹妹都在看我。

我当然相信他，但我只是点点头，"唔"了一声。我早已不会在他面前表达感情。

又十年，他终于得到了"解除特务嫌疑"的结论。

那时候我还在煤矿当工人，已经快干满十年了。我妈来信催我温书考大学，还告诉我，父亲被"解脱了"。我记得母亲的笔调仍然激情洋溢，她赞颂了高考的恢复、政策的落实，还赞颂了南下北上、调查取证的"组织"。

然而由矿区回到家里，听母亲说父亲还是决计南调广州。

我理解。

其实，在人民大学，比他冤的人就有的是。比起那些蒙冤者，这点委屈又算得了啥？但对于他，这就是一生。他若继续留在"人大"，那个笼罩了他近三十年的心理阴影或将挥之难去。

父亲平反南调后，据说终于入了党，先是参与了中山大学管理系的筹办，最后做到广东管理干部学院的副院长。在别人看来，他晚景辉煌。我却觉得，"辉煌"之谓，言之过矣，但他在广东，疗治了中年时代留下的心灵创伤。作为儿子，聊可慰藉吧。

我们之间的隔膜，却只能是永远的遗憾了。

我所能做的，就是小心翼翼地待我的孩子。

当然，更期待，这世界，小心翼翼地待每一个人。

原载《上海文学》2015年第6期

父亲的荣与辱

梁晓声

————————

一

我的父亲是新中国第一代建筑工人。

我上小学前见到他的时候是不多的——他大部分日子不是家里的一口人，而是东北三省各建筑工地上的一名工人。东三省是新中国之重工业基地，建筑工人是"先遣军"。

那时的我便渐渐习惯了有父亲却不常见到父亲的童年。

我上小学二年级那一年，父亲所在的建筑工程公司支援大三线建设去了，父亲报名随往。去与不去是自愿的，父亲愿去。作为新中国第一代建筑工人，他觉得能在国家需要时积极响应号召，是无上之光荣。

父亲远赴外省之前，母亲与他几次发生口角——因为水泥。

当年的哈尔滨，除了道里、道外、南岗三处市中心区，大多数居民社区其实没有什么明显的城市特征可言，多是一片片的泥草房，即黄泥脱坯所建，稻草为顶的一类房子。长江以北的中国农村，家家户户住的基本是那类房屋。而住在哈尔滨市那类房屋内的，大抵是 1949 年以前"闯关东"的农民——我的父亲也是。他们没钱在市中心买砖房，城市也没能力解决他们的住房问题。他们只能自己动手解决，并且，也是买不起水泥和砖瓦的。所以，只得在经允许的地段自盖那类泥草房，形成了一片片当年的城中村。

那类房屋，每年都须用黄泥抹一层外墙。因为经过一年的风吹雨打，起先的一层黄泥处处剥落，土坯墙体暴露出裂缝，如不再补一层泥，冬季必然挨冻。俗话说，"针尖大的缝隙斗大的风"啊。

为使黄泥不易剥落，人们想出了多种多样的和泥之法。普遍的经验，是将草绳头、破袋子、草帘子拆开，剪为等长的干草截搅入泥里——那个年代，除了市中心，农村进城的马车几乎随时随地可见，城里人只要留意，草绳破草袋子草帘子也几乎处处可以捡到。甚至，这一户城里人家可以向那一户城里人家借到铡刀。足见，某些所谓城里人家"城市化"的历史有多么短。他们转变身份之前，即将某些农具带入城里了，预见必会有用，也将完整的农村生活习惯带入了城里，如养鸡鸭，养猪。少数人家，虽已入城市户籍，却无工作，靠围一块地方养奶牛卖牛奶为生。像在农村时那样，以土坯盖房屋，以泥草维修房屋，对于他们是轻车熟路之事。对于我的父亲也是。

然而成为城里人后，毕竟会学到新的经验以使干后的墙泥结实——将炉灰拌入泥中，便是很城市化的法子。但一户人家烧一冬季的煤，其实煤灰多不到哪儿去，即使挺多也没处堆放，用时还需筛细，挺麻烦。所以，此法往往只在和泥抹内墙、炕面、窗台或锅台时才用。在当年，筛细的炉灰对于寻常百姓人家便如同水泥了。

记得有一年，一座炼铁厂搬迁了，引得许多人家的老人女人和孩子纷纷出动，带着破盆、破筐，推着小车争先恐后地前往。

去干什么呢？

　　原来铁厂的某处地方，遗留下了厚厚一层铁锈——聪明的人不约而同地想到，将铁锈和到泥里，干后的泥面一定不容易裂，大约也比较能经得住水湿。事实果然如此，并且泥面呈褐色，也算美观。

　　我家住的虽然是当年的俄国难民遗留的小房屋，已有三十几年历史了，地基下沉，门窗歪斜，早已失去了原貌，比刚住几年的草坯房差多了。父亲早已开始用黄泥维修了。

　　某年父亲和泥抹房子时，母亲又一边帮他一边唠叨不休："说过几次了，让你从工地上带回来点水泥，怎么就那么难？"

　　父亲那时每每板起脸训母亲："再说多少次也白说！从工地上带回来点儿？说得好听，那不等于偷吗？水泥是建筑行业的宝贵物资，而我是谁？……"

　　母亲也每每顶他："说来听听，你是谁？你不就是十七岁闯关东过来的山东农民的儿子梁秉奎吗？"

　　父亲则又不高兴又蛮自豪地说："不错，那是从前的我，现在的我是中国第一代建筑工人，中国领导阶级的一员！休想要我往家里带公家的东西，你那是怂恿我犯错误，有你这么当老婆的吗？"

　　"抹抹窗台、锅台、炕沿，那才能用多少水泥？怎么话一到你嘴里，听起来就是歪理了呢？"——母亲光火了。

　　"我把咱家的窗台、锅台、炕沿用水泥抹得光溜溜的了，别人一眼不就看出来了吗？你当别人都是傻子？如果谁一封信揭发到我们单位去，班长我还当得成吗？"——父亲也光火了。

　　"那就不当！不当又怎么了？我问你，那么个小破班长，不当又怎么了？"母亲则将铁锨往泥堆上一插，赌气不帮他了。

　　为了修房屋时能否有点儿水泥，父母之间不止发生过一次口角。

　　当年我的立场是站在母亲一边的。我讨厌窗台、锅台、炕沿经常掉泥片儿的情形。依我想来，就是一次带回家一饭盒水泥，几次带回家的水泥，也够将我们的小家很主要的地方抹得美观一点儿了。当年我也挺轻蔑父亲将自己是一名建筑工地上的工人班长太当回事儿的心理。在这点上，我的一辈子与父亲的一辈子完全不同。父亲当他的班长一直当到"文革"开始那一年，以后不再是班长了，似乎是他心口永远的"痛"。而我这一辈子，从没在乎过当什么。不管当过什么，随时都可以平静地对待被"免去"的结果——只要还允许我写作。而今，连是否"允许"我继续写作都不在乎了。快七十岁的人了，爬格子爬了大半辈子了，一旦不"允许"了，不写就是了。

父亲去往大西南的前一天晚上，母亲又与他闹得很不愉快，还是因为水泥。

母亲一边替他收拾东西一边嘟哝："说走就走，一走还去往那么老远的省份，把这么个破家丢给我和孩子，叫我们往后怎么办？你看这炕沿、窗台，还有外屋那……"

父亲打断道："还有外屋那锅台是不是？你就别叨叨了，饶了我行不行？我还是那句话，占公家便宜的事我肯定不干，因为我是领导阶级一员，领导阶级得有领导阶级的样子！"

父母之间的不快，使父亲与我们临别前那一个晚上的家庭气氛沉闷又别扭。

我上初一那一年夏季，父亲自四川归来。他这一次探家历时六日，先要从大山里搭上顺路卡车到乐山，再从乐山乘长途公交至成都，而后乘列车至北京，从北京至哈尔滨。当年直达车每日一次，没赶上的话，只得等到第二天。如果还没买到票，还得再等一日。直达的票极难买到，父亲便索性一段段向北方转乘。因为根本无法确定到哈时间，父亲就没拍电报要家人去接他。

他是很突然地进入家门的，在晚饭后那会儿。当时家中有位邻居大婶与母亲唠嗑，不只那大婶，母亲和我们几个儿女也讶然不已。他带回了太多东西，肩挎一截粗竹筒，一手拎一只大旅行袋，还背着一只不小的竹编背篓，很沉。我和哥哥帮他放下背篓，见他的蓝工作服后背一片白，像是被面粉搞的。

母亲用扫炕笤帚替他扫时，邻居大婶惊诧地说："唉呀妈呀，你家梁大哥太顾家了，还从四川那么远的地方往家里带东西啊！四川不是出水稻不出麦子的省份吗？"

父亲无言地笑笑，没解释什么。

等邻居大婶走了，父亲才说，背篓里那两个布袋子装的不是面，而是白灰和水泥。

母亲心疼地说："你中魔了？那是非往家带不可的东西吗？"

父亲说："是啊，我要了你的心愿，用水泥把咱家窗台、锅台、炕沿抹得光光溜溜的，再把咱家屋刷得白白的，也让你见识见识中国第一代建筑工人干活的质量标准！"

母亲愣愣地看了父亲片刻，一转身，双手捂面无声而泣。

我们的家在父亲连续几天的劳累之下旧貌换新颜了。粗竹筒里装的是十来份奖状，都是晚报展开那么大幅的。花钱仔细得要命的父亲，居然舍得花钱买了十来个相框。当十来份奖状镶入框中，分两排挂在迎门墙上后，简直可以说很壮观，使我们的家蓬荜生辉了。

片警小龚叔叔来家里看父亲，而父亲去工友家尽自己的探家义务去了。小龚叔叔扫视两排奖状，正了正警帽，庄重地敬了个礼说："向支援大三线建设的建筑工人致敬！"

母亲将小龚叔叔的敬意告诉了父亲后，父亲红着脸笑了，笑得满脸灿烂辉煌……

二

1978年，我回哈尔滨探家时，父亲已六十二岁了，退休不久。因为家中生活困难，单位照顾他，特批他晚退休两年。退休与没退休，每月差二十元左右呢。在1978年，二十元对任何一户普通城市人家都是一笔关乎生活水平的钱数。

自1966年"文革"发生后，父亲两年没再探过家。1968年我下乡了，从此与父亲南北分离，天各一方。算来，十余年没见过父亲了。

我又见到了父亲，他已是完全秃顶，蓄着半尺长白须的老头了。

那年我二十九岁，不太觉得自己与十年前有什么区别，但父亲的变化着实令我暗自神伤，感慨多多。父亲不仅是一个老头了，而且，分明还是一个自卑的老头了。似乎，不知从何时起，他那种"新中国第一代建筑工人""领导阶级"之一员的光荣感、自豪感，被某种外力摧毁了，彻底瓦解了。为了使他开朗一点，起码不那么像个哑巴似的，我经常主动找些话题与他聊，然而他总是三言两语地应付我，一次也没聊成。

一日，家里收到一封挂号信，是父亲单位从四川寄来的——一份"政治问题"审查结论书，写的是关于父亲系"日本特务"之嫌疑罪名，实属诬陷，彻底平反。而关于父亲在"文革"中的错误言行，经复查一一属实，维持原处分。

我大愕。

问父亲："日本特务"之嫌是怎么回事？

父亲说，那是因为自己当时说几句日本话跟工友开玩笑惹出的祸。自己是从伪满时期过来的人，会说几句日语也没什么值得大惊小怪的啊。

又问："文革"中的错误言行是怎么回事？

父亲说，"停产闹革命"时，他想不通，确实说过一些话，如——"普通的工人阶级文化程度都很低，文化大革命跟咱们没多大关系。""工人都不做工了，农民都不种地了，这么闹下去，天下大乱还只是乱了敌人吗?"

再问:"后来号召'抓革命,促生产'了,那时怎么没为你平反呢?"

父亲吞吞吐吐地承认,自己当年还先动手打了批斗他的人,一拳将对方打得口鼻出血,这当然激怒了对方,围殴他。他也被激怒了,抢起了铁锹,差点儿劈死了一个人⋯⋯

这太符合父亲的性格了。不问我也想象得到,父亲肯定因而大吃苦头。

我说:"爸,你别管了。你的事,我管定了。"

我当即复信,在信中写了几多"你们他妈的""混蛋王八蛋"之类,总之是骂了个淋漓痛快。信末,限对方在我要求的时间内给我以答复,否则我将亲往四川,找他们当面算账。

如今想来,我还是认为,那是我生平写过的最好的信之一。

当年,那也太符合我的性格了!

为了等到回信,我推迟了回北京的日子。在我要求的时间内,家里收到了回信。是一封措辞极为客气、恳切、委婉,承认他们思想认识有局限性的信——结论嘛,自然是按我要求的那样,一概平反,赔礼道歉。

我将那封信读给父亲听时,他一动不动地仰躺床上,眼角不停地流下老泪来。

自那以后,父亲"幽闭"般的沉默寡言终于不再,颇愿与我这唯一上过大学的儿子交谈了。有时,甚而是主动的。

于是,我也就了解了他的某些屈辱经历——不是解放以前的,而是解放以后的;并且,如果我不讲,弟弟妹妹们是不知道的,连母亲也知之不详。

毕竟他是新中国第一代建筑工人,一名获得过许多奖状的优秀建筑工人，故有人暗中保护过他。他被派遣到一座山上独自看仓库，以示惩罚。一年见不到几次人，连猫狗也不许养。倘允许，父亲当年是宁愿与一只小猫或小狗分吃自己那一份口粮的，但绝不允许。父亲也从没有过"半导体"。即或有，在大山里也收听不到什么广播，而且那是更不允许的。也没有任何读物。非说有，便是家信了。家信辗转到他手中，比以往晚一两个月的时间——得由上山拉建材的人带给他，还得那人愿意。

那些年里，父亲自制织针，偷偷下过几次山，向村里的妇女们请教，以极大的耐心学会了织衣物。他寄给我们的线背心、手套、袜子、围巾，便是那几年里的成果。他收集建筑工人们丢弃的破劳保手套，洗净，拆开，于是便有了线。父亲的织技发挥到最高水平，也只不过能织成一件背心。

"文革"结束后，他仍留在山上，反而不愿下山了。到了退休年龄，他还独自留在山上。那时他已有伴了——一只被他发现，由小养到大的狍子。

六十二岁他不得不离开那座山之前，将狍子带往深山放跑了。他说，如果自己不那么做，狍子肯定会被上山的工人们弄死吃掉的。

他还说，即使在看仓库的那些年，他也完全对得起国家发给自己的六十二元工资。因为他不只看仓库来着，还在山坡开出了几大片地，用自己的钱到村里去买菜籽种菜。每隔几个月，山下的工地食堂便会派人派车上山拉走，多时一次能拉走两卡车。

"我好后悔。起初我是瓦工，瓦工最高是七级。我到四川之前就是四级瓦工了，可是偏让我当水泥工班长。水泥工最高才六级。退休前终于给我涨了一次工资，也不过是五级水泥工。同级的水泥工与瓦工相比，每级少几元钱呢。熬到五级，少十几元钱呢！……"

这是我从父亲口中听到的唯一的抱怨话。

他一向说："他们对不起我。"

从不说："国家对不起我。"

他是新中国第一代建筑工人，工龄三十余年，退休后的工资是四十六元，我记不太清了，总之是四十几元而已。

父亲的身体一向很好，偶尔生病也就是吃几片药"扛过去"罢了。即使患了癌症，也没住过一天院。何况一检查出来便是晚期，住院也是白住。

我服从他的意愿，使他得以"走"在家中。在一个中午，我与他并躺床上，握他一只手，他就那么静静地走了。

三十余年间，他享受公费医疗待遇的钱，加起来不超过三百元。

我曾问他："爸，你是工人的年代，工人是我们国家的领导阶级，你觉得你真的领导过什么人吗？"

他沉默良久，才以低缓的语气回答："我明白你的话是什么意思。但凡是一个国家，哪一个国家没有几种说法呢？有些事是不必较真的，太较真没意思。"

片刻，又说："我作为新中国第一代建筑工人，对得起发给我的每一份奖状，这就行了，是不是？"

我反而不知再说什么好了。

我觉得父亲也算是幸运的，退休早，避过了后来千千万万工人的"下岗"。

而如今退休工人们普遍一千七八百、两千多元退休金的待遇，父亲却没赶上。这对于他，又不能不说是终生憾事。

如今的退休工人们，比如我的弟弟妹妹们，时常抱怨"那点儿"退休金太少，根本不够较宽松地来花，但比起父亲当年的四十几元退休金，委实是他做梦都不敢想的啊！

联想到新中国第一代、第二代、第三代工人们，不禁生出疼惜不已的敬意……

原载《北京文学》2015年第10期

等闲变却故人心

叶兆言

————————

　　1968年的初春，我在江阴农村上小学，有一天，在县城上班的舅舅回来了，脸色阴沉，带来一个很恐怖的消息。情况非常严重，远在南京的父亲检举揭发了母亲，母亲因此被打成"现行反革命"。现在重新说起这件事，好像也没什么大不了，可是在当时，在那个特定时间里，"现行反革命"的罪名十分严重，真有一种天都要塌下来的感觉。

　　史无前例的"文化大革命"中，夫妻之间无论怎么恩爱，斗私批修，相互检举揭发，并不是什么稀罕事。那年头批判某个人，大家矛头所指，群情激愤，作为亲属说几句大义灭亲的话，交待几个不痛不痒的小罪行，点到为止，敷衍一下也就过去。除非存心反目，不想再过下去，那就不好说了，夫妻本是同林鸟，大难临头各东西，破罐子破摔，恩断义绝很正常。

　　父亲对母亲的检举揭发有些特别，首先是时间点，1968年春天，"文化大革命"已过了最激烈最冲动的年头，打砸抢基本上结束，造反派威风不再，文艺界掌权的是工宣队和军代表。被批斗被打倒的对象，关在牛棚里的牛鬼蛇神，开始逐步解放。母亲因为家庭成分好，出身贫农，又是老共产党员，根正而苗红，显然属于第一批应该解放的人。母亲即将解放的消息传到父亲那里，是什么人去传达的，为什么要去传达这个消息，现在已经无从考证。反正事情变得很戏剧化，处于隔离期间的父亲，经过深思熟虑，突然决定要检举揭发母亲。

父亲是个右派，像他这样的身份，在"文革"中基本上就是死狗，不用打便倒了。造反派也不会把他当回事，天生是坏人了，已被扫进历史的垃圾箱，根本犯不着再花气力把他整成一个坏人。父亲的检举揭发让事情变得不可收拾，他交待的母亲"现行反革命言行"，非常非常反动，性质非常非常恶劣，这样一来，眼看着就要被解放的母亲，又要再一次被批斗和打倒。这个批斗和打倒，与"文革"初期带有普遍性的大批判已经不一样，问题要严重得多。

父亲的交待主要是两条，在当时都属于罪大恶极。第一条，说毛主席他老人家老糊涂了，他身边怎么可能有那么多坏人。第二条，林彪长得很像个奸臣，他的眉毛是倒挂的，舞台上奸臣就是这样的扮相，会不会是个坏人呢。母亲曾经是很红火的名演员，出过一段风头，跟许多中央领导一起拍过照，经常接待外宾，她私下里会对父亲这么说，其实也是很朴素的，心里怎么想，就怎么说了。夫妻之间悄悄议论，有一些反动言论，在"文革"中恐怕也不能算绝无仅有，可是这话一旦放到桌面上，一旦公开化，就一定是很严重的"现行反革命"罪行，是在私下恶毒攻击伟大领袖毛主席和他的亲密战友。

我一直没弄明白父亲究竟是口头检举，还是书面揭发。几十年以后，重新提起此事，除了"戏剧性"三个字，找不到更好的词。一位工宣队员十分严肃地跟母亲谈话，说你要好好地想想，还有没有什么事没交待，还说过一些什么样的反动言论。那年头，有的工宣队员专门与人为恶，也有的愿意与人为善，这一位心肠特别好，他暗示我母亲，开弓没有回头箭，没说过的话，不可以瞎承认，什么话都要想好再回答，要想想后果，要掂掂分量。事实上，母亲早忘了枕头边说过的话，工宣队说你丈夫已经揭发了你的反动言论，她想来想去，好像也没说过什么反动言论。工宣队就把这两条说了出来，点明要点，说你再想想，有没有这么说过，我们可以给你时间，你好好想。

因为都还在隔离期间，分别被关在不同的地方，母亲又不能去与父亲核实。她怎么能想到父亲会把"文革"初期说的话又翻出来，这事过去都快两年，大风大浪差不多过去了，没想到又会突然冒出这样一场戏。于是她一夜未眠，脑海中全是演过的各种古装旧戏，枕头都哭湿了，演过的现代戏中英雄人物形象已不起任何作用，她想到的是自己若咬死不承认，父亲就有诬陷之罪，就得吃不了兜着走。工宣队的意思很明显，让她保护自己，父亲反正是死猪不怕开水烫，多一点罪名，少一点罪名，无所谓。然而母亲不这么看，她觉得父亲罪上加罪，那就再也没救了。他已经跌到了悬崖下，山上的石头再压上去，便是彻底没有指望。自己如果承认了，父亲可以立功，这样一来，也算是为他分担一些罪名。1957年"反右"，父亲被打成右派，有人劝母亲离婚，她没有听，现在，母亲仍然是选择了再给父亲一个机会。

事实上，母亲也没多想自己承认了会怎么样，想得更多的是不承认会怎么样。她觉得自己根正苗红，历史清白，承担得起。也许是处于隔离审查状态，她对外面的形势并没有太多了解，并不知道一旦承认了，罪行会有多严重，她知道会被批判，会再次被批斗，会暂时影响自己的被解放，究竟可能严重到什么地步，并没有做好思想准备。她知道父亲很懦弱，在"文革"开始的时候，曾有过约她一起自杀的念头。她觉得很悲伤，恨父亲竟然会在背后捅自己一刀子，一日夫妻百日恩，百年修得同船渡，枕席之间的话，又没有第三个人知道，干吗非要把它说出来。天亮以后，她开始向工宣队坦白交待，承认确实说过类似的话，承认自己思想觉悟不高，没有文化，没认真学习马列主义毛泽东思想。她说自己究竟说过什么，已经记不清了，就以父亲的检举揭发为准吧。

结果的严重性完全出乎大家预料，也是母亲始料未及，大字报立刻铺天盖地，批判大会群情激愤，口号声直上云霄。顿时就有了一种要打入十八层地狱的恐怖气氛，"文革"中不少"现行反革命"分子就是这么被批捕的，然后被枪毙了。现在说起来很奇怪，让人难以理解，完全不敢相信，为什么会那样草菅人命，但是在当时却有可能顺理成章，见怪不怪。恶毒攻击就可以是死罪，如果你不认罪，如果你还敢狡辩，还敢继续抵赖，还要妄图继续恶毒攻击，那么很可能就是死路一条。

消息传到江阴农村，外婆一家都吓蒙了。本来很严重，加上流传中的夸大，已经无法收拾。舅舅那时候还没满三十岁，记得他反复念叨，说外公临死时曾关照过他，说我母亲命太硬，现在飞黄腾达，运交华盖，终会有落难的一天。残酷的现实印证了外公的预言，结果外婆唠叨一夜，数落来数落去，无数遍地骂父亲是黑心肠，是恶魔，把所有怨恨都撒到无辜的外孙身上。当时我与外婆同住一个小房间，老太太开始数落我的不是，说父亲母亲都要去吃官司，都要送去劳动改造，而我呢，当然应该跟着父亲。大家的一致结论就是，母亲这辈子已经完了，父亲也完了，这个家土崩瓦解，彻底完蛋了。

"文革"一开始的时候，我们家被抄，收藏的图书被没收，父亲和母亲被批斗，被游街示众，与后来的被打成"现行反革命"相比，这些都算不上什么。那也是我一生中最黑暗的日子，一个寄人篱下的小男孩，一个被遗忘的多余者，一个在乡间连茅坑之地都没有的野种，几乎可以被所有的人欺负。老实说，我当时十分麻木，没有一点悲伤，在过去以及接下来的一段日子，没有来自父母的任何消息，他们也没有贴过一分钱的生活费。外婆对我的厌倦早已到极致，如果我有机会能够离开这里，无论去什么地方，肯定是毫不犹豫。

又过了一年多，我回到南京，父亲母亲仍然还在审查期间，已结束了全封闭隔离，重新生活在一起。仍然还是敌我矛盾，仍然要每周写一次思想汇报，天天要去打扫厕所。最困难时期已经过去，母亲文化水平低，每次思想汇报都痛苦不堪，结果就是父亲先用她的口气拟一份草稿，再由母亲抄写。这种状态继续维持了相当长的一段时间，被审查对象一个接着一个解放，开始恢复普通革命群众身份，开始恢复党籍。具体日期记不太清楚，反正父亲和母亲都很晚，父亲虽然是右派，罪孽深重，也比认定有"现行反革命"罪行的母亲要略早一点。母亲是最晚的，等轮到她被解放，差不多已是林彪窜逃蒙古前后，已经属于典型的后"文革"时代。

父亲的这次检举揭发，对母亲的伤害无疑非常严重。我记忆里，为了这件事，母亲对父亲总是会有埋怨，常常这也不是，那也不是，父亲永远在为自己犯过的错误埋单，基本上就是这也不对，那也不对。随着时间流逝，这事终于慢慢地过去了，越来越淡，越来越微不足道，又好像永远也过不去。大家都想把它给忘了，有意无意地又会提到，埋怨声又会再起，就算母亲内心已经毫无恨意，她仍然会很随口来一句"我真被你害惨了"，说"为了这几句话，你让我吃了多少苦"。父亲像个犯错闯祸的小孩子，立刻愁眉苦脸，垂下头来无话可说，从来都不分辩，打死不吭声，最多也就是嘀咕一句，带着些不耐烦：

"好了，我确实是错了！"

熟悉父亲的人都知道他绝对是个善良的老好人，是公认的老实人。大家都觉得，只有像他这样的书呆子，才会不知轻重不计后果，才会这样大义灭亲。真相究竟是什么呢，很多细节究竟是怎么样的，我从来也没真正弄明白。父亲已过世二十多年，他在世时，我们什么话都可以聊，什么问题都可以争论，唯独这件事谈不下去，刚开始就结束，刚开始就转移了方向。他当时为什么要主动揭发交待，我们只能在背后议论，自以为是地分析动机，武断地猜想他的用心。简单的结论是破罐子破摔，他觉得自己反正没什么希望，因为绝望，所以绝情，索性拉着母亲给自己垫背。显然，他是知道这样的检举揭发，会有什么样的严重后果。知道母亲会因此被打成"现行反革命"，知道被打成"现行反革命"可能会有的惨重下场，他当然知道这么做是不仁不义。

事隔多年，完全没有再责备父亲的意思，在"文革"那个荒唐年代，荒唐事情实在太多了。我只是在回忆中寻找"文革"的痛点，重新触摸那段让人不堪回首的历史，隔着时间长河，再现已消逝的场景。"文革"中的伤痛可以有很多种，走资派被打倒，老干部被揪斗，武斗的血雨腥风，造反派被打成"五·一六"，珍贵的文物被损坏，亲情被割裂，知识青年上山下乡，城市居民被迫下放，所有这些一旦成为历史的一部分，都有可能变成亲切回忆。人们可以津津有味地回味当年，回味曾经的狼狈不堪，曾经的被打倒被揪斗被批判，曾经的贫穷和艰苦，所有这一切，都可以当作资本来炫耀，唯独对母亲的这次检举揭发，没办法放在桌面上，见不得太阳，永远处于深深的黑暗之中。对于父亲来说，这是一个永远都不能结痂的伤口，一直在悄悄地淌着血。

为什么要这么说呢，因为有些事搁别人身上，做了就做了，过去也就过去，偏偏搁在父亲身上，永远不会过去。一个好人与一个坏人的最大区别，往往表现在心理承受能力上，坏人总是让别人难受，好人总是让自己难受。好人会自责内疚，坏人则不会。伤害别人，不只是会给别人带来痛苦，同样也更会伤害自己，给自己带来更大的痛苦。我知道父亲为这次背叛，自责了一辈子，从此以后，他始终都处在负罪之中。1976年9月9日毛主席他老人家逝世，父亲从外面哭着回来，像个孩子那样完全失去控制，进了门还在一个劲流眼泪。我觉得很奇怪，说了句不该说的话，他立刻有些尴尬，目瞪口呆地看着我，半天说不出话来。结果还是母亲在一旁打圆场，说小孩子不懂事，说话没有轻重，不知天高地厚在瞎说八道。"文革"开始的时候，我只有九岁，经过"十年浩劫"，此时已经十九岁，再也不是什么小孩子。

我显然已经长大了，父亲却好像还没有。毫无疑问，父亲当时是真的感到悲伤，与当时大多数的老百姓一样。他从来都不是一个虚伪的人，几年后右派平反，父亲又是发自内心地高兴，二十多年过去，一口怨气恶气终于吐出来。说老实话，父亲这一代人，基本上都是被政治运动搞糊涂了。在一次次的政治运动中，他们永远都在顺应时代潮流，一次次在潮流中迷失自己。反右的时候，父亲降了四级工资，到平反时再折算，损失人民币差不多一万多块。20世纪70年代末，万元户比今天资产几千万的人还神气活现，父亲提到这笔被扣的巨额薪水，总是表现得十分大度，说国家也很困难，打了那么多右派，一下子怎么可能拿得出那么多钱来赔偿。

父亲真的一点都不在乎，能够为右派平反，已经很感恩戴德。这钱究竟有多少，应该不应该赔偿，根本不重要。在过去的岁月，他付出了最沉重代价，浪费了青春；失去的东西，应该汲取的教训，远比金钱要多得多。父亲最得意的人生是去解放区参加革命，很年轻的时候就加入了共产党，他一生都在要求进步，都在追求光明，然而结局太让人失望。逆来顺受也好，忍辱负重也好，"文化大革命"是政治运动的最极端，它的开始和结束，都不是偶然。"文革"中的人性泯灭，从来不是一蹴而就，反胡风，反右，四清运动，都是"文革"的催化剂。防微杜渐，勿以恶小而为之，人心的坠落往往没有底线，从开始时不知不觉，到后来别有用心，看上去好像漫长，很曲折，又完全可能只是在刹那之间。

世异时移，回顾当年重温历史，过来人几乎都可以是"文革"受难者，都可能受过迫害，但究竟有多少人在扪心自问，在自责反思忏悔，在回想自己有没有参加过迫害，有没有助纣为虐为虎作伥，这个还真不太好说。事隔多年，虽然新时期新气象，关于"文革"的叙事难免夸张和变形，角度不同，结论也不尽相同。左右两派都带有自己的目的，都会有明显的个人诉求，但是不管怎么说，底线终究是底线，都必须要防止"文革"再次发生。

原载《收获》2016年第5期